小学生《しょうがくせい》のまんが百人一首《ひゃくにんいっしゅ》辞典《じてん》

改訂版《かいていばん》

ハイ
あっまちがえた！
お手《て》つきだよ！
罰《ばつ》ゲームは柿本人麻呂《かきのもとのひとまろ》のものまね！
えっ
こんにちは柿本人麻呂《かきのもとのひとまろ》です
ごめん、似《に》てるかどうかまったくわかんないわ…
そんなのやらせないでよ！

神作光一・監修

Gakken

はじめに

和歌《わか》は、日本の文学《ぶんがく》の中《なか》で最《もっと》も長《なが》い伝統《でんとう》を持《も》っているすばらしい文芸《ぶんげい》です。とりわけ、「歌《うた》かるた」として慣《な》れ親《した》しまれている『小倉百人一首《おぐらひゃくにんいっしゅ》』は、鎌倉時代《かまくらじだい》の初《はじ》めに藤原定家《ふじわらのていか》のすぐれた美意識《びいしき》によって選《えら》ばれたものであります。その意味《いみ》では、『百人一首《ひゃくにんいっしゅ》』は日本の代表的《だいひょうてき》な古典文学《こてんぶんがく》であると言《い》ってもいいと思《おも》います。

『百人一首《ひゃくにんいっしゅ》』というのは、百人《ひゃくにん》の歌人《かじん》の短歌《たんか》を一首《いっしゅ》ずつ選《えら》んで一《ひと》まとめにしたものです。ここには、奈良時代《ならじだい》から鎌倉時代《かまくらじだい》の初《はじ》めまでの主要《しゅよう》な歌人《かじん》の歌《うた》が百首《ひゃくしゅ》おさめられています。その中心《ちゅうしん》をしめているのは、平安時代《へいあんじだい》の歌《うた》です。配列《はいれつ》は、ほぼ時代順《じだいじゅん》ですので、一首《いっしゅ》ずつ読《よ》み味《あじ》わうことによって、平安時代《へいあんじだい》の和歌《わか》の流《なが》れがわかってくるとも言《い》えます。また、昔《むかし》の人々《ひとびと》の物《もの》の見方《みかた》や感《かん》じ方《かた》、そして表現《ひょうげん》のしかたまでが、少《すこ》しずつ見《み》えてくるはずです。

この本《ほん》を読《よ》みながら、ぜひ次《つぎ》のようなことをやってみてください。

1、この『百人一首《ひゃくにんいっしゅ》』を、一首《いっしゅ》ずつ声《こえ》に出《だ》して読《よ》み、覚《おぼ》えてみましょう。

2、覚《おぼ》えたら、家族《かぞく》や友《とも》だちと「かるた取《と》り」をしてみましょう。

そのうえで、できればみんなで短歌《たんか》をつくることもやってみてください。

こうすることで、日本語《ご》の持《も》っているリズムも身《み》についてくると思《おも》いますし、日本語《ご》を使《つか》いこなす力《ちから》も大《おお》きくのびていくことでしょう。

東洋大学名誉教授・文学博士
歌人・日本歌人クラブ名誉会長
神《かん》作《さく》光《こう》一《いち》

目《もく》次《じ》

百人一首《ひゃくにんいっしゅ》ってなあに

	頁
百人一首《ひゃくにんいっしゅ》の誕生《たんじょう》	12
百人一首《ひゃくにんいっしゅ》の歌人《かじん》たち	18
かるたとなって広《ひろ》まる、百人一首《ひゃくにんいっしゅ》	20

百人一首《ひゃくにんいっしゅ》の世界《せかい》

			頁
1	秋《あき》の田《た》の かりほの庵《いほ》の とまをあらみ わが衣手《ころもで》は 露《つゆ》にぬれつつ	天智天皇《てんじてんのう》	22
2	春過《はるす》ぎて 夏来《なつき》にけらし 白妙《しろたへ》の 衣《ころも》ほすてふ 天《あま》の香具山《かぐやま》	持統天皇《じとうてんのう》	24
3	あしびきの 山鳥《やまどり》の尾《を》の しだり尾《を》の ながながし夜《よ》を ひとりかも寝《ね》む	柿本人麻呂《かきのもとのひとまろ》	26
4	田子《たご》の浦《うら》に うち出《い》でてみれば 白妙《しろたへ》の 富士《ふじ》の高嶺《たかね》に 雪《ゆき》は降《ふ》りつつ	山部赤人《やまべのあかひと》	28
5	奥山《おくやま》に 紅葉《もみぢ》踏《ふ》みわけ 鳴《な》く鹿《しか》の 声《こゑ》きく時《とき》ぞ 秋《あき》は悲《かな》しき	猿丸大夫《さるまるだゆう》	30
6	かささぎの 渡《わた》せる橋《はし》に おく霜《しも》の 白《しろ》きを見《み》れば 夜《よ》ぞふけにける	中納言家持《ちゅうなごんやかもち》	32

			頁
7	天《あま》の原《はら》 ふりさけ見《み》れば 春日《かすが》なる 三笠《みかさ》の山《やま》に 出《い》でし月《つき》かも	安倍仲麿《あべのなかまろ》	34
8	わが庵《いほ》は 都《みやこ》のたつみ しかぞ住《す》む 世《よ》をうぢ山《やま》と 人《ひと》はいふなり	喜撰法師《きせんほうし》	36
9	花《はな》の色《いろ》は うつりにけりな いたづらに わが身世《みよ》にふる ながめせしまに	小野小町《おののこまち》	38
10	これやこの 行《ゆ》くも帰《かへ》るも 別《わか》れては 知《し》るも知《し》らぬも 逢坂《あふさか》の関《せき》	蟬《せみ》丸《まる》	40
11	わたの原《はら》 八十島《やそしま》かけて 漕《こ》ぎ出《い》でぬと 人《ひと》には告《つ》げよ 海人《あま》の釣舟《つりぶね》	参議《さんぎ》篁《たかむら》	42
12	天《あま》つ風《かぜ》 雲《くも》の通《かよ》ひ路《ぢ》 吹《ふ》き閉《と》ぢよ をとめの姿《すがた》 しばしとどめむ	僧正遍昭《そうじょうへんじょう》	44
13	筑波嶺《つくばね》の 峰《みね》より落《お》つる 男女川《みなのがは》 恋《こひ》ぞつもりて 淵《ふち》となりぬる	陽成院《ようぜいいん》	46
14	陸奥《みちのく》の しのぶもぢずり 誰《たれ》ゆゑに 乱《みだ》れそめにし われならなくに	河原左大臣《かわらのさだいじん》	48
15	君《きみ》がため 春《はる》の野《の》に出《い》でて 若菜《わかな》つむ わが衣手《ころもで》に 雪《ゆき》は降《ふ》りつつ	光孝天皇《こうこうてんのう》	50
16	立《た》ち別《わか》れ いなばの山《やま》の 峰《みね》に生《お》ふる まつとし聞《き》かば いま帰《かへ》り来《こ》む	中納言行平《ちゅうなごんゆきひら》	52
17	ちはやぶる 神代《かみよ》も聞《き》かず 竜田川《たつたがは》 からくれなゐに 水《みづ》くくるとは	在原業平朝臣《ありわらのなりひらあそん》	54
18	住《すみ》の江《え》の 岸《きし》による波《なみ》 よるさへや 夢《ゆめ》の通《かよ》ひ路《ぢ》 人《ひと》めよくらむ	藤原敏行朝臣《ふじわらのとしゆきあそん》	56
19	難波潟《なにはがた》 みじかき蘆《あし》の ふしの間《ま》も 逢《あ》はでこの世《よ》を 過《す》ぐしてよとや	伊《い》勢《せ》	58
20	わびぬれば 今《いま》はた同《おな》じ 難波《なには》なる みをつくしても 逢《あ》はむとぞ思《おも》ふ	元良親王《もとよししんのう》	60
21	今来《いまこ》むと 言《い》ひしばかりに 長月《ながつき》の 有明《ありあけ》の月《つき》を 待《ま》ち出《い》でつるかな	素性法師《そせいほうし》	62

			頁
22	吹《ふ》くからに　秋《あき》の草木《くさき》の　しをるれば　むべ山風《やまかぜ》を　嵐《あらし》と言《い》ふらむ	文屋康秀《ふんやのやすひで》	64
23	月見《つきみ》れば　ちぢに物《もの》こそ　悲《かな》しけれ　わが身《み》ひとつの　秋《あき》にはあらねど	大江千里《おおえのちさと》	66
24	このたびは　ぬさも取《と》りあへず　手向山《たむけやま》　紅葉《もみぢ》の錦《にしき》　神《かみ》のまにまに	菅《かん》　家《け》	68
25	名《な》にしおはば　逢坂山《あふさかやま》の　さねかづら　人《ひと》にしられで　くるよしもがな	三条右大臣《さんじょうのうだいじん》	70
26	小倉山《をぐらやま》　峰《みね》のもみぢ葉《ば》　心《こころ》あらば　今《いま》ひとたびの　みゆき待《ま》たなむ	貞信公《ていしんこう》	72
27	みかの原《はら》　わきて流《なが》るる　泉川《いづみがは》　いつ見《み》きとてか　恋《こひ》しかるらむ	中納言兼輔《ちゅうなごんかねすけ》	74
28	山里《やまざと》は　冬《ふゆ》ぞさびしさ　まさりける　人目《ひとめ》も草《くさ》も　かれぬと思《おも》へば	源《みなもとの》　宗于朝臣《むねゆきあそん》	76
29	心《こころ》あてに　折《を》らばや折《を》らむ　初霜《はつしも》の　置《お》きまどはせる　白菊《しらぎく》の花《はな》	凡河内躬恒《おおしこうちのみつね》	78
30	有明《ありあけ》の　つれなく見《み》えし　別《わか》れより　あかつきばかり　憂《う》きものはなし	壬生忠岑《みぶのただみね》	80
31	朝《あさ》ぼらけ　有明《ありあけ》の月《つき》と　見《み》るまでに　吉野《よしの》の里《さと》に　降《ふ》れる白雪《しらゆき》	坂上是則《さかのうえのこれのり》	82
32	山川《やまがは》に　風《かぜ》のかけたる　しがらみは　流《なが》れもあへぬ　紅葉《もみぢ》なりけり	春道列樹《はるみちのつらき》	84
33	ひさかたの　光《ひかり》のどけき　春《はる》の日《ひ》に　静心《しづごころ》なく　花《はな》の散《ち》るらむ	紀《きの》　友則《とものり》	86
34	誰《たれ》をかも　知《し》る人《ひと》にせむ　高砂《たかさご》の　松《まつ》も昔《むかし》の　友《とも》ならなくに	藤原興風《ふじわらのおきかぜ》	88
35	人《ひと》はいさ　心《こころ》も知《し》らず　ふるさとは　花《はな》ぞ昔《むかし》の　香《か》ににほひける	紀《きの》　貫之《つらゆき》	90
36	夏《なつ》の夜《よ》は　まだ宵《よひ》ながら　明《あ》けぬるを　雲《くも》のいづこに　月《つき》やどるらむ	清原深養父《きよはらのふかやぶ》	92

			頁
37	白露《しらつゆ》に 風《かぜ》の吹《ふ》きしく 秋《あき》の野《の》は つらぬきとめぬ 玉《たま》ぞ散《ち》りける	文屋朝康《ふんやのあさやす》	94
38	忘《わす》らるる 身《み》をば思《おも》はず 誓《ちか》ひてし 人《ひと》の命《いのち》の 惜《を》しくもあるかな	右《う》近《こん》	96
39	浅茅生《あさぢふ》の 小野《をの》の篠原《しのはら》 忍《しの》ぶれど あまりてなどか 人《ひと》の恋《こひ》しき	参議《さんぎ》等《ひとし》	98
40	忍《しの》ぶれど 色《いろ》に出《い》でにけり わが恋《こひ》は ものや思《おも》ふと 人《ひと》の問《と》ふまで	平兼盛《たいらのかねもり》	100
41	恋《こひ》すてふ わが名《な》はまだき 立《た》ちにけり 人知《ひとし》れずこそ 思《おも》ひそめしか	壬生忠見《みぶのただみ》	102
42	契《ちぎ》りきな かたみに袖《そで》を しぼりつつ 末《すゑ》の松山《まつやま》 浪《なみ》こさじとは	清原元輔《きよはらのもとすけ》	104
43	逢《あ》ひみての 後《のち》の心《こころ》に くらぶれば 昔《むかし》はものを 思《おも》はざりけり	権中納言敦忠《ごんちゅうなごんあつただ》	106
44	逢《あ》ふことの 絶《た》えてしなくは なかなかに 人《ひと》をも身《み》をも 恨《うら》みざらまし	中納言朝忠《ちゅうなごんあさただ》	108
45	あはれとも いふべき人《ひと》は 思《おも》ほえで 身《み》のいたづらに なりぬべきかな	謙徳公《けんとくこう》	110
46	由良《ゆら》のとを 渡《わた》る舟人《ふなびと》 かぢをたえ 行《ゆ》くへも知《し》らぬ 恋《こひ》の道《みち》かな	曾禰好忠《そねのよしただ》	112
47	八重葎《やへむぐら》 しげれる宿《やど》の さびしきに 人《ひと》こそ見《み》えね 秋《あき》は来《き》にけり	恵慶法師《えぎょうほうし》	114
48	風《かぜ》をいたみ 岩《いは》うつ波《なみ》の おのれのみ くだけてものを 思《おも》ふころかな	源重之《みなもとのしげゆき》	116
49	みかきもり 衛士《ゑじ》のたく火《ひ》の 夜《よる》は燃《も》え 昼《ひる》は消《き》えつつ ものをこそ思《おも》へ	大中臣能宣朝臣《おおなかとみのよしのぶあそん》	118
50	君《きみ》がため 惜《を》しからざりし 命《いのち》さへ 長《なが》くもがなと 思《おも》ひけるかな	藤原義孝《ふじわらのよしたか》	120
51	かくとだに えやはいぶきの さしも草《ぐさ》 さしも知《し》らじな 燃《も》ゆる思《おも》ひを	藤原実方朝臣《ふじわらのさねかたあそん》	122

			頁
52	明《あ》けぬれば 暮《く》るるものとは 知《し》りながら なほ恨《うら》めしき 朝《あさ》ぼらけかな	藤原道信朝臣《ふじわらのみちのぶあそん》	124
53	嘆《なげ》きつつ ひとり寝《ぬ》る夜《よ》の 明《あ》くる間《ま》は いかに久《ひさ》しき ものとかは知《し》る	右大将道綱母《うだいしょうみちつなのはは》	126
54	忘《わす》れじの 行末《ゆくすゑ》までは かたければ 今日《けふ》を限《かぎ》りの 命《いのち》ともがな	儀同三司母《ぎどうさんしのはは》	128
55	滝《たき》の音《おと》は 絶《た》えて久《ひさ》しく なりぬれど 名《な》こそ流《なが》れて なほ聞《き》こえけれ	大納言公任《だいなごんきんとう》	130
56	あらざらむ この世《よ》のほかの 思《おも》ひ出《で》に いまひとたびの 逢《あ》ふこともがな	和泉式部《いずみしきぶ》	132
57	めぐり逢《あ》ひて 見《み》しやそれとも わかぬ間《ま》に 雲隠《くもがく》れにし 夜半《よは》の月《つき》かな	紫式部《むらさきしきぶ》	134
58	有馬山《ありまやま》 猪名《ゐな》の笹原《ささはら》 風吹《かぜふ》けば いでそよ人《ひと》を 忘《わす》れやはする	大弐三位《だいにのさんみ》	136
59	やすらはで 寝《ね》なましものを 小夜更《さよふ》けて かたぶくまでの 月《つき》を見《み》しかな	赤染衛門《あかぞめえもん》	138
60	大江山《おほえやま》 いく野《の》の道《みち》の 遠《とほ》ければ まだふみもみず 天《あま》の橋立《はしだて》	小式部内侍《こしきぶのないし》	140
61	いにしへの 奈良《なら》の都《みやこ》の 八重桜《やへざくら》 けふ九重《ここのへ》に にほひぬるかな	伊勢大輔《いせのたいふ》	142
62	夜《よ》をこめて 鳥《とり》の空音《そらね》は はかるとも よに逢坂《あふさか》の 関《せき》はゆるさじ	清少納言《せいしょうなごん》	144
63	今《いま》はただ 思《おも》ひ絶《た》えなむ とばかりを 人《ひと》づてならで いふよしもがな	左京大夫道雅《さきょうのだいぶみちまさ》	146
64	朝《あさ》ぼらけ 宇治《うぢ》の川霧《かはぎり》 たえだえに あらはれわたる 瀬々《せぜ》の網代木《あじろぎ》	権中納言定頼《ごんちゅうなごんさだより》	148
65	恨《うら》みわび ほさぬ袖《そで》だに あるものを 恋《こひ》に朽《く》ちなむ 名《な》こそ惜《を》しけれ	相模《さがみ》	150
66	もろともに あはれと思《おも》へ 山桜《やまざくら》 花《はな》よりほかに 知《し》る人《ひと》もなし	前大僧正行尊《さきのだいそうじょうぎょうそん》	152

			頁
67	春《はる》の夜《よ》の 夢《ゆめ》ばかりなる 手枕《たまくら》に かひなく立《た》たむ 名《な》こそ惜《を》しけれ	周防内侍《すおうのないし》	154
68	心《こころ》にも あらでうき世《よ》に ながらへば 恋《こひ》しかるべき 夜半《よは》の月《つき》かな	三条院《さんじょういん》	156
69	嵐吹《あらしふ》く 三室《みむろ》の山《やま》の もみぢ葉《ば》は 竜田《たつた》の川《かは》の 錦《にしき》なりけり	能因法師《のういんほうし》	158
70	さびしさに 宿《やど》を立《た》ち出《い》でて ながむれば いづくも同《おな》じ 秋《あき》の夕暮《ゆふぐれ》	良暹法師《りょうぜんほうし》	160
71	夕《ゆふ》されば 門田《かどた》の稲葉《いなば》 おとづれて 蘆《あし》のまろやに 秋風《あきかぜ》ぞ吹《ふ》く	大納言経信《だいなごんつねのぶ》	162
72	音《おと》に聞《き》く 高師《たかし》の浜《はま》の あだ波《なみ》は かけじや袖《そで》の ぬれもこそすれ	祐子内親王家紀伊《ゆうしないしんのうけのきい》	164
73	高砂《たかさご》の 尾上《をのへ》の桜《さくら》 咲《さ》きにけり 外山《とやま》の霞《かすみ》 立《た》たずもあらなむ	権中納言匡房《ごんちゅうなごんまさふさ》	166
74	憂《う》かりける 人《ひと》を初瀬《はつせ》の 山《やま》おろしよ はげしかれとは 祈《いの》らぬものを	源《みなもとの》 俊頼朝臣《としよりあそん》	168
75	契《ちぎ》りおきし させもが露《つゆ》を 命《いのち》にて あはれ今年《ことし》の 秋《あき》もいぬめり	藤原基俊《ふじわらのもととし》	170
76	わたの原《はら》 漕《こ》ぎ出《い》でて見《み》れば ひさかたの 雲居《くもゐ》にまがふ 沖《おき》つ白波《しらなみ》	法性寺入道前関白太政大臣《ほっしょうじにゅうどうさきのかんぱくだいじょうだいじん》	172
77	瀬《せ》を早《はや》み 岩《いは》にせかるる 滝川《たきがは》の われても末《すゑ》に 逢《あ》はむとぞ思《おも》ふ	崇徳院《すとくいん》	174
78	淡路島《あはぢしま》 かよふ千鳥《ちどり》の 鳴《な》く声《こゑ》に 幾夜寝覚《いくよねざ》めぬ 須磨《すま》の関守《せきもり》	源《みなもとの》 兼昌《かねまさ》	176
79	秋風《あきかぜ》に たなびく雲《くも》の 絶《た》え間《ま》より もれ出《い》づる月《つき》の 影《かげ》のさやけさ	左京大夫顕輔《さきょうのだいぶあきすけ》	178
80	長《なが》からむ 心《こころ》も知《し》らず 黒髪《くろかみ》の 乱《みだ》れて今朝《けさ》は 物《もの》をこそ思《おも》へ	待賢門院堀河《たいけんもんいんのほりかわ》	180
81	ほととぎす 鳴《な》きつる方《かた》を ながむれば ただ有明《ありあけ》の 月《つき》ぞ残《のこ》れる	後徳大寺左大臣《ごとくだいじのさだいじん》	182

			頁
82	思《おも》ひわび　さても命《いのち》は　あるものを　憂《う》きに堪《た》へぬは　涙《なみだ》なりけり	道因法師《どういんほうし》	184
83	世《よ》の中《なか》よ　道《みち》こそなけれ　思《おも》ひ入《い》る　山《やま》の奥《おく》にも　鹿《しか》ぞ鳴《な》くなる	皇太后宮大夫俊成《こうたいごうぐうのだいぶしゅんぜい》	186
84	長《なが》らへば　またこのごろや　しのばれむ　憂《う》しと見《み》し世《よ》ぞ　今《いま》は恋《こひ》しき	藤原清輔朝臣《ふじわらのきよすけあそん》	188
85	よもすがら　物思《ものおも》ふころは　明《あ》けやらぬ　閨《ねや》のひまさへ　つれなかりけり	俊恵法師《しゅんえほうし》	190
86	嘆《なげ》けとて　月《つき》やは物《もの》を　思《おも》はする　かこち顔《がほ》なる　わが涙《なみだ》かな	西行法師《さいぎょうほうし》	192
87	村雨《むらさめ》の　露《つゆ》もまだひぬ　槇《まき》の葉《は》に　霧《きり》たちのぼる　秋《あき》の夕暮《ゆふぐれ》	寂蓮法師《じゃくれんほうし》	194
88	難波江《なにはえ》の　蘆《あし》のかりねの　ひとよゆゑ　みをつくしてや　恋《こ》ひわたるべき	皇嘉門院別当《こうかもんいんのべっとう》	196
89	玉《たま》の緒《を》よ　絶《た》えなば絶《た》えね　ながらへば　忍《しの》ぶることの　弱《よわ》りもぞする	式子内親王《しょくしないしんのう》	198
90	見《み》せばやな　雄島《をじま》のあまの　袖《そで》だにも　濡《ぬ》れにぞ濡《ぬ》れし　色《いろ》はかはらず	殷富門院大輔《いんぷもんいんのたいふ》	200
91	きりぎりす　鳴《な》くや霜夜《しもよ》の　さむしろに　衣片敷《ころもかたし》き　ひとりかも寝《ね》む	後京極摂政前太政大臣《ごきょうごくせっしょうさきのだいじょうだいじん》	202
92	わが袖《そで》は　潮干《しほひ》に見《み》えぬ　沖《おき》の石《いし》の　人《ひと》こそ知《し》らね　乾《かわ》く間《ま》もなし	二条院讃岐《にじょういんのさぬき》	204
93	世《よ》の中《なか》は　常《つね》にもがもな　渚漕《なぎさこ》ぐ　あまの小舟《をぶね》の　綱手《つなで》かなしも	鎌倉右大臣《かまくらのうだいじん》	206
94	み吉野《よしの》の　山《やま》の秋風《あきかぜ》　小夜《さよ》ふけて　ふるさと寒《さむ》く　衣《ころも》うつなり	参議雅経《さんぎまさつね》	208
95	おほけなく　うき世《よ》の民《たみ》に　おほふかな　わがたつ杣《そま》に　墨染《すみぞめ》の袖《そで》	前大僧正慈円《さきのだいそうじょうじえん》	210
96	花《はな》さそふ　嵐《あらし》の庭《には》の　雪《ゆき》ならで　ふりゆくものは　わが身《み》なりけり	入道前太政大臣《にゅうどうさきのだいじょうだいじん》	212

			頁
97	来《こ》ぬ人《ひと》を まつほの浦《うら》の 夕《ゆふ》なぎに 焼《や》くや藻塩《もしほ》の 身《み》もこがれつつ	権中納言定家《ごんちゅうなごんていか》	214
98	風《かぜ》そよぐ ならの小川《をがは》の 夕暮《ゆふぐれ》は みそぎぞ夏《なつ》の しるしなりける	従二位家隆《じゅにいいえたか》	216
99	人《ひと》もをし 人《ひと》もうらめし あぢきなく 世《よ》を思《おも》ふゆゑに 物思《ものおも》ふ身《み》は	後鳥羽院《ごとばいん》	218
100	ももしきや 古《ふる》き軒端《のきば》の しのぶにも なほあまりある 昔《むかし》なりけり	順徳院《じゅんとくいん》	220

百人一首《ひゃくにんいっしゅ》 歌枕地図《うたまくらちず》 222

◆百人一首《ひゃくにんいっしゅ》かるた あそびと競技《きょうぎ》

	頁
百人一首《ひゃくにんいっしゅ》かるたであそぼう	224
百人一首《ひゃくにんいっしゅ》かるたで強《つよ》くなるコツ	230
競技《きょうぎ》かるたにチャレンジ	240

◆かるた早覚《はやおぼ》え表《ひょう》 244
◆上《かみ》の句《く》さくいん 250
◆下《しも》の句《く》さくいん 252
◆作者名《さくしゃめい》さくいん 254

この本《ほん》の使《つか》い方《かた》

百人一首《ひゃくにんいっしゅ》ってなあに

百人一首《ひゃくにんいっしゅ》がどのように誕生《たんじょう》したのかなどを、まんが形式《けいしき》でまとめました。また、百人《ひゃくにん》の歌人《かじん》の中《なか》でも有名《ゆうめい》な人物《じんぶつ》たちを取《と》り上《あ》げ、時代《じだい》ごとに紹介《しょうかい》しています。江戸時代《えどじだい》につくられた「百人一首《ひゃくにんいっしゅ》かるた」についてもふれました。

百人一首《ひゃくにんいっしゅ》の世界《せかい》

百首《ひゃくしゅ》の歌《うた》を、歌番号順《うたばんごうじゅん》にまんがで紹介《しょうかい》しています。歌《うた》の意味《いみ》をまとめた「歌意《かい》」や、歌《うた》のよまれた背景《はいけい》、表現《ひょうげん》の工夫《くふう》などについてふれた「解説《かいせつ》」などもあり、百人一首《ひゃくにんいっしゅ》の世界《せかい》を深《ふか》く味《あじ》わうことができます。

百人一首《ひゃくにんいっしゅ》かるた　あそびと競技《きょうぎ》

百人一首《ひゃくにんいっしゅ》かるたを使《つか》って、どんなあそび方《かた》ができるのか、まんが展開《てんかい》で紹介《しょうかい》しています。数人《すうにん》で手軽《てがる》に楽《たの》しめる「ちらし取《ど》り」から、本格的《ほんかくてき》な「競技《きょうぎ》かるた」まで、ルールやコツをていねいに解説《かいせつ》しています。また、百人《ひゃくにん》一首《いっしゅ》かるたを早《はや》く覚《おぼ》えるための「決《き》まり字《じ》」がわかりやすくなっている「かるた早覚《はやおぼ》え表《ひょう》」もついているので、実戦《じっせん》でも役《やく》に立《た》ちます。

◆百人一首《ひゃくにんいっしゅ》の表記《ひょうき》について

・和歌《わか》の表記《ひょうき》は、原則《げんそく》として『小倉百人一首《おぐらひゃくにんいっしゅ》』の注釈書《ちゅうしゃくしょ》として名高《なだか》い室町時代《むろまちじだい》の宗祇《そうぎ》の『百人一首抄《ひゃくにんいっしゅしょう》』（『宗祇抄《そうぎしょう》』とよばれることが多《おお》い）に基《もと》づいています。
・昔《むかし》のかなづかいの部分《ぶぶん》は、（　）で現代《げんだい》のかなづかいをしめしてあります。
・送《おく》りがなは、原則《げんそく》として現代《げんだい》の送《おく》りがなのきまりにならってつけてあります。

百《ひゃく》人《にん》一《いっ》首《しゅ》って なあに

藤原定家《ふじわらのていか》
（東京国立博物館 蔵）

百人一首《ひゃくにんいっしゅ》の誕生《たんじょう》

「歌《うた》かるた」として親《した》しまれている『小倉百人一首《おぐらひゃくにんいっしゅ》』。札《ふだ》に書《か》かれている百首《ひゃくしゅ》の歌《うた》は、いつの時代《じだい》にどのように集《あつ》められたのでしょう。

鎌倉時代初期《かまくらじだいしょき》
貴族《きぞく》から武家《ぶけ》の政治《せいじ》にうつろうとする動乱期《どうらんき》にすばらしい和歌《わか》を多《おお》くよみ、活《かつ》やくした藤原定家《ふじわらのていか》という人《ひと》がおりました。
来《こ》ぬ人《ひと》を
まつほの浦《うら》の
夕《ゆふ》なぎに
焼《や》くや藻塩《もしほ》の
身《み》もこがれつつ
藤原定家《ふじわらのていか》

七十二《ななじゅうに》歳《さい》で出家《しゅっけ》した定家《ていか》は和歌《わか》の研究書《けんきゅうしょ》など多《おお》くの著作《ちょさく》を書《か》き上《あ》げました。
なかなか大変《たいへん》な仕事《しごと》だわい。
ところで、和歌《わか》っていうのはね…。
日本独特《どくとく》の詩《し》のことをいうぞ。
これが定家先生《ていかせんせい》の有名《ゆうめい》な和歌《わか》です。
来《こ》ぬ人《ひと》を
まつほの浦《うら》の
夕《ゆふ》なぎに
焼《や》くや藻塩《もしほ》の
身《み》もこがれつつ
よいしょ
和歌《わか》とはふつう五《ご》・七《しち》・五《ご》・七《しち》・七《しち》の三十一文字《さんじゅういちもじ》でつくる短歌《たんか》のことをいうのだ。
こぬひとを……5
まつほのうらの…7
ゆふなぎに……5
やくやもしほの…7
みもこがれつつ…7
はじめの五《ご》・七《しち》・五《ご》を上《かみ》の句《く》、あとの七《しち》・七《しち》を下《しも》の句《く》といいます。

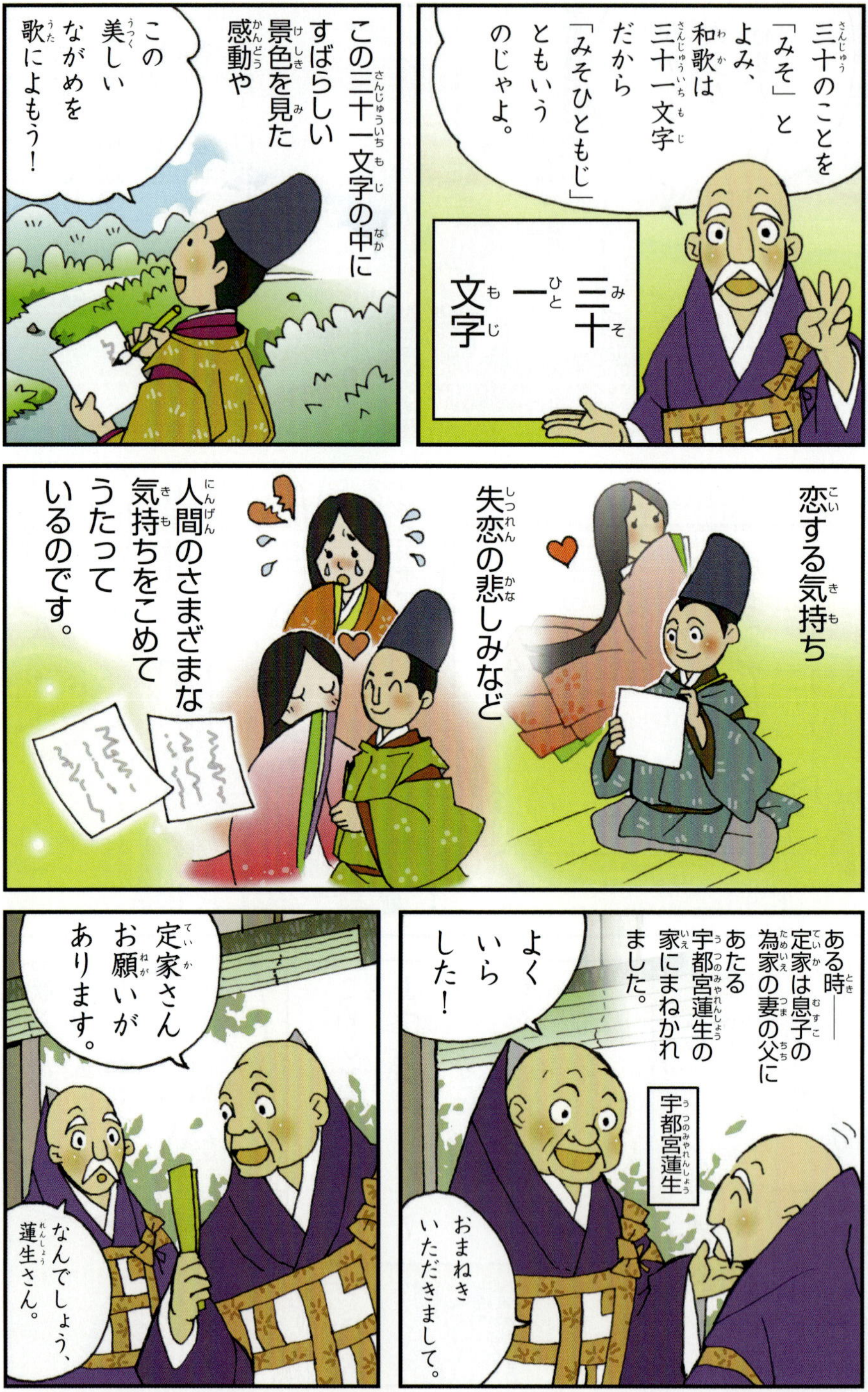
三十《さんじゅう》のことを「みそ」とよみ、和歌《わか》は三十一文字《さんじゅういちもじ》だから「みそひともじ」ともいうのじゃよ。
三十《みそ》一《ひと》文字《もじ》
この三十一文字《さんじゅういちもじ》の中《なか》にすばらしい景色《けしき》を見《み》た感動《かんどう》や
この美《うつく》しいながめを歌《うた》によもう！
恋《こい》する気持《きも》ち
失恋《しつれん》の悲《かな》しみなど
人間《にんげん》のさまざまな気持《きも》ちをこめてうたっているのです。
ある時《とき》――定家《ていか》は息子《むすこ》の為家《ためいえ》の妻《つま》の父《ちち》にあたる宇都宮蓮生《うつのみやれんしょう》の家《いえ》にまねかれました。
よくいらした！
宇都宮蓮生《うつのみやれんしょう》
おまねきいただきまして。
定家《ていか》さんお願《ねが》いがあります。
なんでしょう、蓮生《れんしょう》さん。

じつは歌《うた》を色紙《しきし》に書《か》いて、この山荘《さんそう》のふすまをかざりたいのですよ。
ほう、ふすまに和歌《わか》を…!?
歌《うた》はすべて、すばらしいものにしたい。
そこであなたにその歌《うた》を選《えら》んでいただきたいのですよ。
それはすばらしい計画《けいかく》ですね！
定家《ていか》は小倉山《おぐらやま》（京都市右京区《きょうとしうきょうく》）のふもとにある自分《じぶん》の山荘《さんそう》にこもりました。
一人一首《ひとりいっしゅ》ずつ百人《ひゃくにん》の歌《うた》を選《えら》ぶことにしよう。

定家《ていか》が選《えら》んだ百首《ひゃくしゅ》は
天智天皇《てんじてんのう》から
順徳院《じゅんとくいん》まで約六百年《やくろっぴゃくねん》に
わたる時代《じだい》の
歌人《かじん》の歌《うた》が、
ほぼ年代順《ねんだいじゅん》に
ならべられています。
ならべ方《かた》は やはり 年代順《ねんだいじゅん》が よいな。

百首《ひゃくしゅ》のうち
恋《こい》の歌《うた》が四十三首《よんじゅうさんしゅ》と
もっとも多《おお》く、
また季節《きせつ》では
春六首《はるろくしゅ》、夏四首《なつよんしゅ》、
秋十六首《あきじゅうろくしゅ》、冬六首《ふゆろくしゅ》と
秋《あき》が一番多《いちばんおお》くなって
います。
別荘《べっそう》にはるの だから 歌《うた》の内容《ないよう》にも 気《き》をつけなければ ならないな。
恋《こい》と秋《あき》の歌《うた》が多《おお》いのは
定家《ていか》の好《この》みを
反映《はんえい》していると
言《い》えます。

できた！やっと百枚《ひゃくまい》の色紙《しきし》を書《か》き上《あ》げたぞ。
こうして定家《ていか》の選《えら》んだ百首《ひゃくしゅ》の歌《うた》が『小倉百人一首《おぐらひゃくにんいっしゅ》』として後世《こうせい》までずっと伝《つた》えられてきたわけです。

百人一首《ひゃくにんいっしゅ》の歌人《かじん》たち

百人一首《ひゃくにんいっしゅ》には、『万葉《まんよう》』の時代《じだい》から鎌倉時代《かまくらじだい》までの歌人《かじん》たちの歌《うた》がおさめられています。各時代《かくじだい》の特色《とくしょく》をみてみましょう。

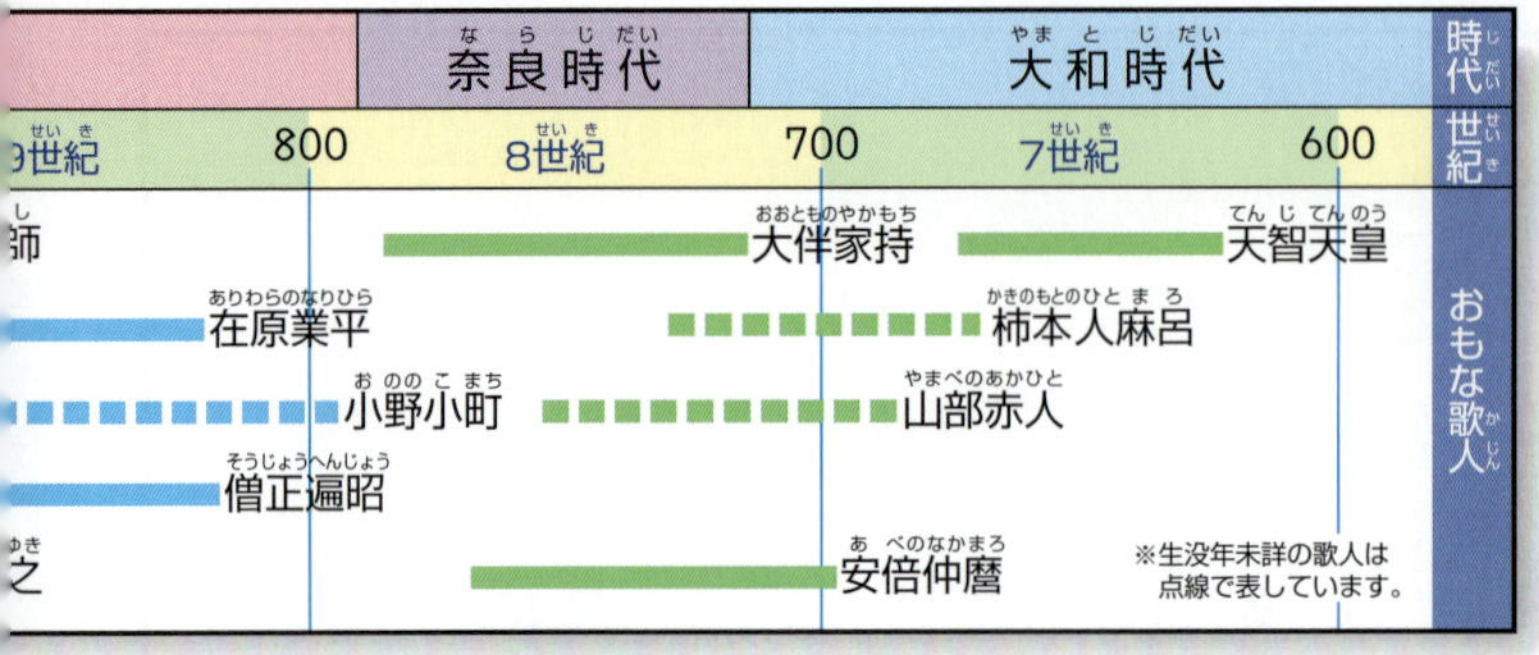

時代《じだい》
大和時代《やまとじだい》
奈良時代《ならじだい》
世紀《せいき》
600
7世紀《せいき》
700
8世紀《せいき》
800
世紀《せいき》
おもな歌人《かじん》
天智天皇《てんじてんのう》
大伴家持《おおとものやかもち》
柿本人麻呂《かきのもとのひとまろ》
在原業平《ありわらのなりひら》
山部赤人《やまべのあかひと》
小野小町《おののこまち》
僧正遍昭《そうじょうへんじょう》
安倍仲麿《あべのなかまろ》
※生没年未詳の歌人は点線で表しています。

万葉《まんよう》の歌人《かじん》たち

『万葉集《まんようしゅう》』は、日本最古《さいこ》の歌《か》集《しゅう》で、天皇《てんのう》、貴族《きぞく》、武士《ぶし》、農民《のうみん》など、あらゆる身分《みぶん》の人《ひと》の歌《うた》がおさめられています。『万葉集《まんようしゅう》』の歌人《かじん》たちがよんだ歌《うた》は、格調《かくちょう》高《たか》いものから生活感《せいかつかん》あふれるものまでさまざまです。

百人一首《ひゃくにんいっしゅ》には、天智天皇《てんじてんのう》、山《やま》部赤人《べのあかひと》、大伴家持《おおとものやかもち》、安倍仲麿《あべのなかまろ》らの歌《うた》が入《い》れられています。

和歌《わか》の名人《めいじん》・六歌仙《ろっかせん》

平安時代《へいあんじだい》のはじめに『古今和《こきんわ》歌集《かしゅう》』がつくられ、技巧《ぎこう》をこらした繊細《せんさい》で優美《ゆうび》な歌《うた》が多《おお》くうまれました。撰者《せんじゃ》のひとりである紀貫之《きのつらゆき》が六歌仙《ろっかせん》とよんだ僧正遍《そうじょうへん》

在原業平《ありわらのなりひら》
（仙波東照宮 蔵）
『伊勢物語《いせものがたり》』の主人公《しゅじんこう》のモデルといわれる。

大伴家持《おおとものやかもち》
（藤田美術館 蔵）
『万葉集《まんようしゅう》』の撰者《せんじゃ》ともいわれる。

紀貫之《きのつらゆき》
（仙波東照宮 蔵）
『古今和歌集《こきんわかしゅう》』の撰者《せんじゃ》で、『土佐日記《とさにっき》』の作者《さくしゃ》。

山部赤人《やまべのあかひと》
（仙波東照宮 蔵）
自然《しぜん》を歌《うた》ったものにすぐれ、人麻呂《ひとまろ》とならび称《しょう》された。

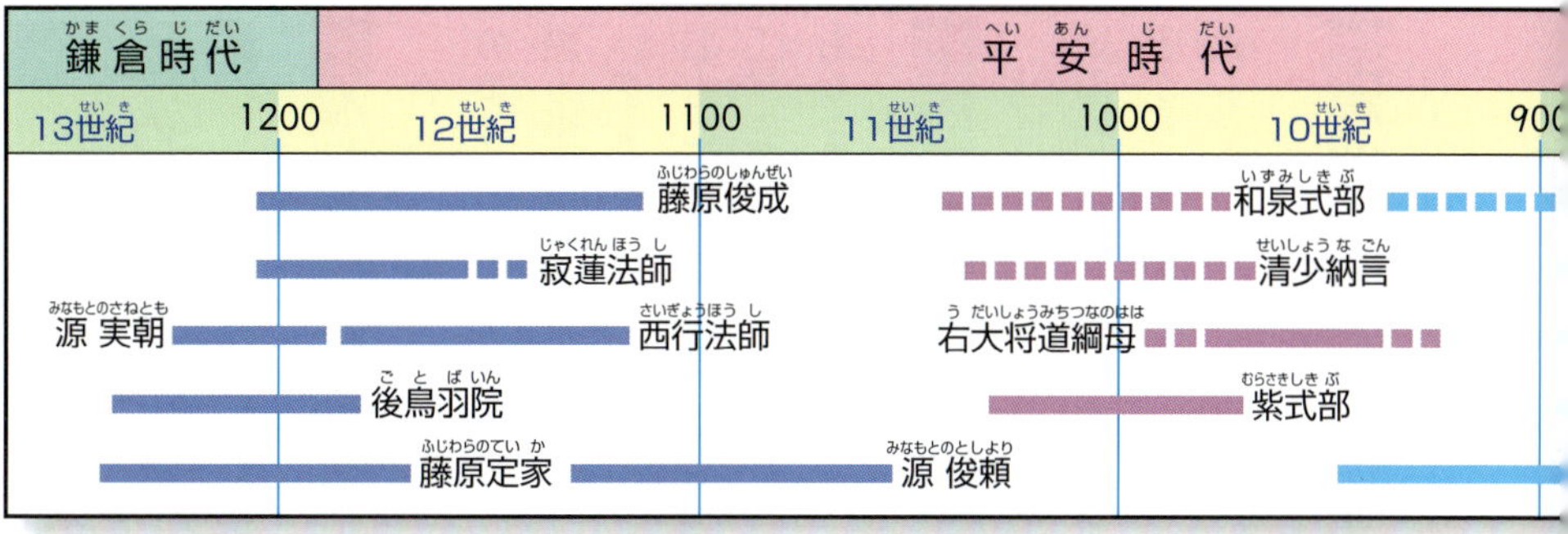

鎌倉時代《かまくらじだい》
平安時代《へいあんじだい》
13世紀《せいき》
1200
12世紀《せいき》
1100
11世紀《せいき》
1000
10世紀《せいき》
900
藤原俊成《ふじわらのしゅんぜい》
和泉式部《いずみしきぶ》
寂蓮法師《じゃくれんほうし》
清少納言《せいしょうなごん》
源実朝《みなもとのさねとも》
西行法師《さいぎょうほうし》
右大将道綱母《うだいしょうみちつなのはは》
後鳥羽院《ごとばいん》
紫式部《むらさきしきぶ》
藤原定家《ふじわらのていか》
源俊頼《みなもとのとしより》

昭《じょう》、在原業平《ありわらのなりひら》、喜撰法師《きせんほうし》、小野《おのの》小町《こまち》らが有名《ゆうめい》です。

女流歌人《じょりゅうかじん》の全盛期《ぜんせいき》

平安時代《へいあんじだい》の中《なか》ごろ、貴族文化《きぞくぶんか》は全盛《ぜんせい》をむかえます。文学《ぶんがく》の世界《せかい》では、女性《じょせい》の活《かつ》やくが目《め》ざましく、清少納言《せいしょうなごん》が『枕草子《まくらのそうし》』、紫式部《むらさきしきぶ》が『源氏物語《げんじものがたり》』を書《か》きました。二人《ふたり》のほかにも、百人一首《ひゃくにんいっしゅ》には多《おお》くの女流歌人《じょりゅうかじん》の歌《うた》が入《はい》っています。

僧侶《そうりょ》・武士《ぶし》の時代《じだい》へ

平安時代《へいあんじだい》から、武士《ぶし》が支配《しはい》する鎌倉時代《かまくらじだい》へうつる不安《ふあん》な世《よ》の中《なか》で、仏教《ぶっきょう》に心《こころ》のささえを求《もと》める人《ひと》たちがふえました。

百人一首《ひゃくにんいっしゅ》もこの世相《せそう》を反映《はんえい》して、将軍源実朝《しょうぐんみなもとのさねとも》の歌《うた》や西行《さいぎょう》、寂《じゃく》蓮《れん》などの僧侶《そうりょ》の歌《うた》が登場《とうじょう》します。藤原定家《ふじわらのていか》が撰者《せんじゃ》でもある『新古今和歌集《しんこきんわかしゅう》』の歌《うた》が中心《ちゅうしん》となっています。

後鳥羽院《ごとばいん》
（東京国立博物館 蔵）
『新古今和歌集《しんこきんわかしゅう》』の編集《へんしゅう》を命《めい》じた。

清少納言《せいしょうなごん》
『枕草子《まくらのそうし》』の作者《さくしゃ》。
（東京国立博物館 蔵）

西行法師《さいぎょうほうし》
生涯《しょうがい》を旅《たび》の歌人《かじん》としておくった。
（神宮文庫 蔵）

紫式部《むらさきしきぶ》
（石山寺 蔵）
清少納言《せいしょうなごん》とならび称《しょう》される才女《さいじょ》で、『源氏物語《げんじものがたり》』の作者《さくしゃ》。

かるたとなって広《ひろ》まる、百人一首《ひゃくにんいっしゅ》

百人一首《ひゃくにんいっしゅ》のかるたあそびは、江戸時代《えどじだい》の中《なか》ごろにはじまったといわれています。

読《よ》み札《ふだ》には現在《げんざい》と同《おな》じような絵《え》が入《はい》り、取《と》り札《ふだ》は変体《へんたい》仮名《かな》のちらし書《が》きでした。

かるた取《と》りは女性《じょせい》のあそび

百人一首《ひゃくにんいっしゅ》のかるた取《と》りは、「ちらし取《と》り」（→P.227）のようなものでした。読《よ》み手《て》は、「百人一首《ひゃくにんいっしゅ》」の本《ほん》を読《よ》み、２人以上《いじょう》で取《と》り合《あ》います。おもに女性《じょせい》のあそびでした。江戸時代《えどじだい》の中《なか》ごろには「かるた取《と》りの図《ず》」などの絵《え》がありました。

江戸時代《えどじだい》の中《なか》ごろ

当時《とうじ》の「小倉百人一首《おぐらひゃくにんいっしゅ》」は、読《よ》み札《ふだ》には絵《え》がなく、読《よ》み札《ふだ》も取《と》り札《ふだ》も文字《もじ》がすべて手書《てが》きで、変体仮名《へんたいかな》で書《か》かれていました。武士《ぶし》や裕福《ゆうふく》な商人《しょうにん》の家庭《かてい》で親《した》しまれていました。

江戸時代《えどじだい》の後期《こうき》から明治時代《めいじじだい》にかけて

百人一首《ひゃくにんいっしゅ》かるたは、木版《もくはん》で印刷《いんさつ》されていました。

百《ひゃく》人《にん》一《いっ》首《しゅ》の世《せ》界《かい》

1

秋《あき》の田《た》の　かりほの庵《いほ》（イオ）の　とまをあらみ
わが衣手《ころもで》は　露《つゆ》にぬれつつ

天智天皇《てんじてんのう》
（六二六～六七一年《ねん》）
出典《しゅってん》『後撰和歌集《ごせんわかしゅう》』秋《あき》

秋《あき》、いねの取《と》り入《い》れの季節《きせつ》だ。
だいぶかり取《と》ったな。
あとはまた明日《あした》だ。
小屋《こや》に入《はい》ろう。
しばらくすると…。
ピチャ
ピチャ
ひやっ、冷《つめ》たい！
屋根《やね》のすきまから夜露《よつゆ》だわ！

仮《かり》の番小屋《ばんごや》は急《いそ》いで作《つく》るから、
あみ方《かた》があらいんだな。
うわぁ、袖《そで》がびっしょりだ。
まったく苦労《くろう》がたえないなあ。

歌意《かい》

秋《あき》の田《た》の番《ばん》をする仮小屋《かりごや》は、屋根《やね》のとまのあみ目《め》があらいので、わたしの着物《きもの》のそでは、もれてくる夜露《よつゆ》にぬれ続《つづ》けていることだ。

解説《かいせつ》

この歌《うた》は、天智天皇《てんじてんのう》が秋《あき》の取《と》り入《い》れのころの農民《のうみん》の気持《きも》ちを思《おも》ってよんだ歌《うた》とされています。しかし、日本最古《さいこ》の歌集《かしゅう》『万葉集《まんようしゅう》』には「よみ人知《びとし》らず」としてこの歌《うた》のもとになったと思《おも》われる歌《うた》があり、もとは農民《のうみん》の間《あいだ》で歌《うた》われた歌《うた》だったという説《せつ》もあります。

天智天皇《てんじてんのう》は中大兄皇子《なかのおおえのおうじ》とよばれた皇太子《こうたいし》時《じ》代《だい》に、中臣鎌足《なかとみのかまたり》と大化《たいか》の改新《かいしん》を行《おこな》いました。

語句《ごく》

【かりほ】「仮庵《かりいほ》（仮《かり》の小屋《こや》）」と「刈《か》り穂《ほ》（刈《か》り取《と》ったいねの穂《ほ》）」とのかけことば。

【とま】苫《とま》。すげやかやなどの草《くさ》をあんで作《つく》ったむしろで、屋根《やね》などに用《もち》いられた。

【衣手《ころもで》】着物《きもの》の袖《そで》。

2

春《はる》過《す》ぎて　夏《なつ》来《き》にけらし　白妙《しろたへ》(タエ)の
衣《ころも》ほすてふ(チョウ)　天《あま》の香《か》具《ぐ》山《やま》

持統天皇《じとうてんのう》
（六四五〜七〇二年《ねん》）
出典《しゅってん》『新古今和歌集《しんこきんわかしゅう》』夏《なつ》

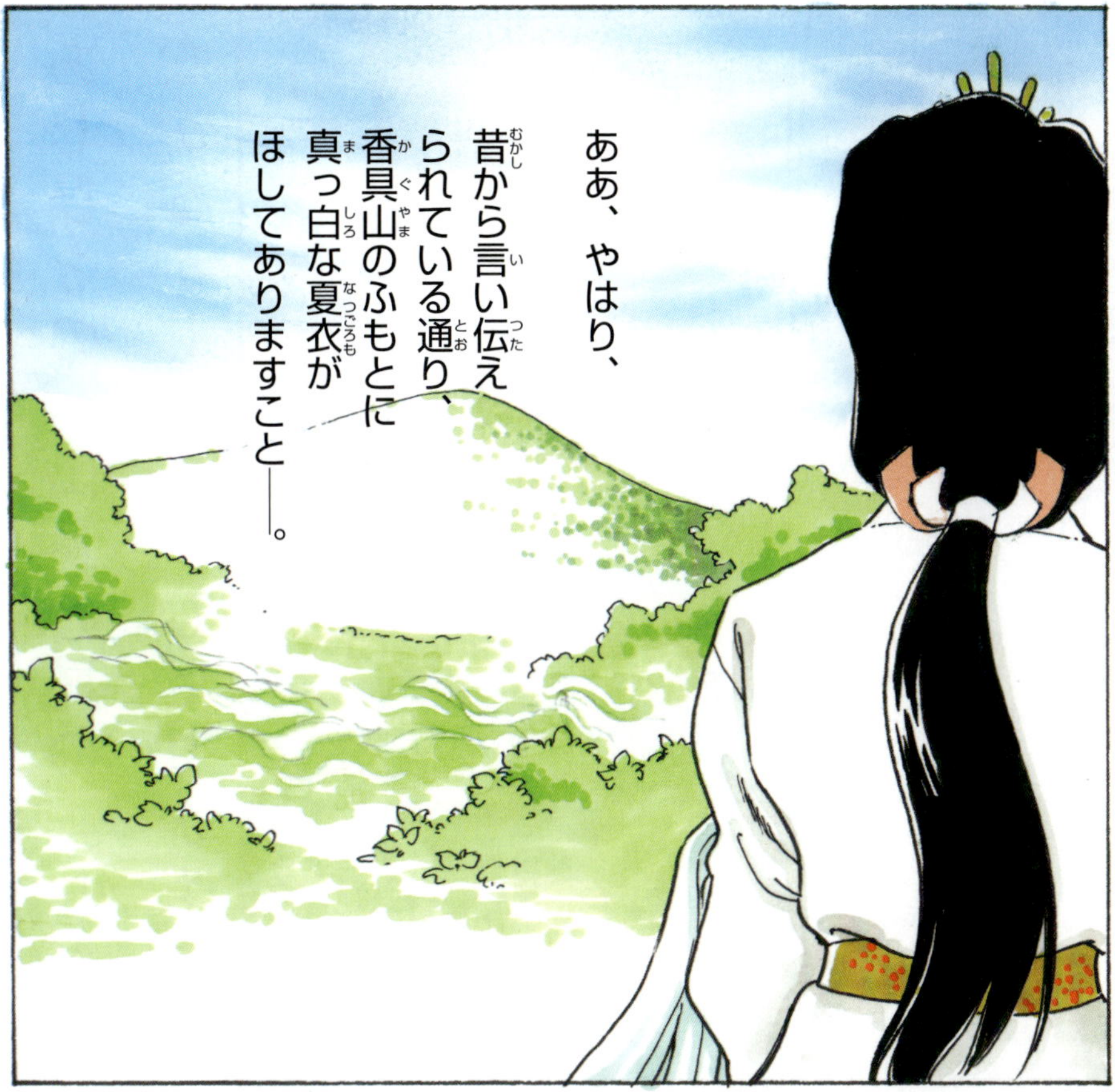
ああ、やはり、
昔《むかし》から言《い》い伝《つた》え
られている通《とお》り、
香具山《かぐやま》のふもとに
真《ま》っ白《しろ》な夏衣《なつごろも》が
ほしてありますこと——。

歌意《かい》

春《はる》がすぎ、いつのまにか夏《なつ》が来《き》たらしい。昔《むかし》から夏《なつ》になると白《しろ》い衣《ころも》をほすと語《かた》りつがれている天《あま》の香具山《かぐやま》に、ほら、あのように真《ま》っ白《しろ》い夏《なつ》の着物《きもの》がほしてあることだよ。

解説《かいせつ》

春《はる》の終《お》わり、持統天皇《じとうてんのう》が自《みずか》ら治《おさ》める藤原京《ふじわらきょう》から天《あま》の香具山《かぐやま》を見《み》ると、青葉《あおば》の中《なか》に真《ま》っ白《しろ》な衣《ころも》がほしてありました。そのすがすがしさに、夏《なつ》のおとずれを実感《じっかん》しています。

天《あま》の香具山《かぐやま》は奈良県橿原市《ならけんかしはらし》にあります。古代《こだい》から神様《かみさま》が住《す》んでいると信《しん》じられてきた山《やま》で、畝傍山《うねびやま》、耳成山《みみなしやま》とともに、大和三山《やまとさんざん》といわれています。

語句《ごく》

【来《き》にけらし】来《き》たらしい。

【白妙《しろたえ》の衣《ころも》】真《ま》っ白《しろ》な衣《ころも》。この歌《うた》では、神《かみ》の山《やま》に仕《つか》える巫女《みこ》の衣《ころも》という説《せつ》もある。

【ほすてふ】「てふ」は「と言《い》ふ」のつづまった形《かたち》。

あしびきの　山鳥《やまどり》の尾《を》（オ）の　しだり尾《を》（オ）の
ながながし夜《よ》を　ひとりかも寝《ね》む（ン）

柿本人麻呂《かきのもとのひとまろ》
（生没年未詳《せいぼつねんみしょう》）
出典《しゅってん》『拾遺和歌集《しゅういわかしゅう》』恋《こい》

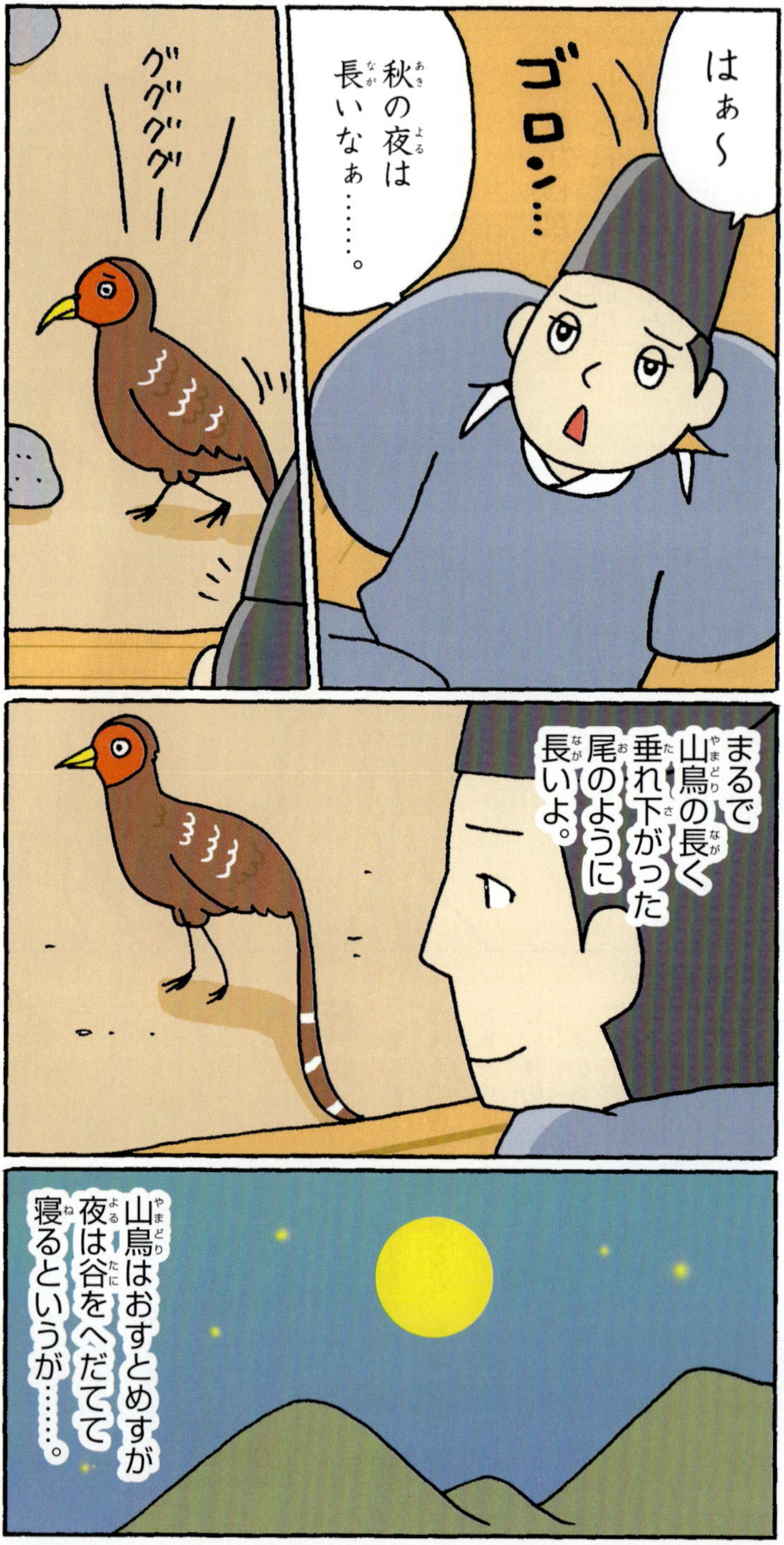
はぁ～
ゴロン…
秋《あき》の夜《よる》は長《なが》いなぁ……。
ググググー
まるで山鳥《やまどり》の長《なが》く垂《た》れ下《さ》がった尾《お》のように長《なが》いよ。
山鳥《やまどり》はおすとめすが夜《よる》は谷《たに》をへだてて寝《ね》るというが……。

わたしも恋《こい》しいあの人《ひと》とはなれて、
ひとりぼっちでさびしく寝《ね》るんだなぁ。

歌意《かい》

山鳥《やまどり》の、あのたれさがった尾《お》のように長《なが》い長《なが》い秋《あき》の夜《よ》を、わたしはたった一人《ひとり》でさびしくねることであろうかなあ。

解説《かいせつ》

上《かみ》の句《く》だけで「の」が四回《よんかい》もくり返《かえ》され、歌《うた》の調子《ちょうし》を出《だ》しています。昔《むかし》の人《ひと》は、山鳥《やまどり》のおすとめすは、谷《たに》をへだてて別々《べつべつ》にねると考《かんが》えていました。そのため、恋人《こいびと》といっしょにいられないさびしさを山鳥《やまどり》にたとえ、また、山鳥《やまどり》の長《なが》くたれさがった尾《お》を、秋《あき》の長《なが》い夜《よる》にたとえたのです。

作者《さくしゃ》の柿本人麻呂《かきのもとのひとまろ》は『万葉集《まんようしゅう》』を代表《だいひょう》する歌人《かじん》です。「歌聖《かせい》」としてうやまわれました。

語句《ごく》

【山鳥《やまどり》】キジ科《か》の鳥《とり》で、おすの尾《お》の長《なが》さは一《いち》メートルをこえることもある。

【しだり尾《お》の】長《なが》くたれさがった尾《お》が。初句《しょく》からこの第二句《だいにく》までは「ながながし」をみちびき出《だ》すための序詞《じょし》。

4

田子《たご》の浦《うら》に　うち出《い》でてみれば　白妙《しろたへ》（タエ）の
富士《ふじ》の高嶺《たかね》に　雪《ゆき》は降《ふ》りつつ

山部赤人《やまべのあかひと》
（生没年未詳《せいぼつねんみしょう》）
出典《しゅってん》『新古今和歌集《しんこきんわかしゅう》』冬《ふゆ》

田子《たご》の浦《うら》
もっと ながめのよい 先《さき》まで 歩《ある》いてみよう。
ずん
ずん
ん？
おお！ 富士山《ふじさん》！
山頂《さんちょう》が 真《ま》っ白《しろ》だ……。

きっと今《いま》も
あのはるかかなたの
富士山《ふじさん》の山頂《さんちょう》では、
雪《ゆき》がふりしきって
いることだろうなぁ。

歌意《かい》

田子《たご》の浦《うら》のながめのよいところに進《すす》み出《で》て、はるかかなたを見《み》わたすと、真《ま》っ白《しろ》い富士山《ふじさん》の頂上《ちょうじょう》に今《いま》もなお雪《ゆき》がふりしきっていることだよ。

解説《かいせつ》

実際《じっさい》は、遠《とお》くはなれたふもとから富士山《ふじさん》の頂上《ちょうじょう》に雪《ゆき》がふる光景《こうけい》は見《み》られませんが、この歌《うた》では、想像《そうぞう》をふくらませて「雪《ゆき》は降《ふ》りつつ」と表現《ひょうげん》しています。

山部赤人《やまべのあかひと》は『万葉集《まんようしゅう》』を代表《だいひょう》する歌人《かじん》で、自然《しぜん》の美《うつく》しさを多《おお》く歌《うた》に残《のこ》しました。柿本人《かきのもとのひと》麻呂《まろ》とならび称《しょう》され、大伴家持《おおとものやかもち》はこの二人《ふたり》の名前《なまえ》から、二人《ふたり》合《あ》わせて「山柿《さんし》」とよんで、うやまいました。

語句《ごく》

【田子《たご》の浦《うら》】静岡県《しずおかけん》の駿河湾《するがわん》にそそぐ富士川《ふじかわ》の河口付近《かこうふきん》。昔《むかし》はもっと広《ひろ》い地域《ちいき》をさした。

【うち出《い》でて】「うち」は強調《きょうちょう》のことばで、ずっと進《すす》み出《で》て、という意味《いみ》になる。

【白妙《しろたえ》の】真《ま》っ白《しろ》い。

5

奥山《おくやま》に　紅葉《もみぢ》(モミジ)踏《ふ》みわけ　鳴《な》く鹿《しか》の
声《こゑ》(コエ)きく時《とき》ぞ　秋《あき》は悲《かな》しき

奥深《おくぶか》い山《やま》では、紅葉《もみじ》が見事《みごと》に色《いろ》づいてきたなぁ。
カサ
カサ……
牡鹿《おじか》か！
なんだ……
ミューーン
ミューーン

猿丸大夫《さるまるだゆう》
（生没年未詳《せいぼつねんみしょう》）
出典《しゅってん》『古今和歌集《こきんわかしゅう》』秋《あき》

牡鹿《めじか》を恋《こい》しく思《おも》って鳴《な》いているんだな…。
ミューー…ン
このような鹿《しか》の鳴《な》き声《ごえ》を聞《き》くときこそ、
ミューーン……
秋《あき》は切《せつ》なく物悲《ものがな》しいものだと感《かん》じられるなぁ。

歌意《かい》

人里《ひとざと》はなれた奥深《おくぶか》い山《やま》で、散《ち》りしいた紅葉《もみじ》をふみわけ、牡鹿恋《めじかこい》しさに鳴《な》く牡鹿《おじか》の声《こえ》を聞《き》くときこそまさに、秋《あき》は物悲《ものがな》しいと、しみじみ感《かん》じられることだよ。

解説《かいせつ》

秋《あき》の物悲《ものがな》しさと、作者《さくしゃ》の人恋《ひとこい》しさが、しみじみと伝《つた》わってきます。この歌《うた》では、紅葉《もみじ》をふみわけるのはだれなのかということに関《かん》して、作者《さくしゃ》であるという説《せつ》と、鹿《しか》であるという説《せつ》の二《ふた》つがありますが、鹿《しか》であると考《かんが》えた方《ほう》が、より自然《しぜん》でしょう。

作者《さくしゃ》の猿丸大夫《さるまるだゆう》の一生《いっしょう》は、なぞにつつまれています。実在《じつざい》したのかどうかもはっきりわかっていません。

語句《ごく》

【鳴《な》く鹿《しか》】牡鹿《めじか》を求《もと》めて鳴《な》く、おすの鹿《しか》。

【声聞《こえき》く時《とき》ぞ】「ぞ」は強調《きょうちょう》を表《あらわ》す。声《こえ》を聞《き》くその時《とき》こそ、という意味《いみ》。

6

かささぎの　渡《わた》せる橋《はし》に　おく霜《しも》の
白《しろ》きを見《み》れば　夜《よ》ぞふけにける

こよいの天《あま》の川《がわ》は
冬《ふゆ》の夜空《よぞら》に
いちだんと映《は》えて
美《うつく》しいことだ……。
七夕《たなばた》の夜《よる》には、
この河《かわ》に
かささぎが
橋《はし》をかけ、
恋人《こいびと》たちの
逢瀬《おうせ》を
助《たす》けるとか。

中納言家持《ちゅうなごんやかもち》
（七一八ごろ～七八五年《ねん》）
出典《しゅってん》『新古今和歌集《しんこきんわかしゅう》』冬《ふゆ》

まるで
その橋《はし》に霜《しも》が
おりたように
さえざえと見《み》える
ことだよ。
天上《てんじょう》の夜《よ》も
ずいぶんと
ふけたようだ。

歌意《かい》

かささぎの群《む》れがつばさを広《ひろ》げて、橋《はし》をかけたという言《い》い伝《つた》えがある天《あま》の川《がわ》。その橋《はし》がまるで霜《しも》がおりたかのように真《ま》っ白《しろ》に見《み》えるところから考《かんが》えると、もうずいぶん夜《よ》もふけてしまったことだなあ。

解説《かいせつ》

中国《ちゅうごく》には、七夕《たなばた》の夜《よる》、かささぎがつばさをならべて天《あま》の川《がわ》に橋《はし》をかけ、織姫《おりひめ》を彦星《ひこぼし》にわたすという伝説《でんせつ》がありました。作者《さくしゃ》は、冬《ふゆ》の夜空《よぞら》のまるで霜《しも》がおりたかのような天《あま》の川《がわ》の美《うつく》しさに心《こころ》をうたれ、七夕伝説《たなばたでんせつ》と、寒《さむ》い夜《よ》ふけを重《かさ》ね合《あ》わせたのでしょう。

作者《さくしゃ》の大伴家持《おおとものやかもち》は、武人《ぶじん》として天皇家《てんのうけ》に仕《つか》えました。『万葉集《まんようしゅう》』は家持《やかもち》の歌《うた》が最《もっと》も多《おお》く、かれが編者《へんじゃ》の一人《ひとり》といわれています。

語句《ごく》

【かささぎの渡《わた》せる橋《はし》】昔《むかし》は宮中《きゅうちゅう》を天上世界《てんじょうせかい》にたとえたことから、「かささぎの渡《わた》せる橋《はし》」を宮中《きゅうちゅう》の御殿《ごてん》の階段《かいだん》とする見方《みかた》もある。

7

天《あま》の原《はら》　ふりさけ見《み》れば　春日《かすが》なる
三笠《みかさ》の山《やま》に　出《い》でし月《つき》かも

安倍仲麿《あべのなかまろ》
（六九八ごろ～七七〇年《ねん》）
出典《しゅってん》『古今和歌集《こきんわかしゅう》』羇旅《きりょ》

中国《ちゅうごく》・明州《めいしゅう》の浜辺《はまべ》
長年《ながねん》の留学《りゅうがく》もついに終《お》わり帰国《きこく》ですな。
名残《なごり》おしいですねぇ。
さぁ今夜《こんや》は飲《の》みましょう！
ワハハ
パチ…
パチ…
広《ひろ》い夜空《よぞら》をふりあおいで見《み》れば
……あの美《うつく》しい月《つき》は……
あの若《わか》き日《ひ》に見《み》た

故郷《こきょう》の奈良《なら》、
春日《かすが》にある
三笠《みかさ》の山《やま》に
出《で》ていた
あの月《つき》と同《おな》じなのだなぁ……。

歌意《かい》

大空《おおぞら》をはるかにあおぐと、美《うつく》しい月《つき》が出《で》ている。ああ、あの月《つき》は、ふるさとの春日《かすが》にある三笠山《みかさやま》に出《で》ていたのと、同《おな》じ月《つき》なのだなあ。

解説《かいせつ》

作者《さくしゃ》は唐《とう》（中国《ちゅうごく》）の政治《せいじ》や学問《がくもん》を学《まな》ぶため、海《うみ》をこえて留学《りゅうがく》し、三十数年《さんじゅうすうねん》を唐《とう》ですごしました。この歌《うた》は、帰国前《きこくまえ》に自分《じぶん》の送別会《そうべつかい》でよんだものとされています。わかき日《ひ》に、ふるさとで見《み》た月《つき》がそのままの美《うつく》しさでかがやいているのを見《み》て、心《こころ》をうたれたのでしょう。

しかし、仲麿《なかまろ》を乗《の》せた帰国船《きこくせん》はあらしにあい、仲麿《なかまろ》はついに日本の地《ち》をふむことなく、一生《いっしょう》を終《お》えたのでした。

語句《ごく》

【天《あま》の原《はら》】広々《ひろびろ》とした大空《おおぞら》。

【ふりさけ見《み》れば】「振《ふ》り放《さ》け」と書《か》き、ふりあおいで遠《とお》くを見《み》れば、という意味《いみ》。

【三笠《みかさ》の山《やま》】奈良《なら》にある山《やま》。ふもとに春日《かすが》大社《たいしゃ》がある。

8

わが庵《いほ》(イオ)は　都《みやこ》のたつみ　しかぞ住《す》む
世《よ》をうぢ(ジ)山《やま》と　人《ひと》はいふ(ウ)なり

喜撰法師《きせんほうし》
（生没年未詳《せいぼつねんみしょう》）
出典《しゅってん》『古今和歌集《こきんわかしゅう》』雑《ぞう》

わたしの住《す》んでいるのは、都《みやこ》の南東《なんとう》、さびしいところだ。

●昔《むかし》の方角《ほうがく》の表《あらわ》し方《かた》

子《ね》（北《きた》）、卯《う》（東《ひがし》）、午《うま》（南《みなみ》）、酉《とり》（西《にし》）というように、昔《むかし》は十二支《じゅうにし》を方位《ほうい》にあてて表《あらわ》していた。

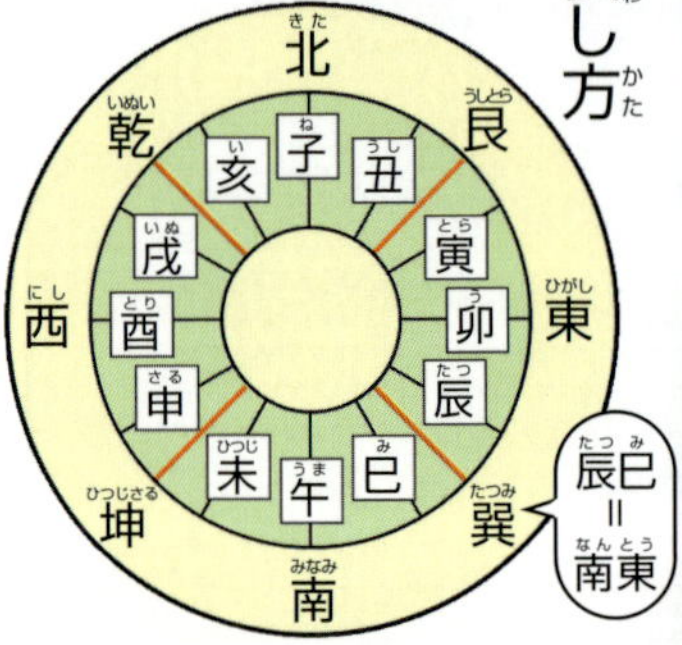

北《きた》
艮《うしとら》
東《ひがし》
巽《たつみ》
南《みなみ》
坤《ひつじさる》
西《にし》
乾《いぬい》
子《ね》
丑《うし》
寅《とら》
卯《う》
辰《たつ》
巳《み》
午《うま》
未《ひつじ》
申《さる》
酉《とり》
戌《いぬ》
亥《い》
辰巳《たつみ》＝南東《なんとう》

けれど、ゆうゆうと心静《こころしず》かに住《す》んでいる。
あ～！

なのに、世間《せけん》の人々《ひとびと》は、
世《よ》の中《なか》をつらいものだと、山《やま》にかくれ住《す》んでいるそうな。
「憂《う》し」じゃから宇《う》治《じ》山《やま》に住《す》んだのかのう。
と、いっているそうな。
やれやれ、気楽《きらく》にやっておるのにのう…。

歌《か》意《い》

わたしの仮《かり》のすまいは都《みやこ》の南東《なんとう》にあって、このように心安《こころやす》らかにくらしているのだが、この世《よ》をつらいと思《おも》って宇《う》治《じ》山《やま》にのがれ住《す》んでいるのだと、人々《ひとびと》は言《い》っているようだ。

解説《かいせつ》

出家生活《しゅっけせいかつ》を歌《うた》いながら、世《よ》をはかなんだところがありません。「世を……人《ひと》はいふなり」「わが庵《いお》は……住《す》む」という対比《たいひ》した言《い》いまわしに、自分《じぶん》は自分《じぶん》、人《ひと》は人《ひと》という考《かんが》えが表《あらわ》れて、明《あか》るい感《かん》じになっています。

喜撰法師《きせんほうし》は他《ほか》にも歌《うた》を作《つく》っていますが、確《かく》実《じつ》な作歌《さっか》として伝《つた》わるのはこの一首《いっしゅ》のみです。

語《ご》句《く》

【たつみ】十二支《じゅうにし》の方位《ほうい》で辰《たつ》と巳《み》の中間《ちゅうかん》。南《なん》東《とう》のこと。

【しかぞ住《す》む】「然《しか》ぞ住《す》む」。このように住《す》んでいる、という意味《いみ》。

【うぢ山《やま》】「うぢ山《やま》」の「宇《う》」治《じ》に「憂《う》し」の意《い》の「憂《う》」をかけている。

9

花《はな》の色《いろ》は　うつりにけりな　いたづら《(ズ)》に
わが身《み》世《よ》にふる　ながめせしまに

小野小町《おののこまち》
（生没年未詳《せいぼつねんみしょう》）
出典《しゅってん》『古今和歌集《こきんわかしゅう》』春《はる》

桜《さくら》の色《いろ》がまたたく間《ま》に色《いろ》あせてしまったわ。
春《はる》の長雨《ながあめ》が降《ふ》る間《あいだ》に……。
わたしも若《わか》いころはきれいだ、美《うつく》しいともてはやされたものだったけれど、

ただぼんやりと
物思《ものおも》いに
ふけっている
間《あいだ》に、

いつのまにか
年《とし》をとって
しまったわ…。

歌意《かい》

美《うつく》しい桜《さくら》の花《はな》の色《いろ》は、見《み》るひまもないうちにむなしく色《いろ》あせてしまったことよ。ふり続《つづ》く春《はる》の長雨《ながあめ》をぼんやりながめながら、物思《ものおも》いにふけっている間《あいだ》に。

解説《かいせつ》

桜《さくら》の花《はな》が色《いろ》あせていくさまをよんだ歌《うた》です。年《とし》とともに自《みずか》らの容姿《ようし》がおとろえていくのをなげく気持《きも》ちがこめられているともとれます。

小野小町《おののこまち》は有名《ゆうめい》な女流歌人《じょりゅうかじん》です。絶世《ぜっせい》の美女《びじょ》といわれていますが、年《とし》をとってからは容姿《ようし》がおとろえ、生活《せいかつ》もおちぶれて、日本各地《かくち》をさまよったという言《い》い伝《つた》えもあります。

語句《ごく》

【いたづらに】むなしく。

【世《よ》にふる】月日《つきひ》をすごす。「世《よ》」とはここでは男女《だんじょ》の仲《なか》、という意味《いみ》もある。「経《ふ》る」は「降《ふ》る」とのかけことば。

【ながめ】「長雨《ながあめ》」と、物思《ものおも》いにふけってぼんやり見《み》るという「眺《なが》め」とのかけことば。

10

これやこの　行《ゆ》くも帰《かへ(カエ)》るも　別《わか》れては
知《し》るも知《し》らぬも　逢《あふ(オウ)》坂《さか》の関《せき》

これがまあ、
都《みやこ》から東国《とうごく》へ行《い》く人《ひと》も
東国《とうごく》から都《みやこ》に帰《かえ》って来《く》る人《ひと》も……
知《し》っている人《ひと》も
おお！お久しぶり
知《し》らない人《ひと》も

蟬丸《せみまる》（生没年未詳《せいぼつねんみしょう》）
出典《しゅってん》『後撰和歌集《ごせんわかしゅう》』雑《ぞう》

ともにここで
会《あ》うという
その名《な》の通《とお》り
逢坂《おうさか》の関《せき》
なのだなぁ。

歌意《かい》

これがまあ、都《みやこ》から東国《とうごく》へ行《い》く人《ひと》も東国《とうごく》から都《みやこ》へ帰《かえ》る人《ひと》も、知《し》っている人《ひと》も知《し》らない人《ひと》も、別《わか》れてはまたここで逢《あ》うという、逢坂《おうさか》の関所《せきしょ》なのだなあ。

解説《かいせつ》

調子《ちょうし》のいい出《で》だしと、「行《ゆ》くも帰《かえ》るも」「知《し》るも知《し》らぬも」という対句《ついく》が、とてもリズミカルです。作者《さくしゃ》は盲目《もうもく》の琵琶《びわ》の名手《めいしゅ》で、逢坂《おうさか》の関《せき》の近《ちか》くに住《す》んでいました。関所《せきしょ》を通《とお》る人々《ひとびと》のあわただしい様子《ようす》を見《み》て、この歌《うた》をよみました。関《せき》（関所《せきしょ》）は国境《こっきょう》ぞいにもうけられ、人《ひと》や物《もの》の出《で》入《い》りを見《み》はるところです。「逢坂《おうさか》の関《せき》」は京都府《きょうとふ》と滋賀県《しがけん》の境《さかい》にありました。

語句《ごく》

【これやこの】これが話《はなし》に聞《き》いている。

【別《わか》れては】「は」は強調《きょうちょう》。別《わか》れて、そしてまた一方《いっぽう》においてはの意味《いみ》。「逢坂《おうさか》の関《せき》」の「逢《あ》ふ」に続《つづ》き、別《わか》れてはまた逢《あ》う、という意味《いみ》をこめている。

11

わたの原《はら》　八十島《やそしま》かけて　漕《こ》ぎ出《い》でぬと
人《ひと》には告《つ》げよ　海人《あま》の釣舟《つりぶね》

参議《さんぎ》　篁《たかむら》
（八〇二～八五二年《ねん》）
出典《しゅってん》『古今和歌集《こきんわかしゅう》』羇旅《きりょ》

島流《しまなが》しに
なるとはなぁ…。
もう二度《にど》と
戻《もど》って来《こ》られない
かもしれない…。
篁殿《たかむらどの》、
参《まい》るぞ
ギイイ……
広《ひろ》いはるか
大海原《おおうなばら》に、
たくさんの
島々《しまじま》をめぐって
わたしは舟《ふね》を
こぎ出《だ》して行《い》ったのだと
ギイ……
ギイ…

どうか都《みやこ》に残《のこ》して来《き》た
あの人《ひと》にだけは
伝《つた》えておくれ、
漁師《りょうし》の釣舟《つりぶね》よ……。

歌意《かい》

大海原《おおうなばら》に、たくさんの島《しま》から島《しま》をめぐって舟《ふね》をこぎ出《だ》していったと、どうか都《みやこ》に残《のこ》してきたあの人《ひと》にだけは知《し》らせておくれ、漁師《りょうし》の釣舟《つりぶね》よ。

解説《かいせつ》

作者《さくしゃ》の小野篁《おののたかむら》は、唐《とう》に行《い》くことを命《めい》じられたものの、乗《の》る舟《ふね》のことで上役《うわやく》と争《あらそ》い、隠岐《おきの》島《しま》に流《なが》されました。この歌《うた》は、そのときに都《みやこ》へ残《のこ》してきた家族《かぞく》に向《む》けてよんだものです。

当時《とうじ》、隠岐島《おきのしま》は果《は》てしなく遠《とお》く感《かん》じられる島《しま》でした。もう二度《にど》と都《みやこ》に帰《かえ》れないかもしれないという、作者《さくしゃ》のつらい気持《きも》ちが表《あらわ》れています。篁《たかむら》はそれから二年後《にねんご》にゆるされて、都《みやこ》にもどり、参議《さんぎ》という高《たか》い位《くらい》につきました。

語句《ごく》

【わたの原《はら》】大海原《おおうなばら》。「わた」は海《うみ》の古語《こご》。「原《はら》」は広々《ひろびろ》としたところ。

【八十島《やそしま》かけて】「八十《やそ》」は数《かず》の多《おお》いことをさす。「かけて」は、ここでは島《しま》から島《しま》へとめぐっていくこと。

12

天《あま》つ風《かぜ》　雲《くも》の通《かよ》ひ（イ）路《ぢ》（ジ）　吹《ふ》き閉《と》ぢ（ジ）よ
を（オ）とめの姿《すがた》　しばしとどめむ（ン）

遍昭《へんじょう》が仁明天皇《にんみょうてんのう》に仕《つか》えていたころ、「豊明節会《とよのあかりのせちえ》」で「五節《ごせち》の舞《まい》」を舞《ま》う美《うつく》しい少女《しょうじょ》を見《み》て――。

はぁあ～ なんて美《うつく》しい！

うっとり…

まるで本当《ほんとう》の天女《てんにょ》のようだよ……。

ズキュー
あぁ… 終《お》わってしまう！ もっと見《み》ていたいのに。

僧正遍昭《そうじょうへんじょう》
（八一六～八九〇年《ねん》）
出典《しゅってん》『古今和歌集《こきんわかしゅう》』雑《ぞう》

天《てん》にふく風《かぜ》よ！
天女《てんにょ》が通《とお》る
雲《くも》の中《なか》の通路《つうろ》を
ふき閉《と》ざして
おくれ。
この美《うつく》しい
天女《てんにょ》たちの姿《すがた》を
もうしばらく
ここにとどめたいのです。

歌意《かい》

空《そら》をふく風《かぜ》よ、天女《てんにょ》のゆきかう雲《くも》間《ま》の通路《つうろ》をとざしておくれ。舞《ま》い終《お》わって天《てん》に帰《かえ》って行《い》く美《うつく》しい天女《てんにょ》たちの姿《すがた》を、もうしばらくこの地上《ちじょう》にとどめておきたいから。

解説《かいせつ》

陰暦十一月《いんれきじゅういちがつ》に、天皇《てんのう》がその年《とし》にとれた穀物《こくもつ》を神《かみ》にそなえる儀式《ぎしき》を新嘗祭《しんじょうさい》といい、そのよく日《じつ》には豊明節会《とよのあかりのせちえ》という宴《うたげ》がもよおされました。その宴《うたげ》で見《み》た「五節《ごせち》の舞姫《まいひめ》」の美《うつく》しさに感動《かんどう》して、よんだ歌《うた》とされています。「五節《ごせち》の舞姫《まいひめ》」とは、その昔《むかし》、天武天皇《てんむてんのう》が吉野《よしの》に行《い》ったとき、琴《こと》をひくと天女《てんにょ》が空《そら》からおりてきて舞《ま》ったという伝説《でんせつ》に由来《ゆらい》したものです。

作者《さくしゃ》の僧正遍昭《そうじょうへんじょう》は、俗名《ぞくみょう》を良岑宗貞《よしみねのむねさだ》といいます。９番の歌《うた》の作者《さくしゃ》・小野小町《おののこまち》とは、和歌《わか》をおくりあっていた仲《なか》でした。

語句《ごく》

【をとめの姿《すがた》】天上《てんじょう》と地上《ちじょう》を行《い》ったり来《き》たりする天女《てんにょ》を演《えん》じて舞《ま》う少女《しょうじょ》のこと。

13

筑波嶺《つくばね》の 峰《みね》より落《お》つる 男女川《みなのがは》（ガワ）
恋《こひ》（コイ）ぞつもりて 淵《ふち》となりぬる

陽成院《ようぜいいん》（八六八～九四九年《ねん》）
出典《しゅってん》『後撰和歌集《ごせんわかしゅう》』恋《こい》

いとこの
陽成院《ようぜいいん》から
綏子内親王《すいしないしんのう》へ
手紙《てがみ》が届《とど》いた。

その昔《むかし》
筑波山《つくばさん》では
「歌垣《うたがき》」という
お祭《まつ》りがあった
そうです。
男《おとこ》と女《おんな》が歌《うた》を
詠《よ》みかわし
おどり、
恋人《こいびと》に
なったとの
ことです。

それで筑波山《つくばさん》から流《なが》れ落《お》ちる川《かわ》を、
男女川《みなのがわ》と呼《よ》ぶのだそうです。
そして川《かわ》はだんだん流《なが》れ積《つ》もって大《おお》きな淵《ふち》となります。
わたしのあなたに対《たい》する恋心《こいごころ》もまた、大《おお》きな淵《ふち》になっておりますよ。

歌意《かい》

筑波山《つくばさん》の峰《みね》から流《なが》れ落《お》ちるみなの川《がわ》が、積《つ》もり積《つ》もってついには深《ふか》い淵《ふち》となってしまうように、あなたを思《おも》うわたしの恋心《こいごころ》も、積《つ》もり積《つ》もって今《いま》では深《ふか》い深《ふか》い思《おも》いの淵《ふち》となってしまったことだよ。

解説《かいせつ》

陽成院《ようぜいいん》の綏子内親王《すいしないしんのう》（光孝天皇《こうこうてんのう》の皇女《こうじょ》）に対《たい》するやるせない恋心《こいごころ》をうち明《あ》けた歌《うた》です。この恋《こい》はやがて実《みの》り、後《のち》に内親王《ないしんのう》は陽成院《ようぜいいん》の妃《きさき》となりました。恋《こい》する心《こころ》がどんなふうにふくらんでいくかをたくみに歌《うた》ったといえます。陽成院《ようぜいいん》は清和天皇《せいわてんのう》の皇子《おうじ》で、病《やまい》のために十《じゅう》七歳《ななさい》で位《くらい》をゆずりました。

語句《ごく》

【筑波嶺《つくばね》】茨城県《いばらきけん》の南西部《なんせいぶ》にある筑波山《つくばさん》。男体《なんたい》と女体《にょたい》の二峰《ふたみね》がある。

【男女川《みなのがわ》】筑波山《つくばさん》を源《みなもと》として流《なが》れる川《かわ》。「水無《みな》乃川《のがわ》」とも書《か》く。

陸奥《みちのく》の　しのぶもぢ《（ジ）》ずり　誰《たれ》ゆゑ《（エ）》に
乱《みだ》れそめにし　われならなくに

河原左大臣《かわらのさだいじん》
（八二二〜八九五年《ねん》）
出典《しゅってん》『古今和歌集《こきんわかしゅう》』恋《こい》

ある日《ひ》、左大臣《さだいじん》のもとへ恋人《こいびと》からの手紙《てがみ》がとどきました。
このごろはちっとも逢《あ》いにいらしてくださらないのですね。この薄情者《はくじょうもの》！
プンプン
こまったな〜、忙《いそが》しかっただけなのだが……。なんとか誤解《ごかい》をときたいものだ。
おお！そうじゃ！
あの模様《もよう》になぞらえてわたしの気持《きも》ちを伝《つた》えよう！
!!
あなたは私《わたし》を「薄情《はくじょう》」だとおっしゃるけれど、
私《わたし》の心《こころ》は陸奥《みちのく》の「しのぶもぢずり」の模様《もよう》のようにちぢに乱《みだ》れているのですよ。

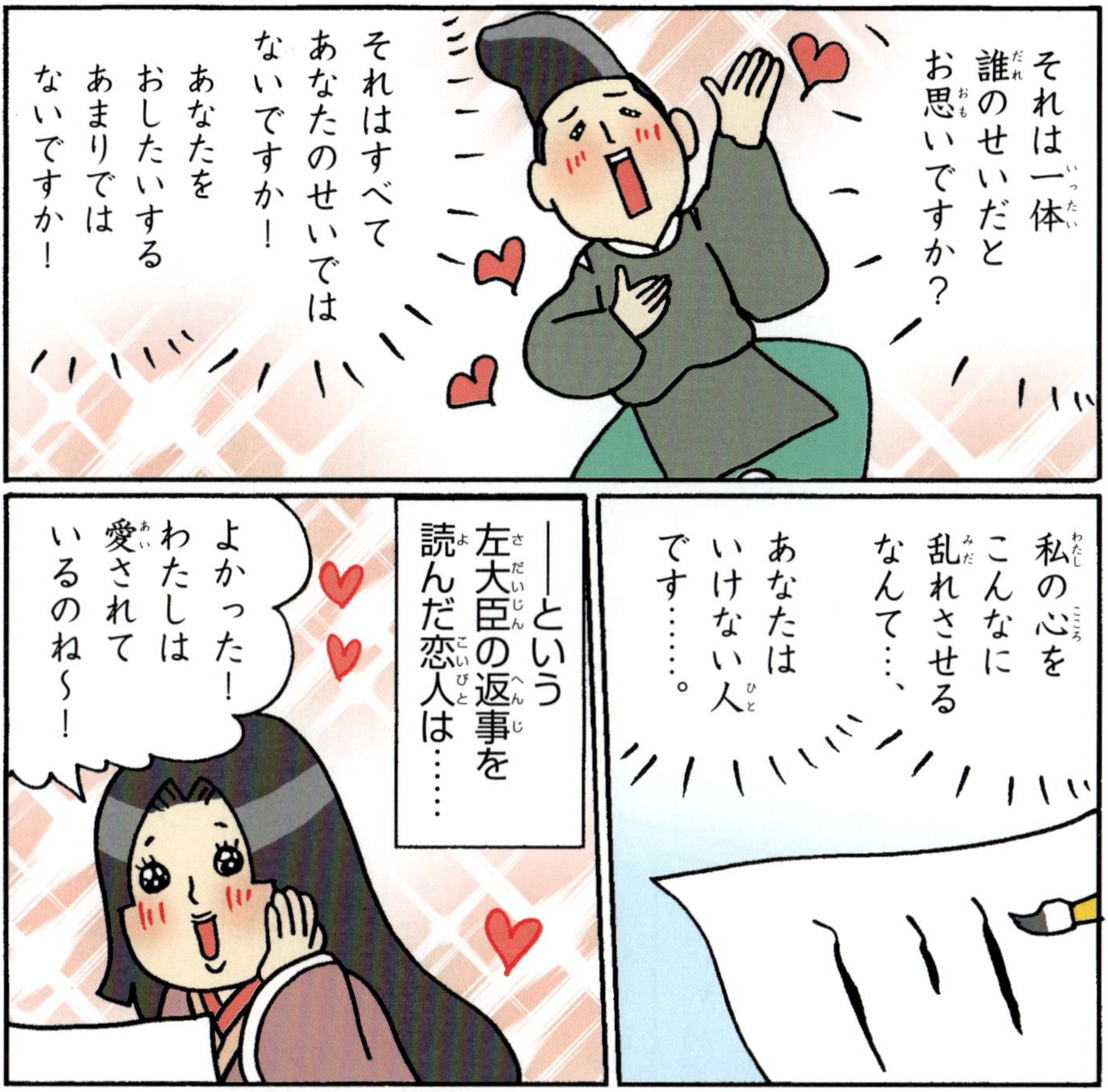

それは一体《いったい》誰《だれ》のせいだとお思《おも》いですか？

それはすべてあなたのせいではないですか！

あなたをおしたいするあまりではないですか！

私《わたし》の心《こころ》をこんなに乱《みだ》れさせるなんて…、あなたはいけない人《ひと》です……。

――という左大臣《さだいじん》の返事《へんじ》を読《よ》んだ恋人《こいびと》は……

よかった！わたしは愛《あい》されているのね～！

歌意《かい》

陸奥《みちのく》の国《くに》の信夫《しのぶ》の地《ち》で作《つく》られる、しのぶもぢずりの乱《みだ》れ模様《もよう》のように、わたしの心《こころ》は乱《みだ》れはじめてしまいましたが、それはだれのために乱《みだ》れたのでもありません、ほかならぬあなた一人《ひとり》のせいなのですよ。

解説《かいせつ》

相手《あいて》の女性《じょせい》から愛情《あいじょう》をうたがわれたのに対《たい》して、わたしの気持《きも》ちが乱《みだ》れているのはいったいだれのせいだと思《おも》うのですか、あなたのせいですよ、と自分《じぶん》の愛情《あいじょう》が変《か》わらないことをうったえた歌《うた》です。

河原左大臣《かわらのさだいじん》とは源融《みなもとのとおる》のことです。京都《きょうと》の東《ひがし》六条《ろくじょう》に河原院《かわらのいん》という邸宅《ていたく》を建《た》てて住《す》んでいたので、その名《な》でよばれていました。

語句《ごく》

【しのぶもぢずり】陸奥《みちのく》の信夫郡《しのぶぐん》（現在《げんざい》の福《ふく》島県《しまけん》）で産《さん》した乱《みだ》れ模様《もよう》にそめた衣《ころも》のこと。

【乱《みだ》れそめにし】「そめ」は「初《そ》め」と「染《そ》め」とのかけことば。

15

君《きみ》がため　春《はる》の野《の》に出《い》でて　若菜《わかな》つむ　わが衣手《ころもで》に　雪《ゆき》は降《ふ》りつつ

宮中《きゅうちゅう》の年中行事《ねんじゅうぎょうじ》に若菜《わかな》つみがある。

君《きみ》のためにこうして春《はる》の野《の》に出《で》て若菜《わかな》をつんでいる。

春《はる》の七草《ななくさ》
せり
なずな
ごぎょう
はこべら
ほとけのざ
すずな（かぶ）
すずしろ（大根《だいこん》）

光孝天皇《こうこうてんのう》
（八三〇～八八七年《ねん》）
出典《しゅってん》『古今和歌集《こきんわかしゅう》』春《はる》

若菜《わかな》とは春《はる》の七草《ななくさ》など食用《しょくよう》となる若草《わかくさ》をいう。

雪《ゆき》か……。春《はる》はまだ早《はや》いとはいえのう。
わたしの衣《ころも》の袖《そで》にしきりとふり続《つづ》けることよ。

歌意《かい》

あなたにさしあげるために春《はる》の野《の》に出《で》て若菜《わかな》をつんでいるわたしの着《き》物《もの》のそでに、雪《ゆき》が次々《つぎつぎ》とふりかかってくることだよ。

解説《かいせつ》

光孝天皇《こうこうてんのう》がまだ即位《そくい》する前《まえ》、時康親王《ときやすしんのう》とよばれていた時代《じだい》に、若菜《わかな》をおくった相手《あいて》にあててよんだといわれています。相手《あいて》を思《おも》うやさしさにあふれた一首《いっしゅ》です。

光孝天皇《こうこうてんのう》は仁明天皇《にんみょうてんのう》の第三皇子《だいさんおうじ》で、第五十《だいごじゅう》八代《はちだい》の天皇《てんのう》です。

語句《ごく》

【若菜《わかな》】春《はる》の初《はじ》めに生《は》える、葉《は》がやわらかくて食用《しょくよう》、薬用《やくよう》にされる草《くさ》。

16

立《た》ち別《わか》れ　いなばの山《やま》の　峰《みね》に生《お》ふ(ウ)る
まつとし聞《き》かば　いま帰《かへ》(カエ)り来《こ》む(ン)

中納言行平《ちゅうなごんゆきひら》
（八一八～八九三年《ねん》）
出典《しゅってん》『古今和歌集《こきんわかしゅう》』離別《りべつ》

みなさま お名残《なごり》は つきませんが お別《わか》れいたし ます。
行平殿《ゆきひらどの》、任地《にんち》は田舎《いなか》だ、体《からだ》に気《き》を つけてな。
わたしの 任地《にんち》は因幡国《いなばのくに》。
その稲羽山《いなばやま》にも 松《まつ》くらいは生《は》えて おりましょう。

その松《まつ》を
目《め》にしたなら――。
わたしを「まつ」
あなた方《がた》を思《おも》い出《だ》し、
すぐに帰《かえ》ってくる
ことにしよう。
う〜ん
うまい！
さすが行平殿《ゆきひらどの》
やられたわ!!

歌意《かい》

あなたと別《わか》れて因幡《いなば》の国《くに》へ行《い》きますが、稲羽山《いなばやま》の峰《みね》に生《は》えている松《まつ》のように、あなたがわたしを待《ま》っていると聞《き》いたら、すぐにでも帰《かえ》ってきましょう。

解説《かいせつ》

在原行平《ありわらのゆきひら》は、三十八歳《さんじゅうはっさい》で因幡《いなば》の国《くに》（鳥取県《とっとりけん》）の長《おさ》に任《にん》ぜられました。これはそのときの送《そう》別会《べっかい》でよまれたものです。任期《にんき》が終《お》わるまで都《みやこ》に帰《かえ》れないつらさが伝《つた》わってきます。

「稲羽《いなば》の山《やま》」と「往《い》なば（行《い》ったとしても、という意味《いみ》）」、「松《まつ》」と「待《ま》つ」がかけことばになっています。

在原行平《ありわらのゆきひら》は『伊勢物語《いせものがたり》』の主人公《しゅじんこう》のモデルとされる在原業平《ありわらのなりひら》の兄《あに》で、学才《がくさい》がありました。

語句《ごく》

【立《た》ち別《わか》れ】「立《た》ち」は「別《わか》れ」の意味《いみ》を強《つよ》めることば。

【いま帰《かえ》り来《こ》む】すぐにでも帰《かえ》ってこよう。「いま」はすぐに、の意味《いみ》。

ちはやぶる　神代《かみよ》も聞《き》かず　竜田川《たつたがは》（ガワ）
からくれなゐ（イ）に　水《みづ》（ミズ）くくるとは

在原業平朝臣《ありわらのなりひらあそん》
（八二五〜八八〇年《ねん》）
出典《しゅってん》『古今和歌集《こきんわかしゅう》』秋《あき》

業平《なりひら》は二条《にじょう》の后《きさき》が
春宮御息所《とうぐうのみやすどころ》とよばれて
いたころ、お屋敷《やしき》を
たずねました。
すると、
待《ま》たされた部屋《へや》には
美《うつく》しい屏風《びょうぶ》が
ありました。
おお……
なんとすばらしい
屏風《びょうぶ》でしょう！
あの不思議《ふしぎ》な
ことが多《おお》かった
遠《とお》い神代《かみよ》の時代《じだい》に
おいても、
聞《き》いた事《こと》が
ございません。

歌意《かい》

不思議《ふしぎ》なことが多《おお》かった遠《とお》い神代《かみよ》でも聞《き》いたことがありません。竜田《たつた》川《がわ》に散《ち》った紅葉《もみじ》が、流《なが》れゆく水《みず》を真《ま》っ赤《か》な色《いろ》にしぼりぞめにするということは。

解説《かいせつ》

二条《にじょう》の后《きさき》（藤原高子《ふじわらのたかいこ》）の家《いえ》にあった屏風絵《びょうぶえ》にえがかれた、竜田川《たつたがわ》に紅葉《もみじ》が流《なが》れる風景《ふうけい》を見《み》てよんだ一首《いっしゅ》です。竜田川《たつたがわ》は奈良県《ならけん》生駒郡《いこまぐん》を流《なが》れる川《かわ》で、紅葉《もみじ》の名所《めいしょ》として有名《ゆうめい》です。

在原業平《ありわらのなりひら》は、たいへんな美男子《びだんし》であったといわれており、業平《なりひら》をモデルとして『伊勢物語《いせものがたり》』が書《か》かれたとされています。情熱的《じょうねつてき》で美《うつく》しい歌《うた》を多《おお》くよんでいます。

語句《ごく》

【ちはやぶる】「神《かみ》」にかかることば。勢《いきお》いがすさまじい、という意味《いみ》もある。
【からくれなゐ】美《うつく》しくあざやかな紅色《べにいろ》。
【くくる】しぼりぞめにすること。

18

住《すみ》の江《え》の　岸《きし》による波《なみ》　よるさへ(エ)や
夢《ゆめ》の通《かよ》ひ(イ)路(ジ)《ぢ》　人《ひと》めよくらむ(ン)

藤原敏行朝臣《ふじわらのとしゆきあそん》
（生年未詳《せいねんみしょう》～九〇一年《ねん》ごろ）
出典《しゅってん》『古今和歌集《こきんわかしゅう》』恋《こい》

住《すみ》の江《え》の岸《きし》によせる波《なみ》でさへよって来《く》るのです。

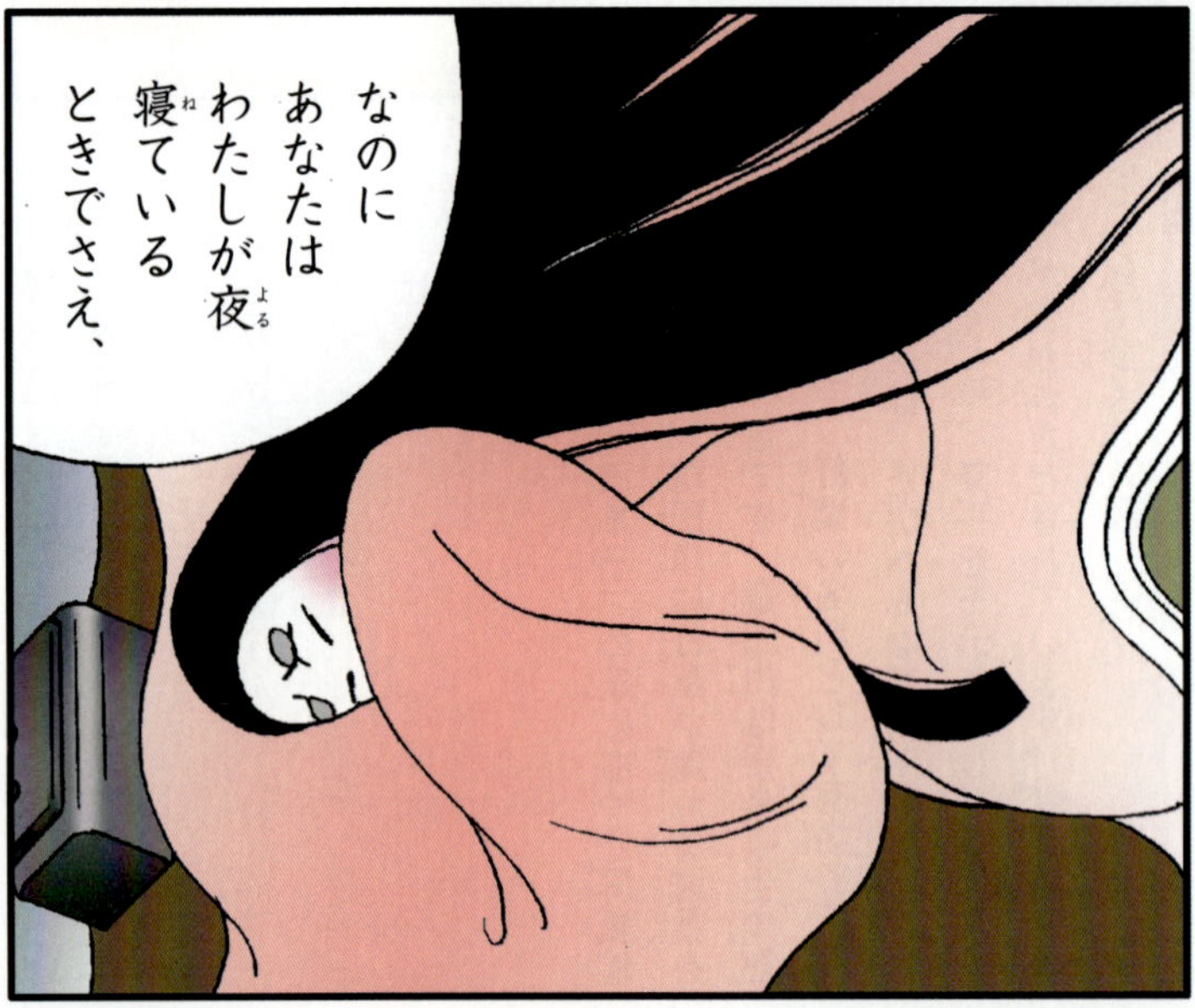
なのにあなたはわたしが夜《よる》寝《ね》ているときでさえ、

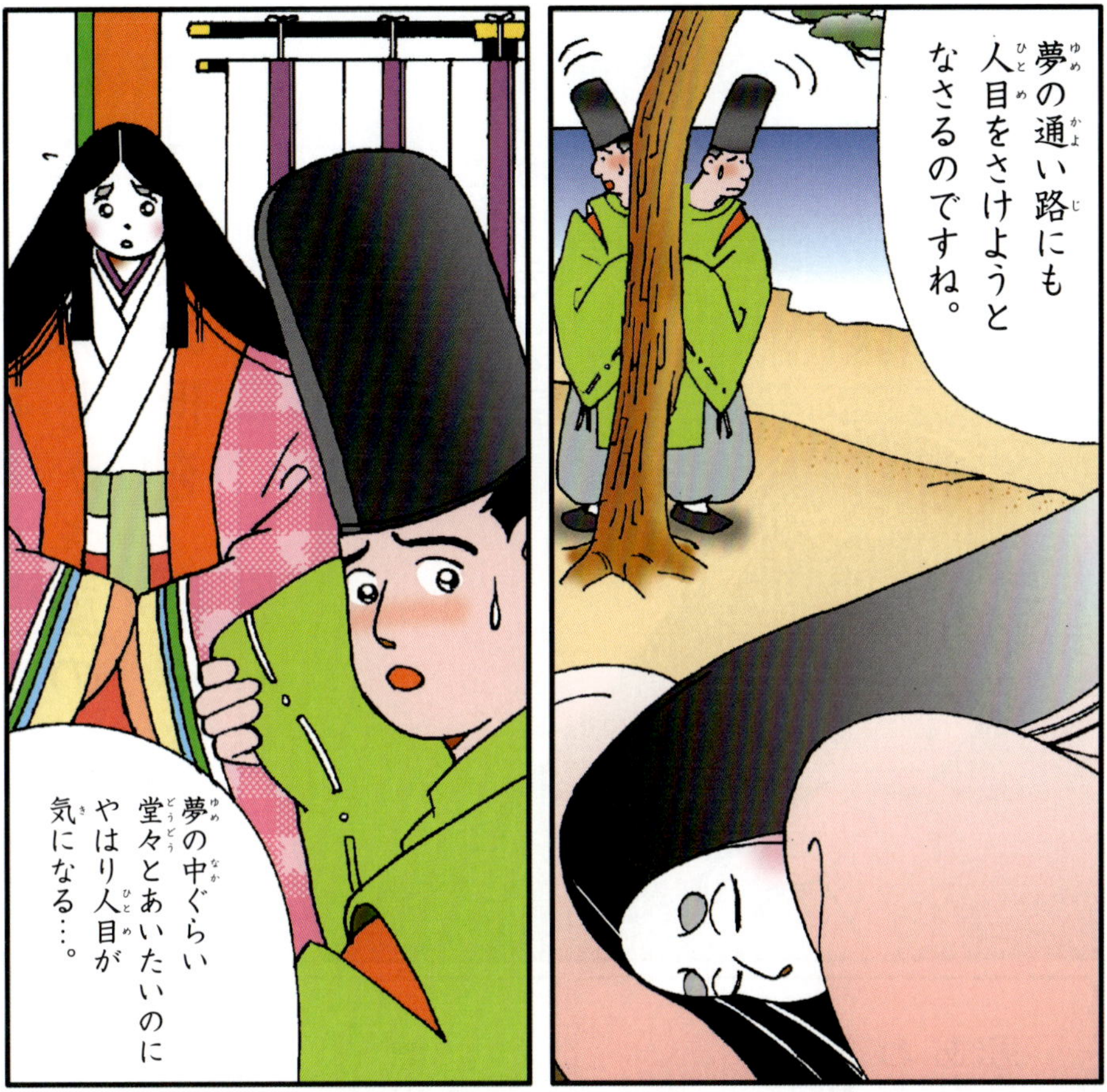
夢《ゆめ》の通《かよ》い路《じ》にも
人目《ひとめ》をさけようと
なさるのですね。
夢《ゆめ》の中《なか》ぐらい
堂々《どうどう》とあいたいのに
やはり人目《ひとめ》が
気《き》になる…。

歌意《かい》

住《すみ》の江《え》の岸《きし》による波《なみ》の、その「よる」ではないが、昼《ひる》の現実《げんじつ》の世界《せかい》ばかりではなく、夜《よる》までも、その現実《げんじつ》ならぬ夢《ゆめ》の中《なか》の通《かよ》い路《じ》でさえ、どうしてあなたは人目《ひとめ》をさけようとするのでしょうか。

解説《かいせつ》

「人《ひと》めよくらむ」の主語《しゅご》が、「あなた（恋人《こいびと》）」であるか、「わたし」であるかによって、歌《うた》の意味《いみ》が分《わ》かれます。ここでは前者《ぜんしゃ》の作者《さくしゃ》が女性《じょせい》の立場《たちば》にたってよんだ歌《うた》として解《かい》します。また、「よく」とは「避《よ》く（さける）」という意味《いみ》で、「らむ」とは「どうして……のだろう」と、理由《りゆう》をおしはかっています。

藤原敏行《ふじわらのとしゆき》は和歌《わか》のほかに、書道《しょどう》にもすぐれていたといわれています。

語句《ごく》

【住《すみ》の江《え》】大阪市住吉区《おおさかしすみよしく》あたりの浜辺《はまべ》。

難《なに》波《は》《(ワ)》潟《がた》　みじかき蘆《あし》の　ふしの間《ま》も
逢《あ》は《(ワ)》でこの世《よ》を　過《す》ぐしてよとや

伊勢《いせ》
（生没年未詳《せいぼつねんみしょう》）
出典《しゅってん》『新古今和歌集《しんこきんわかしゅう》』恋《こい》

難波潟《なにわがた》に生《は》える蘆《あし》を あなたはよくよく ご覧《らん》になったことが おありでしょうか。
その節《ふし》と節《ふし》の 間《あいだ》の短《みじか》さを ごぞんじですか？
それほどに わずかな間《あいだ》であっても あなたにお逢《あ》いしたいと 思《おも》うのです。

それなのに
あなたと
いう方《かた》は……、

この先《さき》、一生《いっしょう》
一人《ひとり》で
むなしく
過《す》ごせと
わたしにいう
のですか。

歌意《かい》

難波潟《なにわがた》に生《は》えている蘆《あし》の、短《みじか》い節《ふし》と節《ふし》の間《あいだ》ほどの、ほんのわずかな時間《じかん》でもお逢《あ》いしたいのです。なのに、それさえもかなわずに、この一生《いっしょう》を過《す》ごせとおっしゃるのですか。

解説《かいせつ》

この歌《うた》は、逢《あ》いに来《き》てくれない恋人《こいびと》へのうらみの気持《きも》ちをよんでいます。「難波潟《なにわがた》」で広々《ひろびろ》とした入《い》り江《え》がうかび、次《つぎ》に、そこに生《は》える「蘆《あし》」、さらに蘆《あし》の節《ふし》と節《ふし》の間《あいだ》へと、イメージがしぼられていきます。「過《す》ぐしてよとや」には、作者《さくしゃ》の恋人《こいびと》に対《たい》するひたむきな気持《きも》ちが強《つよ》く出《で》ています。

伊勢《いせ》は宮中《きゅうちゅう》に仕《つか》える女房《にょうぼう》（女官《にょかん》）でした。

語句《ごく》

【難波潟《なにわがた》】大阪湾《おおさかわん》の入《い》り江《え》の部分《ぶぶん》。

【この世《よ》】この一生《いっしょう》。「世《よ》」は「節《よ》」（節《ふし》と節《ふし》の間《あいだ》）とのかけことば。

20

わびぬれば　今《いま》はた同《おな》じ　難波《なには》(ワ)なる
みをつくしても　逢《あ》は(ワ)む(ン)とぞ思《おも》ふ(ウ)

元良親王《もとよししんのう》
（八九〇～九四三年《ねん》）
出典《しゅってん》『後撰和歌集《ごせんわかしゅう》』恋《こい》

二人《ふたり》の間《あいだ》がうわさとなり
お逢《あ》いできなくなって
いく日《にち》たつだろう。
こんなふうにむなしくなげき悲《かな》しむ日々《ひび》……。
今《いま》となってはもうこの身《み》をすてたのも同《おな》じことです。

それならば
いっそのこと
あの難波潟《なにわがた》に立《た》つ
澪標《みおつくし》の名《な》のごとく、
たとえ、どんなうわさが
この身《み》をほろぼそうとも
あなたとお逢《あ》い
したいものです。

歌意《かい》

うわさになり、なやみ苦《くる》しんでいるのだから、今《いま》はもう身《み》をすてたも同《おな》じこと。それならいっそ、難波《なにわ》の海《うみ》の澪標《みおつくし》のように、この身《み》をつくし、身《み》をほろぼしてでも逢《あ》いたいと思《おも》います。

解説《かいせつ》

作者《さくしゃ》の元良親王《もとよししんのう》は陽成天皇《ようぜいてんのう》の皇子《おうじ》で、多《おお》くの女性《じょせい》たちと恋《こい》をして、歌《うた》を残《のこ》しました。この歌《うた》は、こともあろうに、時《とき》の天皇《てんのう》のお妃《きさき》に恋《こい》をしたことが、世間《せけん》に知《し》られてしまったときによんだものです。作者《さくしゃ》の恋人《こいびと》に対《たい》するはげしい情熱《じょうねつ》が伝《つた》わってきます。

語句《ごく》

【わびぬれば】思《おも》いなやんでいるのだから。

【今《いま》はた同《おな》じ】「はた」は「もう」という意《い》味《み》。「同《おな》じ」というのは身《み》をほろぼす（身《み》をつくす）ことと同《おな》じ、という意味《いみ》。

【みをつくし】「澪標《みおつくし》」と「身《み》をつくし」をかけてある。澪標《みおつくし》は、舟《ふね》の行《い》き交《か》いの目印《めじるし》として、海《うみ》に立《た》てられた杭《くい》のこと。

21

今《いま》来《こ》む《(ン)》と　言《い》ひ《(イ)》しばかりに　長月《ながつき》の
有明《ありあけ》の月《つき》を　待《ま》ち出《い》でつるかな

素性法師《そせいほうし》
（生没年未詳《せいぼつねんみしょう》）
出典《しゅってん》『古今和歌集《こきんわかしゅう》』恋《こい》

お手紙《てがみ》ですよ。
「すぐにうかがいます。」
まぁ！うれしい したくを しないと！
すぐかしら？
まだかしら？
いつかしら？
もう夜更《よふ》け…。
空《そら》が白《しら》んできたわ…。
チュン
チュン

あなたが来《く》ると言《い》ったから、
九月《くがつ》の長《なが》い夜《よる》を起《お》きたまま、とうとう有明《ありあけ》の月《つき》が出《で》るまで待《ま》ち続《つづ》けてしまったわ……。
この歌《うた》は、素性法師《そせいほうし》が女性《じょせい》の気持《きも》ちになってよんだ歌《うた》です。
待《ま》つのも修行《しゅぎょう》のうちじゃよ

歌意《かい》

今《いま》にも行《い》こうと、あなたが言《い》ってよこしたばかりに、それをあてにして、九月《くがつ》の長《なが》い夜《よる》を待《ま》っているうちに、とうとう有明《ありあけ》の月《つき》が出《で》るのを待《ま》ち明《あ》かすことになってしまいましたよ。

解説《かいせつ》

作者《さくしゃ》は男性《だんせい》ですが、女性《じょせい》が恋人《こいびと》のおとずれを待《ま》つ心情《しんじょう》を想像《そうぞう》してよんでいます。なお、ここでは、恋人《こいびと》がなかなか来《こ》ないために、秋《あき》の一夜《いちや》を待《ま》ちあかしたと解釈《かいしゃく》していますが、何《なん》か月《げつ》も恋人《こいびと》を待《ま》ち続《つづ》けた、と受《う》けとめる説《せつ》もあります。

素性法師《そせいほうし》は12番《ばん》の歌《うた》の作者《さくしゃ》・僧正遍昭《そうじょうへんじょう》(良岑宗貞《よしみねのむねさだ》)の子《こ》。俗名《ぞくみょう》は良岑玄利《よしみねのはるとし》といいます。

語句《ごく》

【今来《いまこ》むと】「今《いま》」はすぐに、「来《こ》む」は行《い》こう、という意味《いみ》。

22

吹《ふ》くからに 秋《あき》の草木《くさき》の しを(オ)るれば

むべ山風《やまかぜ》を 嵐《あらし》と言《い》ふ(ウ)らむ(ン)

文屋康秀《ふんやのやすひで》

（生没年未詳《せいぼつねんみしょう》）

出典《しゅってん》『古今和歌集《こきんわかしゅう》』秋《あき》

山《やま》からは はげしい風《かぜ》が よくふきおろす。
ゴオオオ
うわああ！
ブギッ
ベキ

なんというあらい風《かぜ》だ!
草木《くさき》がしおれてしまった。
山《やま》＋風《かぜ》＝嵐《あらし》なるほどね。

歌意《かい》

山《やま》から風《かぜ》が吹《ふ》くとすぐに秋《あき》の草木《くさき》がしおれるので、なるほど山《やま》からの風《かぜ》を嵐《あらし》というのだろう。

解説《かいせつ》

「山《やま》」と「風《かぜ》」の漢字《かんじ》を組《く》み合《あ》わせると、「嵐《あらし》」という字《じ》になるという、漢字遊《かんじあそ》びを使《つか》ってよまれています。「嵐《あらし》」は「荒《あ》らし」とのかけことばでもあり、山風《やまかぜ》のあらあらしさを表《あらわ》しています。

文屋康秀《ふんやのやすひで》は有名《ゆうめい》な歌人《かじん》で、9番《ばん》の歌《うた》の作者《しゃ》・小野小町《おののこまち》とも交流《こうりゅう》があったといわれています。

語句《ごく》

【吹《ふ》くからに】吹《ふ》くやいなや。吹《ふ》くとすぐに。「からに」は、～するやいなや、という意味《いみ》がある。

【むべ】なるほど、いかにも。

23

月《つき》見《み》れば　ちぢに物《もの》こそ　悲《かな》しけれ
わが身《み》ひとつの　秋《あき》にはあらねど

大江千里《おおえのちさと》
（生没年未詳《せいぼつねんみしょう》）
出典《しゅってん》『古今和歌集《こきんわかしゅう》』秋《あき》

ほう、きれいな月《つき》だなあ。
月《つき》を見《み》ていると、
とめどなく様々《さまざま》なことが思《おも》いおこされることだ。

秋《あき》はとかく物《もの》ごとが悲《かな》しく感《かん》じられる季節《きせつ》だが……、
あれこれ思《おも》って月《つき》を見《み》ていると、なおさら悲《かな》しくなってくるなあ。
世《よ》の中《なか》の人《ひと》もみんな、わたしのようにさびしく悲《かな》しい物思《ものおも》いをしているのだろうか……。

歌意《かい》

すみきった秋《あき》の月《つき》をながめていると、あれこれと、とめどもなく物《もの》ごとが悲《かな》しく感《かん》じられることだ。わたし一人《ひとり》のもとにだけ秋《あき》が来《き》たわけではないのだが。

解説《かいせつ》

平安時代《へいあんじだい》のはじめごろから、「秋《あき》」といえば物悲《ものがな》しい季節《きせつ》であるととらえられることが多《おお》くなりました。この歌《うた》は、その秋《あき》の物悲《ものがな》しいふんいきと、さらに、中国《ちゅうごく》の詩人《しじん》、白楽天《はくらくてん》の『白氏文集《はくしもんじゅう》』の中《なか》の詩《し》をふまえて作《つく》られたといわれています。

作者《さくしゃ》の大江千里《おおえのちさと》は漢学者《かんがくしゃ》としても有名《ゆうめい》で、中国《ちゅうごく》の漢詩《かんし》を題《だい》としてよんだ歌《うた》を多《おお》く残《のこ》しています。

語句《ごく》

【ちぢに】いろいろと。さまざまに。

このたびは　ぬさも取《と》りあへ《(エ)》ず　手向山《たむけやま》
紅葉《もみぢ》《(モミジ)》の錦《にしき》　神《かみ》のまにまに

菅家《かんけ》
(八四五～九〇三年《ねん》)
出典《しゅってん》『古今和歌集《こきんわかしゅう》』羇旅《きりょ》

ああ、すばらしい！山一面《やまいちめん》の紅葉《もみじ》の盛《さか》りだ！
今度《こんど》の旅《たび》に来《き》てよかったなぁ。
こんな美《うつく》しい紅葉《もみじ》を見《み》ていると、
このわたしのぬさなど、神《かみ》さまにささげることは、はずかしくてできないなぁ。

神《かみ》さま
この手向山《たむけやま》の
錦《にしき》のように
美《うつく》しい紅葉《もみじ》を
ぬさとして
ささげます。
あなたの御心《みこころ》のままに
お受《う》け取《と》りください。
道祖神

歌意《かい》

今回《こんかい》の旅《たび》ではわたしのぬさなど、はずかしくてささげることができません。かわりに手向山《たむけやま》の錦《にしき》のように美《うつく》しい紅葉《もみじ》を、ぬさとして神《かみ》の御心《みこころ》のままにお受《う》けください。

解説《かいせつ》

菅原道真《すがわらのみちざね》（菅家《かんけ》）が宇多上皇《うだじょうこう》のおともをしたとき奈良《なら》でよんだ歌《うた》です。紅葉《もみじ》を織物《おりもの》の錦《にしき》にたとえ、そのすばらしさに感動《かんどう》しています。道真《みちざね》は後《のち》に九州《きゅうしゅう》の大宰府《だざいふ》に追《お》われ、そこで亡《な》くなりました。今《いま》では「学問《がくもん》の神様《かみさま》」としてまつられています。

語句《ごく》

【ぬさ】神《かみ》へのささげもの。紙《かみ》や木綿《もめん》や絹《きぬ》などを細《こま》かく切《き》ったもので、当時《とうじ》は旅《たび》の安全《あんぜん》をいのって道祖神《どうそじん》などにそなえた。

【取《と》りあへず】ここでの「取《と》る」は、ぬさをささげる、の意味《いみ》。「取《と》りあえず」で、ささげることができない、という意味《いみ》となる。

【手向山《たむけやま》】道祖神《どうそじん》がまつられている山《やま》。

名《な》にしおは（ワ）ば　逢坂山《あふさかやま》（オウ）の　さねかづ（ズ）ら
人《ひと》にしられで　くるよしもがな

三条右大臣《さんじょうのうだいじん》
（八七三〜九三二年《ねん》）
出典《しゅってん》『後撰和歌集《ごせんわかしゅう》』恋《こい》

右大臣《うだいじん》様《さま》より御文《おふみ》が…。
右大臣様《うだいじんさま》？何《なん》のご用《よう》かしら？
これはさねかずら？
"逢坂山《おうさかやま》のさねかずら"ともうしますが、
「逢《あ》って」、
「寝《ね》る」という名《な》を持《も》っているならば、

このさねかずらをたぐって、
人知《ひとし》れずあなたとの逢瀬《おうせ》を持《も》つ方法《ほうほう》はないものかともどかしく思《おも》うのです。
いつ逢《あ》えるのかしら……。

歌意《かい》

逢坂山《おうさかやま》のさねかずらが「逢《あ》って寝《ね》る」という名《な》を持《も》っているなら、そのさねかずらのつるをたぐるように、他《ほか》の人《ひと》に知《し》られないで、こっそりあなたのもとへ通《かよ》う方法《ほうほう》があればいいのになあ。

解説《かいせつ》

この歌《うた》には人目《ひとめ》を忍《しの》ぶ恋《こい》に苦《くる》しむ、切《せつ》ない気持《きも》ちが表《あらわ》れています。「逢坂山《おうさかやま》のさねかずら」が、なぜ恋人《こいびと》と逢《あ》って寝《ね》る意味《いみ》なのかというと、「逢坂山《おうさかやま》」と「逢《あ》う」、「さねかずら」の「ね」と「寝《ね》」をかけているからです。

作者《さくしゃ》の藤原定方《ふじわらのさだかた》は、右大臣《うだいじん》になり、京都《きょうと》の三条《さんじょう》に住《す》まいがあったので、三条右大臣《さんじょうのうだいじん》とよばれるようになりました。

語句《ごく》

【名《な》にしおはば】名前《なまえ》としてもっているならば。

【くる】「来《く》る」と、さねかずらのつるをたぐりよせる「繰《く》る」とをかけている。

小倉山《をぐらやま》(オ)　峰《みね》のもみぢ葉《ば》(モミジ)　心《こころ》あらば
今《いま》ひとたびの　みゆき待《ま》たなむ(ン)

貞信公《ていしんこう》
(八八〇～九四九年《ねん》)
出典《しゅってん》『拾遺和歌集《しゅういわかしゅう》』雑秋《ぞうのあき》

忠平《ただひら》、なんと見事《みごと》な紅葉《もみじ》じゃ！
息子《むすこ》の天皇《てんのう》にも見《み》せてやりたいものじゃのう。
はい、上皇《じょうこう》さま。
見事《みごと》な紅葉《もみじ》でございます。
小倉山《おぐらやま》の峰《みね》の美《うつく》しい紅葉《もみじ》よ……
もしもおまえに心《こころ》があるのならば、

もう一度《いちど》、
今度《こんど》は天皇《てんのう》の行幸《ぎょうこう》が
あるから、
それまでどうか
散《ち》らずに待《ま》って
いてほしい。

歌意《かい》

小倉山《おぐらやま》の峰《みね》の紅葉《もみじ》よ、もしおまえに心《こころ》があるのならば、もう一度《いちど》、今《こん》度《ど》は天皇《てんのう》の行幸《ぎょうこう》（お出《で》まし）があるはずだから、そのときまでどうか散《ち》らないで待《ま》っていてほしいものだ。

解説《かいせつ》

京都嵯峨《きょうとさが》の小倉山《おぐらやま》は紅葉《もみじ》の名所《めいしょ》です。その美《うつく》しさに感動《かんどう》した宇多上皇《うだじょうこう》が、ぜひ息子《むすこ》の醍《だい》醐天皇《ごてんのう》にも見《み》せてやりたいと言《い》ったのを、おともの作者《さくしゃ》が受《う》けて、この歌《うた》をよんだといわれています。醍醐天皇《だいごてんのう》の行幸《ぎょうこう》まで、散《ち》らずにその美《うつく》しさをたもっていてくれと、紅葉《もみじ》を人《にん》間《げん》のように見立《みた》てて語《かた》りかけています。

作者《さくしゃ》の貞信公《ていしんこう》とは、藤原忠平《ふじわらのただひら》のことで、24番《ばん》の作者《さくしゃ》・菅原道真《すがわらのみちざね》を大宰府《だざいふ》に追放《ついほう》した、藤《ふじ》原時平《わらのときひら》の弟《おとうと》です。

語句《ごく》

【みゆき】天皇《てんのう》の行幸《ぎょうこう》。天皇《てんのう》のお出《で》ましは行《ぎょう》幸《こう》といい、上皇《じょうこう》のお出《で》ましは御幸《みゆき》という。訓読《くんよ》みでは、どちらも「みゆき」となる。

みかの原《はら》　わきて流《なが》るる　泉川《いづみがは》（イズミガワ）
いつ見《み》きとてか　恋《こひ》（コイ）しかるらむ（ン）

中納言兼輔《ちゅうなごんかねすけ》
（八七七～九三三年《ねん》）
出典《しゅってん》『新古今和歌集《しんこきんわかしゅう》』恋《こい》

みかの原《はら》から
わき出《で》て流《なが》れるという
泉川《いずみがわ》、
その名《な》を
耳《みみ》にすると
ふと考《かんが》えます。
わたしは
あなたをどこで
「いつ」「見《み》」たという
のでしょう。

どうして
これほどに
あなたへの思《おも》いが
つのるのでしょう。
ほんとうは、
まだあなたの
手《て》にふれた
ことすら
ないものを――。

歌意《かい》

みかの原《はら》を分《わ》けて、わき出《で》て流《なが》れる泉川《いずみがわ》の「いつみ」ということばではないが、いったい、いつあの人《ひと》を見《み》たというので、こんなにもあの人《ひと》が恋《こい》しいのだろうか。一度《いちど》も逢《あ》ってはいないのに。

解説《かいせつ》

「みかの原《はら》わきて流《なが》るる泉川《いずみがわ》」は、「いつ見《み》」を引《ひ》き出《だ》すためのことば（序詞《じょし》）です。この歌《うた》は、一度《いちど》も逢《あ》ったことのない女性《じょせい》に対《たい》する、あふれるような恋心《こいごころ》をよんでいます。当時《とうじ》、貴族《きぞく》の姫君《ひめぎみ》はめったに住《す》まいの外《そと》に出《で》なかったので、うわさを聞《き》いただけで女性《じょせい》に恋《こい》をすることもあったようです。

作者《さくしゃ》の中納言兼輔《ちゅうなごんかねすけ》とは藤原兼輔《ふじわらのかねすけ》のことで、有名《ゆうめい》な歌人《かじん》です。

語句《ごく》

【わきて】「分《わ》きて」と「湧《わ》きて」とをかけている。

【泉川《いずみがわ》】今《いま》の木津川《きづがわ》のこと。

28

山里《やまざと》は　冬《ふゆ》ぞさびしさ　まさりける
人目《ひとめ》も草《くさ》も　かれぬと思《おも》へ《（エ）》ば

山里《やまざと》は
都《みやこ》とちがって
さびしい。

そのうえ
冬《ふゆ》とも
なれば…。

源《みなもとの》宗于《むねゆき》朝臣《あそん》
（生年《せいねん》未詳《みしょう》～九三九年《ねん》）
出典《しゅってん》『古今和歌集《こきんわかしゅう》』冬《ふゆ》

冬《ふゆ》が来《く》る前《まえ》はまだ人《ひと》のおとずれもあった。
しかし、冬《ふゆ》となった今《いま》では、人気《ひとけ》もなく……。
草《くさ》もかれてしまって、さびしさがつのるばかりだよ。

歌意《かい》
山里《やまざと》は、いつもさびしいものだが、冬《ふゆ》になるといっそうさびしさがましてくるものだ。人《ひと》もたずねて来《こ》なくなり、あたりの草《くさ》もかれてしまうと思《おも》うと。

解説《かいせつ》
日《ひ》ごろから都《みやこ》とくらべるとさびしい山里《やまざと》なのに、冬《ふゆ》になると人《ひと》もおとずれなくなり、草《くさ》花《ばな》もかれてしまい、心《こころ》をなぐさめてくれるものもなくなってしまいます。そんな心《こころ》のさびしさをよんでいます。
作者《さくしゃ》の源宗于朝臣《みなもとのむねゆきあそん》は、15番《ばん》の歌《うた》の作者《さくしゃ》・光孝天皇《こうこうてんのう》の孫《まご》として生《う》まれましたが、なかなか出世《しゅっせ》できなかったので、自分《じぶん》がめぐまれていないことを悲《かな》しんでよんだのかもしれません。

語句《ごく》
【山里《やまざと》】ここでは山村《さんそん》にある庵《いおり》や別荘《べっそう》をいう。
【かれぬ】「離《か》れ（人《ひと》が来《こ》なくなること）」と「枯《か》れ（草木《くさき》がかれてしまうこと）」とのかけことば。

心《こころ》あてに　折《を》（オ）らばや折《を》（オ）らむ（ン）　初霜《はつしも》の
置《お》きまどはせる（ワ）　白菊《しらぎく》の花《はな》

凡河内躬恒《おおしこうちのみつね》
（生没年未詳《せいぼつねんみしょう》）
出典《しゅってん》『古今和歌集《こきんわかしゅう》』秋《あき》

秋《あき》も深《ふか》まった
ある朝《あさ》のことです。
う〜さむい！
はーっ
今朝《けさ》は今年一番《ことしいちばん》の冷《ひ》え込《こ》みだなぁ。
お！
庭一面《にわいちめん》の白菊《しらぎく》の上《うえ》に
初霜《はつしも》がおりていました。
一面《いちめん》真《ま》っ白《しろ》だ！

あてずっぽうで折《お》ってみようかな。

どれが花《はな》やら…どれが霜《しも》やら…
真《ま》っ白《しろ》で見分《みわ》けのつかなくなった白菊《しらぎく》を。

歌意《かい》

あて推量《ずいりょう》で、もし折《お》るならば折《お》り取《と》ってもみようか。折《おり》から初霜《はつしも》があたり一面《いちめん》におりて、その白《しろ》さのために、どれが花《はな》だか霜《しも》だか見分《みわ》けもつかず、まぎらわしくなっている白菊《しらぎく》の花《はな》を。

解説《かいせつ》

その年初《としはじ》めて霜《しも》がおりた庭《にわ》にさく、霜《しも》とまぎれんばかりの白菊《しらぎく》の美《うつく》しさをよんでいます。実際《じっさい》には、花《はな》と霜《しも》の見分《みわ》けがつかなくなるということはありませんが、当時《とうじ》は、この歌《うた》のようにひねった表現《ひょうげん》でよむことが、好《この》まれていました。

作者《さくしゃ》の凡河内躬恒《おおしこうちのみつね》は、35番《ばん》の歌《うた》の作者《さくしゃ》・紀《きの》貫之《つらゆき》と並《なら》ぶ、平安時代《へいあんじだい》の代表的《だいひょうてき》な歌人《かじん》です。『古今和歌集《こきんわかしゅう》』の撰者《せんじゃ》の一人《ひとり》でもあります。

語句《ごく》

【心《こころ》あてに】あて推量《ずいりょう》で。あてずっぽうで。

有明《ありあけ》の　つれなく見《み》えし　別《わか》れより
あかつきばかり　憂《う》きものはなし

壬生忠岑《みぶのただみね》
（生没年未詳《せいぼつねんみしょう》）
出典《しゅってん》『古今和歌集《こきんわかしゅう》』恋《こい》

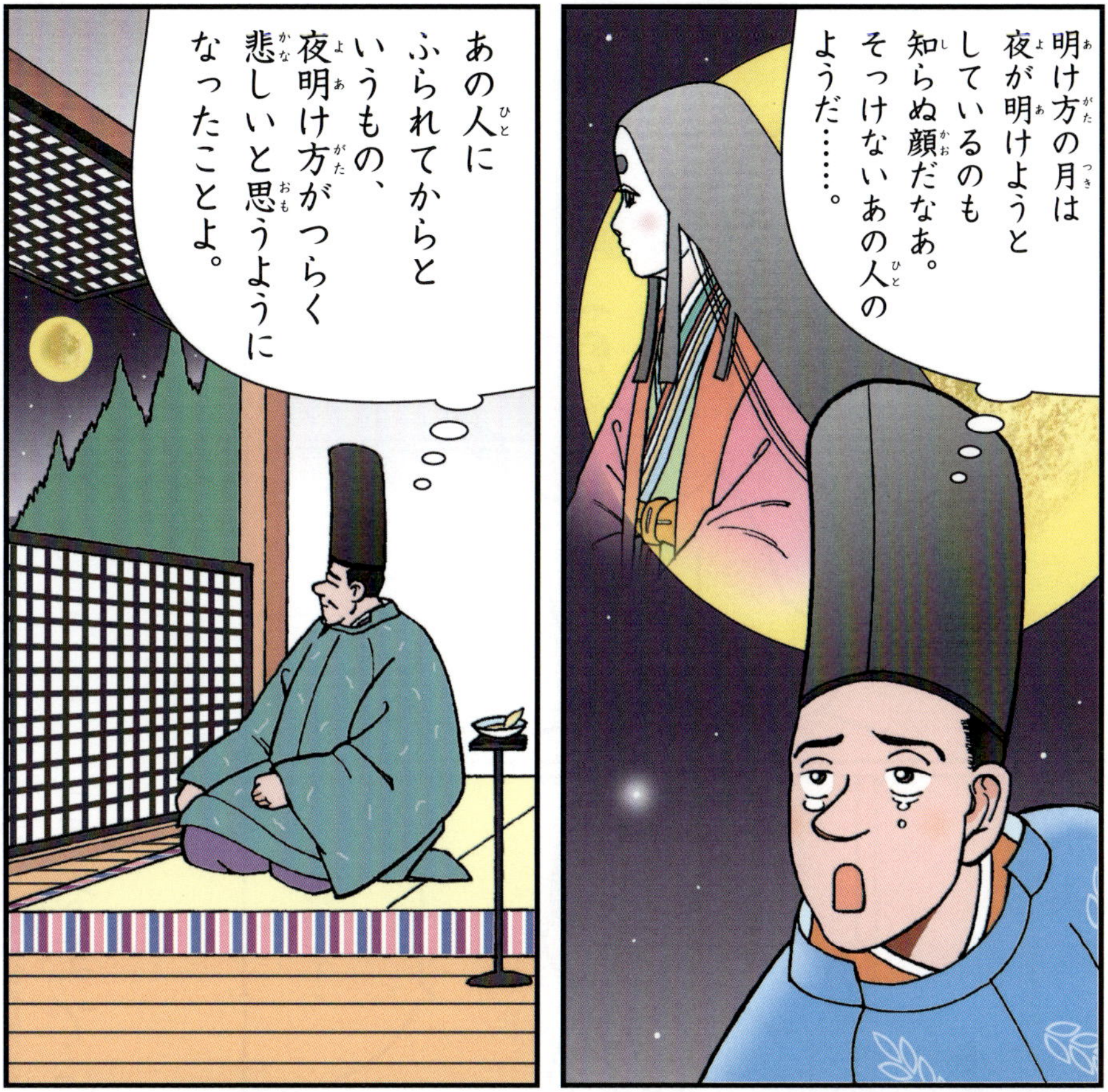
明《あ》け方《がた》の月《つき》は夜《よ》が明《あ》けようとしているのも知《し》らぬ顔《かお》だなあ。そっけないあの人《ひと》のようだ……。
あの人《ひと》にふられてからというもの、夜明《よあ》け方《がた》がつらく悲《かな》しいと思《おも》うようになったことよ。

歌意《かい》

そっけなく見《み》えた有明《ありあけ》の月《つき》のように、冷《つめ》たくなってしまったあなたとの別《わか》れ以来《いらい》、夜明《よあ》け方《がた》ほどつらく思《おも》われるものはありません。

解説《かいせつ》

恋人《こいびと》との別《わか》れのつらさや切《せつ》なさをよんだ歌《うた》です。「つれなく見《み》えし」の解釈《かいしゃく》に、月《つき》も恋人《こいびと》も両方《りょうほう》つれなかったという説《せつ》と、つれなかったのは月《つき》だけで、恋人《こいびと》はつれなくはなかったという説《せつ》がありますが、現在《げんざい》では月《つき》も恋人《こいびと》も両方《りょうほう》つれなかった、という説《せつ》が有力《ゆうりょく》とされています。

作者《さくしゃ》の壬生忠岑《みぶのただみね》は、41番《ばん》の歌《うた》の作者《さくしゃ》・壬生《みぶ》忠見《ただみ》の父《ちち》です。

語句《ごく》

【有明《ありあけ》の】有明《ありあけ》の月《つき》が、という意味《いみ》。「有明《ありあけ》の月《つき》」は、明《あ》け方《がた》の空《そら》に残《のこ》っている月《つき》のこと。

【あかつき】夜明《よあ》け前《まえ》のまだくらい時間《じかん》のこと。

31

朝《あさ》ぼらけ　有明《ありあけ》の月《つき》と　見《み》るまでに
吉野《よしの》の里《さと》に　降《ふ》れる白雪《しらゆき》

坂上是則《さかのうえのこれのり》
（生没年未詳《せいぼつねんみしょう》）
出典《しゅってん》『古今和歌集《こきんわかしゅう》』冬《ふゆ》

ほのぼのと
夜《よ》が明《あ》けてゆくころ
おや、表《おもて》が白《しら》んでいる……。
おお！
明《あ》け方《がた》の月《つき》と見《み》まちがうほどに

歌意《かい》

夜《よ》がほのぼのと明《あ》けるころ、あたりを見《み》わたすと、まだ空《そら》に残《のこ》っている有明《ありあけ》の月《つき》がてらしているのかと見《み》まちがうほどに、吉野《よしの》の里《さと》にふり積《つ》もっている白雪《しらゆき》であることよ。

解説《かいせつ》

これは、作者《さくしゃ》が奈良《なら》の吉野《よしの》へ旅《たび》したときに、雪《ゆき》のふり積《つ》もった景色《けしき》を見《み》て、感動《かんどう》のあまりよんだものです。しかも、その雪《ゆき》を夜明《よあ》けの月《つき》の光《ひかり》に見立《みた》てたことで、清《きよ》らかな美《うつく》しさがいっそうきわだちました。

作者《さくしゃ》の坂上是則《さかのうえのこれのり》は平安時代《へいあんじだい》の代表的歌人《だいひょうてきかじん》です。けまりの名人《めいじん》でもありました。

語句《ごく》

【朝《あさ》ぼらけ】夜《よ》がほんのりと明《あ》けはじめるころ。

【吉野《よしの》の里《さと》】奈良県吉野郡周辺《ならけんよしのぐんしゅうへん》。春《はる》は桜《さくら》、冬《ふゆ》は雪《ゆき》の名所《めいしょ》として歌《うた》われた。

32

山川《やまがは》(ガワ)に　風《かぜ》のかけたる　しがらみは
流《なが》れもあへ(エ)ぬ　紅葉《もみぢ》(モミジ)なりけり

春道列樹《はるみちのつらき》
(生年未詳《せいねんみしょう》～九二〇年《ねん》)
出典《しゅってん》『古今和歌集《こきんわかしゅう》』秋《あき》

しがらみとは川《かわ》の流《なが》れをせきとめるために、人《ひと》が杭《くい》を打《う》ちならべてしかけるものだが、

こんな山《やま》の中《なか》を流《なが》れる川《かわ》では……。

あ、風《かぜ》が…。
川《かわ》にふきためられたたくさんの紅葉《もみじ》がしがらみになっていることだよ。

歌意《かい》

山《やま》の中《なか》を流《なが》れている谷川《たにがわ》に風《かぜ》がかけたしがらみは、いったいどんなものかと思《おも》っていたら、流《なが》れようとしても流《なが》れることができず、川《かわ》の中《なか》にたくさんふきためられている紅葉《もみじ》なのであったよ。

解説《かいせつ》

紅葉《もみじ》が小川《おがわ》に落《お》ちて、流《なが》れをせき止《と》めている様子《ようす》を「風《かぜ》のかけたるしがらみ」とよみ、風《かぜ》を擬人化《ぎじんか》しているところにおもしろみがあります。この表現方法《ひょうげんほうほう》は、この後《ご》、多《おお》くの歌人《かじん》がまねるところとなりました。
作者《さくしゃ》の春道列樹《はるみちのつらき》は、平安朝前期《へいあんちょうぜんき》の歌人《かじん》です。

語句《ごく》

【山川《やまがわ》】「やまがわ」とにごってよむと山《やま》の中《なか》の川《かわ》、谷川《たにがわ》、という意味《いみ》。「やまかわ」とよむと、山《やま》と川《かわ》、という意味《いみ》になる。

【しがらみ】水《みず》の流《なが》れをせきとめるために、川《かわ》の中《なか》に杭《くい》を打《う》って竹《たけ》や木《き》の枝《えだ》などをからませたもの。

33

ひさかたの　光《ひかり》のどけき　春《はる》の日《ひ》に
静心《しづごころ》（シズ）なく　花《はな》の散《ち》るらむ（ン）

ああ〜
春《はる》の日《ひ》の光《ひかり》は
気持《きも》ちがいいなぁ。
ザアア……
わっ
だけど
どうして
だろうか。

紀友則《きのとものり》
（生年未詳《せいねんみしょう》〜九〇五年《ねん》ごろ）
出典《しゅってん》『古今和歌集《こきんわかしゅう》』春《はる》

なぜあれほど
桜《さくら》の花《はな》は
あわただしく
散《ち》ってしまうのだろうか……。

歌意《かい》

日《ひ》の光《ひかり》がのどかにさしている春《はる》の日《ひ》に、どうしてあれほどあわただしく、落《お》ち着《つ》いた心《こころ》もなく桜《さくら》の花《はな》は散《ち》っていくのであろうか。

解説《かいせつ》

春《はる》ののどかさの中《なか》、散《ち》り急《いそ》ぐ桜《さくら》の花《はな》びらの風情《ふぜい》をとらえた、静《せい》と動《どう》の対比《たいひ》がみごとです。時《とき》が止《と》まっているようにうららかなのに、はかなく、物悲《ものがな》しいようにも感《かん》じられます。この歌《うた》は、その後《ご》の「日本の春《はる》」のイメージにえいきょうをあたえました。

作者《さくしゃ》の紀友則《きのとものり》は、35番《ばん》の歌《うた》の作者《さくしゃ》・紀貫之《きのつらゆき》のいとこです。『古今和歌集《こきんわかしゅう》』の編者《へんじゃ》の一人《ひとり》でしたが、完成前《かんせいまえ》に亡《な》くなりました。

語句《ごく》

【ひさかたの】「光《ひかり》」をみちびきだすためのことば。

【静心《しずごころ》なく】落《お》ち着《つ》いた心《こころ》なく、あわただしく、という意味《いみ》。擬人法《ぎじんほう》で、桜《さくら》の花自身《はなじしん》が心《こころ》をもっているように表現《ひょうげん》している。

誰《たれ》をかも　知《し》る人《ひと》にせむ（ン）　高砂《たかさご》の

松《まつ》も昔《むかし》の　友《とも》ならなくに

わたしも ずいぶん 年老《としお》いて しまったなぁ。
わたしの大切《たいせつ》な人《ひと》たちはみんな亡《な》くなってしまった。
わたしはいったい誰《だれ》を昔《むかし》からの友《とも》とすればいいのか…。
あの長寿《ちょうじゅ》の高砂《たかさご》の松《まつ》のほかには、わたしと同《おな》じように年《とし》をとったものはないが…、

藤原興風《ふじわらのおきかぜ》（生没年未詳《せいぼつねんみしょう》）

出典《しゅってん》『古今和歌集《こきんわかしゅう》』雑《ぞう》

その松《まつ》も
昔《むかし》からの
親《した》しい友《とも》では
ないのだからなぁ…。

歌意《かい》

年老《としお》いたわたしは、いったいだれを、心《こころ》をゆるす友人《ゆうじん》としようかなあ。あの長生《ながい》きで知《し》られる高砂《たかさご》の松《まつ》でさえも、昔《むかし》からのわたしの友人《ゆうじん》ではないのだからなあ……。

解説《かいせつ》

年《とし》をとり、長生《ながい》きをすればするほど、昔《むかし》からの友人《ゆうじん》が先《さき》に死《し》んでしまいます。この歌《うた》はそういう老人《ろうじん》のさびしさをよんだものです。

播磨国《はりまのくに》（兵庫県《ひょうごけん》）にある高砂《たかさご》の松《まつ》は、古《ふる》くから長寿《ちょうじゅ》の松《まつ》として歌《うた》によまれてきました。そのおめでたいはずの松《まつ》が、ここでは老《お》いのさびしさを引《ひ》き立てるものとしてよまれています。

藤原定家《ふじわらのていか》が百人一首《ひゃくにんいっしゅ》を選《えら》んだのは七十四歳《ななじゅうよんさい》のときでしたが、定家《ていか》はこの歌《うた》の作者《さくしゃ》・藤原興《ふじわらのおき》風《かぜ》の気持《きも》ちに共感《きょうかん》したのかもしれません。

語句《ごく》

【知《し》る人《ひと》】自分《じぶん》を理解《りかい》してくれる友《とも》。
【友《とも》ならなくに】友《とも》ではないのになあ。

人《ひと》はいさ　心《こころ》も知《し》らず　ふるさとは
花《はな》ぞ昔《むかし》の　香《か》ににほ《(オ)》ひ《(イ)》ける

紀貫之《きのつらゆき》
（八六八ごろ～九四五年《ねん》ごろ）
出典《しゅってん》『古今和歌集《こきんわかしゅう》』春《はる》

長谷寺《はせでら》―初春《しょしゅん》―
久《ひさ》しぶりに長谷《はせ》にお参《まい》りすることができたが……。
そう言《い》えば、ここに来《く》るたびに泊《と》まっていたあの人《ひと》にはずいぶん会《あ》っていないなぁ。
この家《いえ》の梅《うめ》は変《か》わらないな。
ずいぶんごぶさたでしたこと。
ずっとお待《ま》ちしておりましたのに。
ギクッ

あなたは心変《こころが》わりしてしまったかわかりませんが、
この梅《うめ》の花《はな》だけは変《か》わらず咲《さ》きにおっていますね。
ウフフ
フフッ

歌意《かい》

人《ひと》の心《こころ》は変《か》わりやすいものですから、あなたの心《こころ》は昔《むかし》と同《おな》じままかどうかわかりません。しかし、なつかしいこの里《さと》の梅《うめ》の花《はな》だけは、昔《むかし》のままのかおりでさきにおっていますね。

解説《かいせつ》

作者《さくしゃ》が長谷寺《はせでら》におまいりするたびにとまっていた家《いえ》にひさしぶりに立《た》ちよったところ、家《いえ》の主人《しゅじん》が「このようにちゃんと家《いえ》はありますよ（それなのにあなたはひどくおみかぎりでしたね）」といったので、さいていた梅《うめ》を一枝《ひとえだ》折《お》ってよんだ歌《うた》だといわれています。人《ひと》の心《こころ》のうつろいやすさと、梅《うめ》の花《はな》という変《か》わらない自然《しぜん》とを、見事《みごと》に対比《たいひ》しています。

紀貫之《きのつらゆき》は『古今和歌集《こきんわかしゅう》』の中心的編者《ちゅうしんてきへんじゃ》で、『土佐日記《とさにっき》』の作者《さくしゃ》としても有名《ゆうめい》です。

語句《ごく》

【人《ひと》はいさ】ここでの「人《ひと》」は特定《とくてい》の人《ひと》。家《いえ》の主人《しゅじん》。「いさ」は、さあどうか。

【ふるさと】ここでは、なじみの土地《とち》。

夏《なつ》の夜《よ》は　まだ宵《よひ》(ヨイ)ながら　明《あ》けぬるを
雲《くも》のいづ(ズ)こに　月《つき》やどるらむ(ン)

まだ宵《よい》のくちだと
ばかり思《おも》っていたのに、
もう夜《よ》が明《あ》けてしまった。
やれやれ
夏《なつ》の夜《よ》は
あっという間《ま》だ。
おや
先《さき》ほどまで
出《で》ていた月《つき》は
どこだろう。

清原深養父《きよはらのふかやぶ》
(生没年未詳《せいぼつねんみしょう》)
出典《しゅってん》『古今和歌集《こきんわかしゅう》』夏《なつ》

こんなに夜明《よあ》けが
早《はや》くては、
とても西《にし》の山《やま》には
たどり着《つ》けまい。
きっと
この雲《くも》のどのあたりかに
宿《やど》をとって
いるのだろうな。

歌意《かい》

夏《なつ》の夜《よ》は短《みじか》く、まだ宵《よい》のくちと思《おも》っている間《あいだ》に、もう夜《よ》が明《あ》けてしまった。こんなに早《はや》くては、月《つき》はとても西《にし》の山《やま》に行《い》きつくことはできまいから、いったい雲《くも》のどのあたりに宿《やど》をとっているのだろう。

解説《かいせつ》

夏《なつ》の夜明《よあ》けのおとずれの早《はや》さにおどろき、美《うつく》しい月《つき》が日《ひ》の光《ひかり》で見《み》えなくなることを残念《ざんねん》に思《おも》ってよんだ歌《うた》です。宵《よい》だと思《おも》っていたのにもう夜明《よあ》けという大《おお》げさな表現《ひょうげん》が、この歌《うた》のおもしろいところです。また、月《つき》を西《にし》の山《やま》に向《む》かう旅人《たびびと》に見立《みた》てているところも、月《つき》を擬人化《ぎじんか》したユニークな表現《ひょうげん》です。

作者《さくしゃ》の清原深養父《きよはらのふかやぶ》は歌《うた》の名手《めいしゅ》でした。62番《ばん》の歌《うた》の作者《さくしゃ》・清少納言《せいしょうなごん》はひ孫《まご》にあたります。

語句《ごく》

【まだ宵《よい》ながら】まだ宵《よい》のままで。宵《よい》とは、日《ひ》がくれて暗《くら》くなってからしばらくの間《あいだ》。

37

白露《しらつゆ》に　風《かぜ》の吹《ふ》きしく　秋《あき》の野《の》は
つらぬきとめぬ　玉《たま》ぞ散《ち》りける

文屋朝康《ふんやのあさやす》
（生没年未詳《せいぼつねんみしょう》）
出典《しゅってん》『後撰和歌集《ごせんわかしゅう》』秋《あき》

風《かぜ》がふくと
ひもで
つなぎとめて
いない真珠《しんじゅ》が、

あたり一面《いちめん》に
みだれ散《ち》る
ようであるよ。

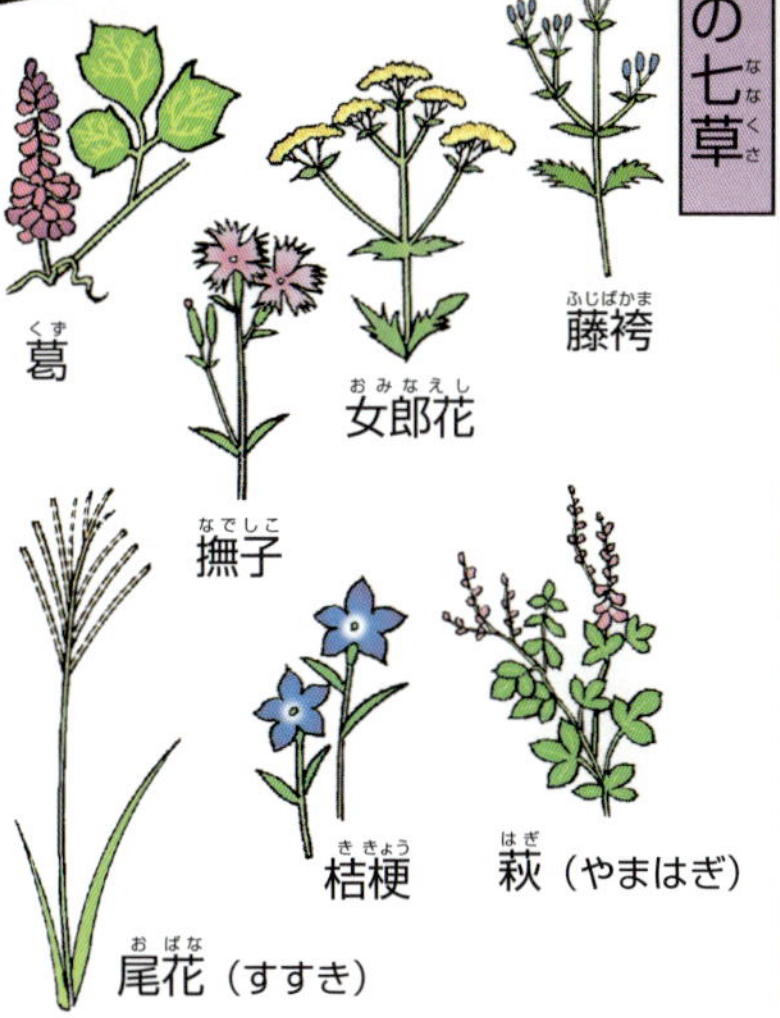
秋《あき》の七草《ななくさ》
葛《くず》
藤袴《ふじばかま》
女郎花《おみなえし》
撫子《なでしこ》
桔梗《ききょう》
萩《はぎ》（やまはぎ）
尾花《おばな》（すすき）

歌意《かい》

草《くさ》の葉《は》の上《うえ》の白露《しらつゆ》に、しきりに風《かぜ》がふきつける秋《あき》の野《の》は、さながらひもでつないでいない真珠《しんじゅ》の玉《たま》が、あたり一面《いちめん》にみだれ散《ち》るようであることよ。

解説《かいせつ》

葉《は》の上《うえ》の白露《しらつゆ》を真珠《しんじゅ》の玉《たま》に見立《みた》て、そのみだれ散《ち》るさまを表現《ひょうげん》した、美《うつく》しい歌《うた》です。

作者《さくしゃ》の文屋朝康《ふんやのあさやす》は、22番《ばん》の歌《うた》の作者《さくしゃ》・文屋《ふんやの》康秀《やすひで》の子《こ》ですが、それ以外《いがい》のくわしいことはわかっていません。有名《ゆうめい》な「寛平御時后宮《かんぴょうのおおんときのきさいのみやの》歌合《うたあわせ》」などでよんだ歌《うた》も残《のこ》っていて、歌人《かじん》として活《かつ》やくしていたようです。

語句《ごく》

【白露《しらつゆ》】草《くさ》の葉《は》の上《うえ》で白《しろ》く光《ひか》っている露《つゆ》。

【玉《たま》】白《しろ》い玉《たま》のことで、真珠《しんじゅ》のこと。「露《つゆ》」の比喩的《ひゆてき》な表現《ひょうげん》。

38

忘《わす》らるる　身《み》をば思《おも》は《（ワ）》ず　誓《ちか》ひ《（イ）》てし
人《ひと》の命《いのち》の　惜《を（オ）》しくもあるかな

あなたに去《さ》られ
忘《わす》れられてゆく
わが身《み》――、
そのことは
なんとも思《おも》いません。
ただ…、
永遠《えいえん》の愛《あい》を
神《かみ》にかけて誓《ちか》った
あなたが、

右近《うこん》
（生没年未詳《せいぼつねんみしょう》）
出典《しゅってん》『拾遺和歌集《しゅういわかしゅう》』恋《こい》

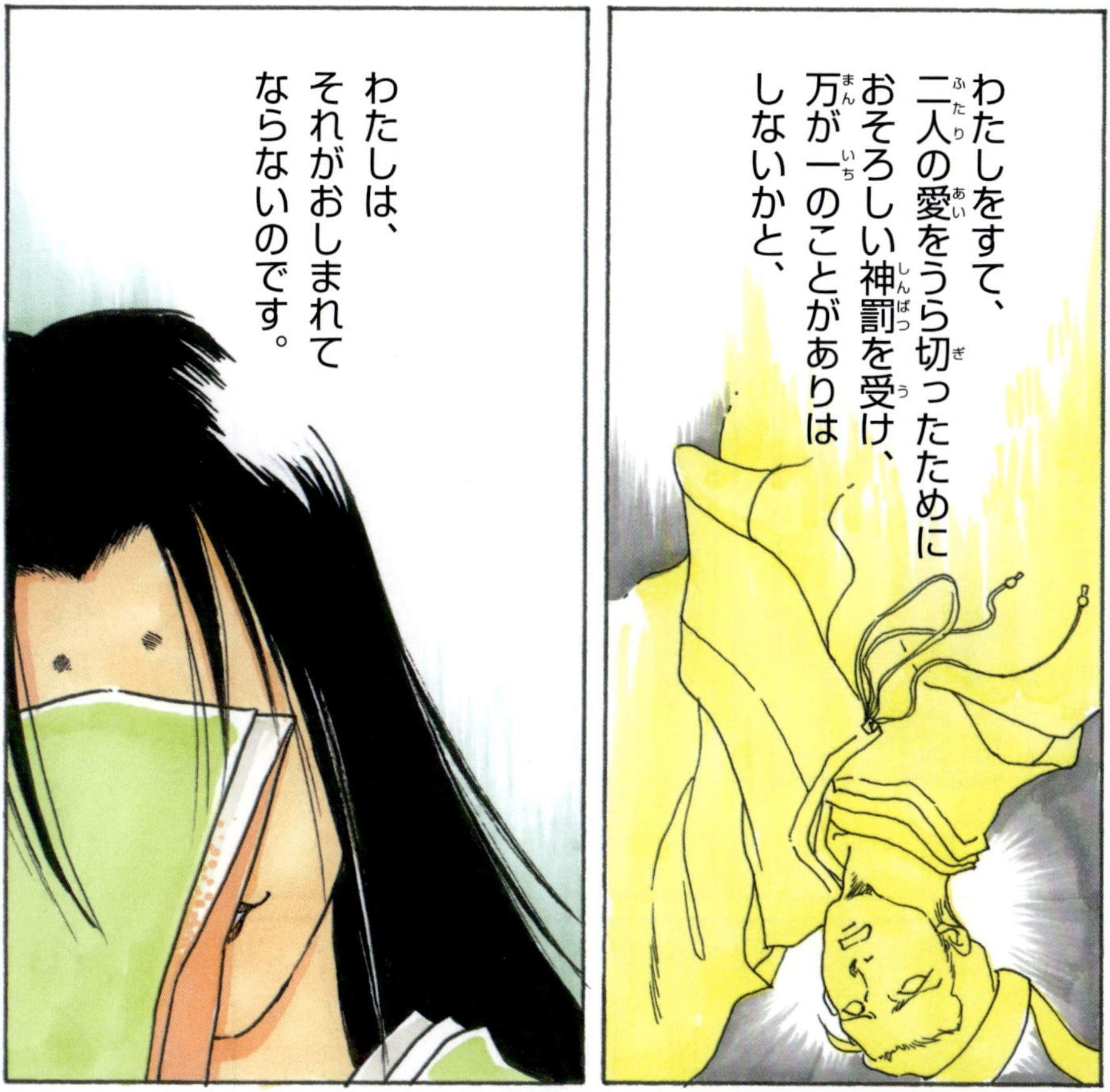
わたしをすて、
二人《ふたり》の愛《あい》をうら切《ぎ》ったために
おそろしい神罰《しんばつ》を受《う》け、
万《まん》が一《いち》のことがありは
しないかと、
わたしは、
それがおしまれて
ならないのです。

歌意《かい》

あなたに忘《わす》れられてしまうわが身《み》のことは何《なん》とも思《おも》いません。ただ、わたしへの愛《あい》を神《かみ》かけて誓《ちか》ったあなたが、誓《ちか》いをやぶったために神《かみ》のばつを受《う》けて、亡《な》くなるのではないかと、おしまれてならないのです。

解説《かいせつ》

この歌《うた》は恋人《こいびと》にすてられても、なお自分《じぶん》の身《み》より相手《あいて》の身《み》を心配《しんぱい》する女性《じょせい》の心《こころ》をよんだものとされています。しかし聞《き》きようによっては、「わたしへの愛《あい》を誓《ちか》ったのに、それをうらぎって、ばつを受《う》けてお亡《な》くなりになるかと思《おも》うと残念《ざんねん》です。お気《き》の毒《どく》に……。」というような、ざんこくな歌《うた》とも思《おも》えます。相手《あいて》の男性《だんせい》は43番《ばん》の作者《さくしゃ》・藤原敦忠《ふじわらのあつただ》とされています。

作者《さくしゃ》は女流歌人《じょりゅうかじん》で、父親《ちちおや》が右近少将《うこんのしょうしょう》という役職《やくしょく》についていたため右近《うこん》とよばれました。

語句《ごく》

【忘《わす》らるる】恋《こい》をしている相手《あいて》に忘《わす》れられる（すてられる）という意味《いみ》。

39

浅茅生《あさぢ（ジ）ふ（ウ）》の　小野《を（オ）の》の篠原《しのはら》　忍《しの》ぶれど
あまりてなどか　人《ひと》の恋《こひ（コイ）》しき

参議《さんぎ》　等《ひとし》
（八八〇～九五一年《ねん》）
出典《しゅってん》『後撰和歌集《ごせんわかしゅう》』恋《こい》

ちがやがまばらに生《は》えている、
小野《おの》の篠原《しのはら》。
その「しの」という名《な》のようにあの人《ひと》への思《おも》いをじっとたえ忍《しの》んできたけれども、

ああ、もう忍《しの》びきれない。
どうしてこうまであの人《ひと》が恋《こい》しいのだろう。

歌意《かい》

丈《たけ》の低《ひく》いちがやがまばらに生《は》えている小野《おの》の篠原《しのはら》の「しの」という名《な》のように、あなたへの思《おも》いを忍《しの》んでこらえ続《つづ》けてきたけれど、もう忍《しの》び通《とお》すことができない。どうしてあなたがこんなにも恋《こい》しいのだろうか。

解説《かいせつ》

『古今和歌集《こきんわかしゅう》』におさめられている「よみ人知《びとし》らず」の「浅茅生《あさじう》の小野《おの》の篠原《しのはら》忍《しの》ぶとも人知《ひとし》るらめや言《い》ふ人《ひと》なしに」という歌《うた》を本歌《ほんか》にして、自分流《じぶんりゅう》に作《つく》りかえる「本歌取《ほんかど》り」という手法《しゅほう》を用《もち》いて、恋心《こいごころ》をよんだ歌《うた》です。作者《さくしゃ》の参議等《さんぎひとし》は、嵯峨天皇《さがてんのう》のひ孫《まご》で、参議《さんぎ》の職《しょく》についたことからこうよばれました。

語句《ごく》

【浅茅生《あさじう》の小野《おの》の篠原《しのはら》】ここまでが次《つぎ》の「忍《しの》ぶれど」の「しの」をみちびき出《だ》すための序詞《じょし》。「浅茅生《あさじう》」は、丈《たけ》の低《ひく》いちがやが、まばらに生《は》えているところ。「小野《おの》の篠原《しのはら》」は、地名《ちめい》ではなく風景《ふうけい》。

忍《しの》ぶれど　色《いろ》に出《い》でにけり　わが恋《こひ》《(コイ)》は
ものや思《おも》ふ《(ウ)》と　人《ひと》の問《と》ふ《(ウ)》まで

平兼盛《たいらのかねもり》
（生年未詳《せいねんみしょう》～九九〇年《ねん》）
出典《しゅってん》『拾遺和歌集《しゅういわかしゅう》』恋《こい》

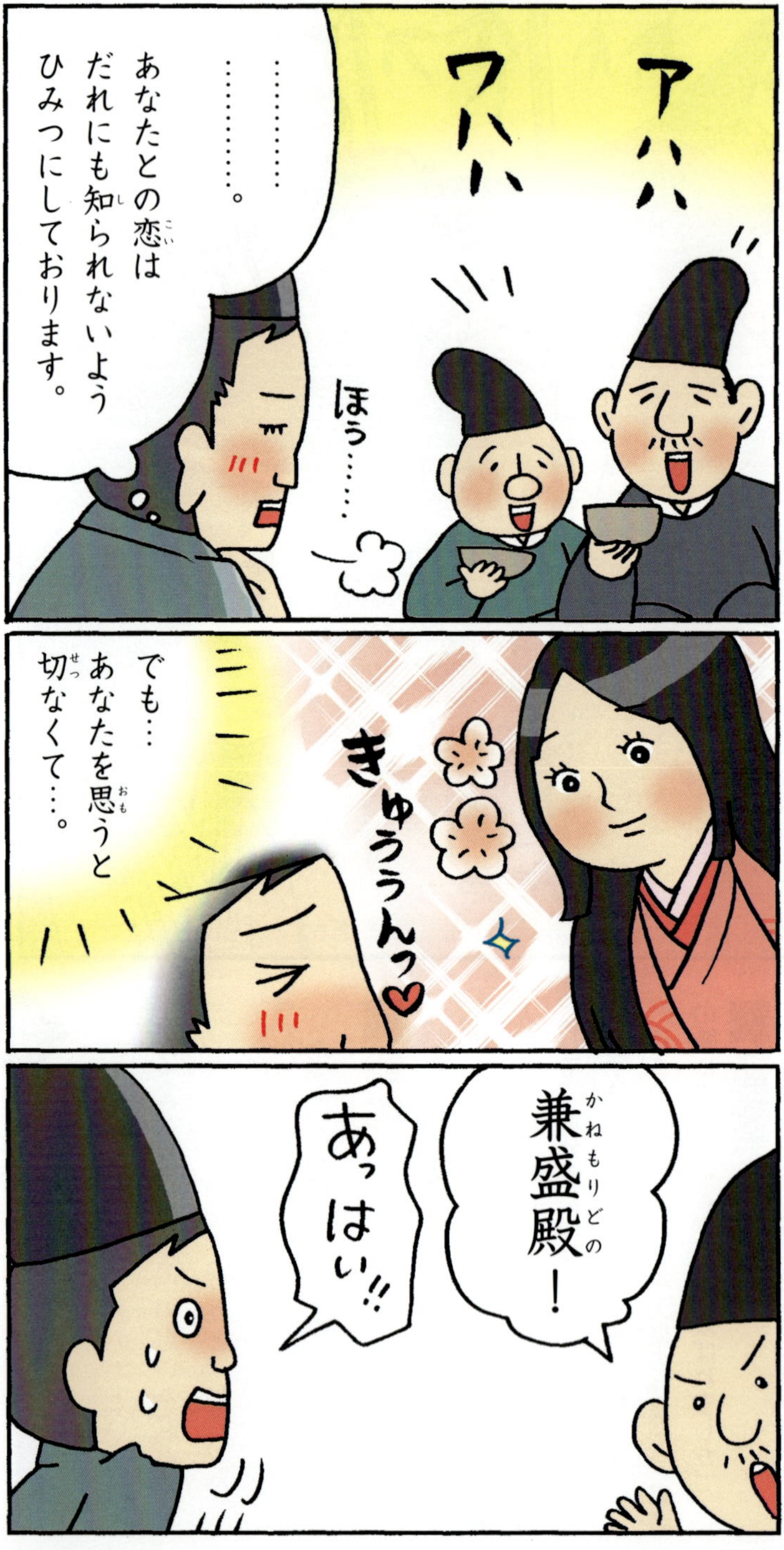
アハハ
ワハハ
ほう……
……………。
あなたとの恋《こい》はだれにも知《し》られないようひみつにしております。
きゅううんっ♥
でも…あなたを思《おも》うと切《せつ》なくて…。
兼盛殿《かねもりどの》！
あっはい!!

どうなさったのです？
先《さき》ほどから物思《ものおも》いにふけっていますよ。
ははぁ…さては、恋《こい》わずらいですな！
ですが……、こんなふうに人《ひと》があやしんでたずねるほどに……、
かなり重症《じゅうしょう》のようですな。
わたしの恋心《こいごころ》はとうとう顔色《かおいろ》に出《で》てしまいましたよ。
でへ
でへ

歌意《かい》

だれにも気《き》づかれないようにと、切《せつ》ない思《おも》いをしてじっと心《こころ》の内《うち》にひめてこらえてきたが、とうとう顔色《かおいろ》に出《で》てしまったことだよ、わたしの恋心《こいごころ》は。だれかに恋《こい》して物思《ものおも》いをしているのかと、人《ひと》がたずねるほどに。

解説《かいせつ》

この歌《うた》がよまれたのは内裏《だいり》（皇居《こうきょ》）の歌合《うたあわせ》の場《ば》です。「恋《こい》」という題《だい》で、この歌《うた》と41番《ばん》の壬生忠見《みぶのただみ》の歌《うた》が争《あらそ》いましたが、両者《りょうしゃ》ともすぐれていたため、判者《はんじゃ》がどちらがよいかを決《き》めることができませんでした。結局《けっきょく》、村上天皇《むらかみてんのう》がこの平兼盛《たいらのかねもり》の歌《うた》をひそかに口《くち》ずさんだので、平兼盛《たいらのかねもり》が勝《か》ったといいます。

平兼盛《たいらのかねもり》は、15番《ばん》の歌《うた》の作者《さくしゃ》・光孝天皇《こうこうてんのう》のひ孫《まご》である平篤行《たいらのあつゆき》の子《こ》で、『後撰和歌集《ごせんわかしゅう》』の時代《じだい》を代表《だいひょう》する歌人《かじん》の一人《ひとり》です。

語句《ごく》

【色《いろ》に出《い》でにけり】とうとう顔色《かおいろ》に出《で》てしまったことだよ。「色《いろ》」は顔色《かおいろ》や様子《ようす》。

恋《こひ》（コイ）すてふ（チョウ）　わが名《な》はまだき　立《た》ちにけり
人《ひと》知《し》れずこそ　思《おも》ひ（イ）そめしか

壬生忠見《みぶのただみ》（生没年未詳《せいぼつねんみしょう》）
出典《しゅってん》『拾遺和歌集《しゅういわかしゅう》』恋《こい》

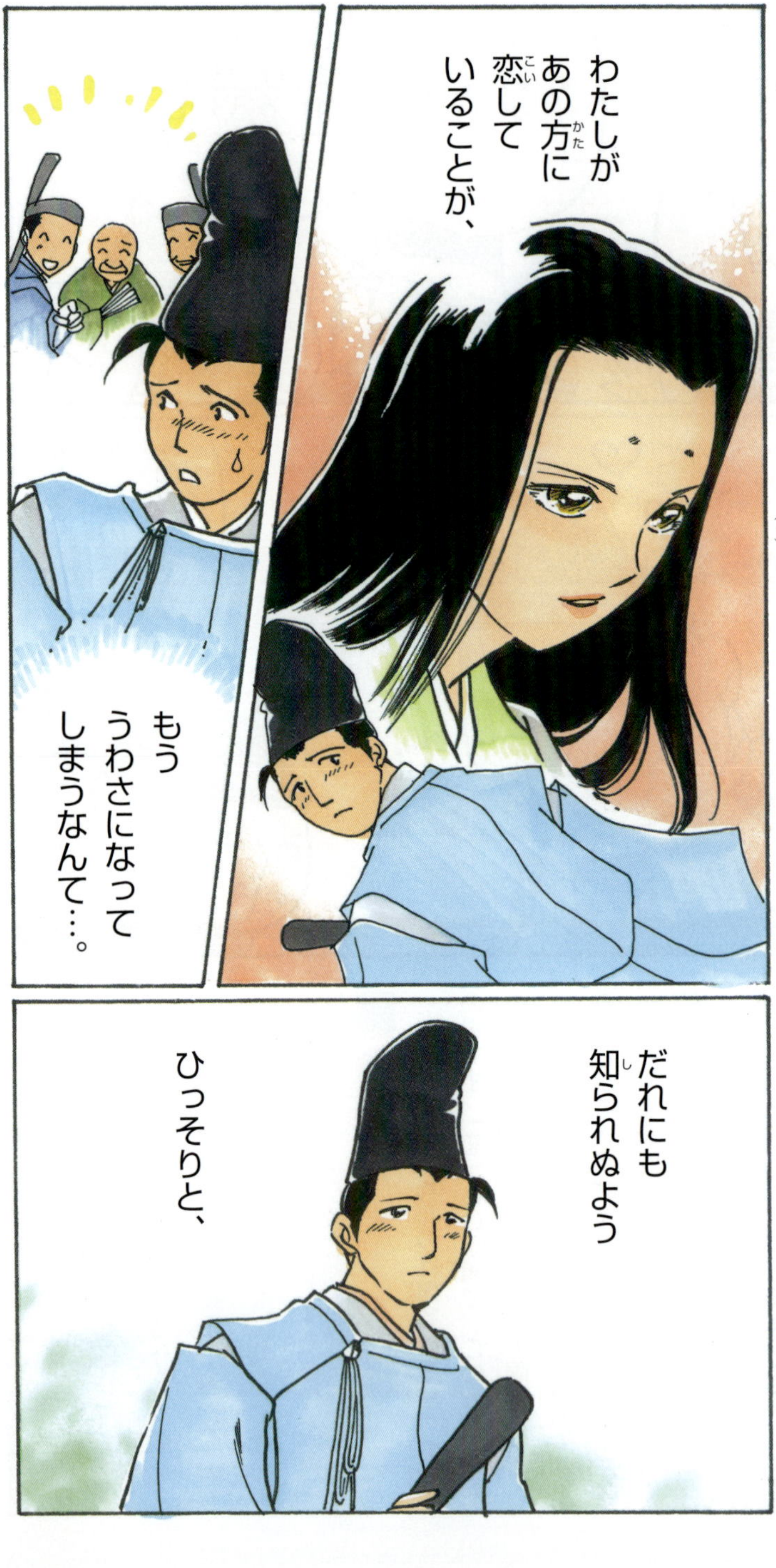
わたしが
あの方《かた》に
恋《こい》して
いることが、
もう
うわさになって
しまうなんて…。
だれにも
知《し》られぬよう
ひっそりと、

心《こころ》の中《なか》だけで
あなたに思《おも》いをよせはじめたばかりだというのに……。
高嶺《たかね》の花《はな》だな がんばりたまえ！
ま、しっかりな
もう少《すこ》しそっとしておいてほしかったなあ。

歌意《かい》

わたしが恋《こい》をしているといううわさが、早《はや》くも世間《せけん》の人《ひと》に広《ひろ》まってしまった。だれにも知《し》られないようにひそかにわたしの心《こころ》の内《うち》だけで、あの人《ひと》を思《おも》いはじめたばかりなのに。

解説《かいせつ》

この歌《うた》は、内裏《だいり》（皇居《こうきょ》）の歌合《うたあわせ》で40番《ばん》の平《たいらの》兼盛《かねもり》の歌《うた》と争《あらそ》い、負《ま》けてしまいました。作《さく》者《しゃ》・壬生忠見《みぶのただみ》は負《ま》けたくやしさで物《もの》が食《た》べられなくなり、やがて死《し》んでしまったという説《せつ》もあります。負《ま》けたとはいえ、この歌《うた》は恋《こい》にとまどう気持《きも》ちが素直《すなお》に表現《ひょうげん》され、しみじみとした味《あじ》わいがあります。後年《こうねん》になってから高《たか》く評価《ひょうか》されました。

語句《ごく》

【恋《こい》すてふ】「恋《こい》すといふ」のつづまった形《かたち》で、恋《こい》をしているという、の意味《いみ》。
【名《な》】うわさ。評判《ひょうばん》。
【まだき】まだその時期《じき》ではないのに。

契《ちぎ》りきな　かたみに袖《そで》を　しぼりつつ
末《すゑ》(スエ)の松山《まつやま》　浪《なみ》こさじとは

清原元輔《きよはらのもとすけ》
(九〇八～九九〇年《ねん》)
出典《しゅってん》『後拾遺和歌集《ごしゅういわかしゅう》』恋《こい》

おぼえて
おいでですか?
あの日《ひ》、
二人《ふたり》が交《か》わした
固《かた》い約束《やくそく》を——。
なみだで袖《そで》を
ぬらしながら
誓《ちか》い合《あ》ったでしょう。

陸奥《みちのく》にあるという
あの"末《すえ》の松山《まつやま》"を
波《なみ》がこえるなんて
ありえない。
そのように
天地《てんち》の続《つづ》くかぎり
二人《ふたり》の愛《あい》は
変《か》わらないとね。
それなのに、
あなたのこのひどい
心変《こころが》わりには
あきれるばかり
ですよ。

歌意《かい》

二人《ふたり》はかたく約束《やくそく》しましたね。おたがいになみだでぬれた袖《そで》をしぼりながら、あの末《すえ》の松山《まつやま》を決《けっ》して海《うみ》の波《なみ》がこすことがないように、二人《ふたり》の仲《なか》は末長《すえなが》く変《か》わるまいと。ああ、それなのにずいぶんな変《か》わりようです。

解説《かいせつ》

心変《こころが》わりした女性《じょせい》をなじる歌《うた》で、失恋《しつれん》した男性《だんせい》の悲《かな》しみが伝《つた》わってきます。「末《すえ》の松山《まつやま》」とは宮城県多賀城市《みやぎけんたがじょうし》にある波《なみ》をふせぐための松林《まつばやし》で、どんな高波《たかなみ》もこえることはないといわれ、ありえないことのたとえとして用《もち》いられました。ここでは、二人《ふたり》の間《あいだ》に心変《こころが》わりなどありえないという約束《やくそく》になぞらえています。

清原元輔《きよはらのもとすけ》は62番《ばん》の歌《うた》の作者《さくしゃ》・清少納言《せいしょうなごん》の父《ちち》で、『後撰和歌集《ごせんわかしゅう》』の撰者《せんじゃ》の一人《ひとり》です。

語句《ごく》

【契《ちぎ》りきな】かたく約束《やくそく》しましたね。「契《ちぎ》る」は男女《だんじょ》の仲《なか》をいうことが多《おお》い。

【かたみに】おたがいに。

逢《あ》ひ《(イ)》みての　後《のち》の心《こころ》に　くらぶれば
昔《むかし》はものを　思《おも》は《(ワ)》ざりけり

権《ごん》中《ちゅう》納《な》言《ごん》敦《あつ》忠《ただ》
（九〇六〜九四三年《ねん》）
出典《しゅってん》『拾遺和歌集《しゅういわかしゅう》』恋《こい》

敦忠《あつただ》は、恋《こい》しく思《おも》っていた人《ひと》とようやく契《ちぎ》りをかわすことができました。
両想い
好きです!!
こうしてあなたの家《いえ》であなたと夜《よる》をすごしてみると…、
契《ちぎ》りをかわす前《まえ》のあなたへの恋心《こいごころ》など、
恋心《こいごころ》とはいえないもとだとわかりました。
自分の家

恋人同士《こいびとどうし》になった今《いま》、以前《いぜん》よりずっとずっと好《す》きになっています。
チュン
チュン
早《はや》く会《あ》いたい。必《かなら》ず今夜《こんや》も、まいります。
きゅーん

歌意《かい》

今《いま》こうして恋《こい》しいあなたに逢《あ》って契《ちぎ》りを結《むす》んだ後《のち》の、このなやましく切《せつ》ない心《こころ》にくらべると、逢《あ》う以前《いぜん》のあなたを恋《こい》しく思《おも》っていた気持《きも》ちなどは、まったく物思《ものおも》いの数《かず》にも入《はい》らないものだったということがわかりましたよ。

解説《かいせつ》

男性《だんせい》が女性《じょせい》の家《いえ》から帰《かえ》ってきた後《あと》におくった歌《うた》だといわれています。恋《こい》しい人《ひと》に逢《あ》う前《まえ》と逢《あ》った後《あと》の気持《きも》ちを、たくみに対比《たいひ》してとらえ、恋《こい》がかなった後《あと》の切《せつ》なさや、やるせない気持《きも》ちを歌《うた》いあげています。

作者《さくしゃ》の藤原敦忠《ふじわらのあつただ》は、24番《ばん》の歌《うた》の作者《さくしゃ》・菅原道真《すがわらのみちざね》のうらみをかった藤原時平《ふじわらのときひら》の子《こ》として、自分《じぶん》の短命《たんめい》を予期《よき》していたといいます。そして三十七歳《さんじゅうななさい》のわかさで病死《びょうし》した敦忠《あつただ》ですが、容姿《ようし》が美《うつく》しく、人《ひと》からもよかったと伝《つた》えられています。

逢《あ》ふ《(ウ)》ことの　絶《た》えてしなくは　なかなかに
人《ひと》をも身《み》をも　恨《うら》みざらまし

中納言朝忠《ちゅうなごんあさただ》
（九一〇～九六六年《ねん》）
出典《しゅってん》『拾遺和歌集《しゅういわかしゅう》』恋《こい》

もう…、
あなたと逢《あ》うのは今日《きょう》で最後《さいご》です。
！
お別《わか》れでございますね。

あなたとお逢《あ》いする
ことさえなかったら、
こんなにもかんたんに
別《わか》れを口《くち》にする
あなたをうらんだり、
わが身《み》を
なさけなく
やるせなく思《おも》うこともあるまいに……。

歌意《かい》

もし恋《こい》しい人《ひと》に逢《あ》うということがまったくなければ、相手《あいて》の冷《つめ》たさや、わが身《み》の切《せつ》なさをうらめしく思《おも》うこともあるまいに。一度《いちど》逢《あ》ったからこそ、思《おも》うように逢《あ》えない今《いま》がうらめしくてならないのだ。

解説《かいせつ》

好《す》きな人《ひと》と一度《いちど》は親《した》しい仲《なか》になったものの、その後《ご》、相手《あいて》の女性《じょせい》が冷《つめ》たくなったことをうらんで、なげいた歌《うた》です。40、41番《ばん》の歌《うた》と同《おな》じ内裏《だいり》（皇居《こうきょ》）の歌合《うたあわせ》でよまれたもので、リズミカルな一首《いっしゅ》です。

作者《さくしゃ》の藤原朝忠《ふじわらのあさただ》は、笛《ふえ》の名手《めいしゅ》でもありました。

語句《ごく》

【絶《た》えてしなくは】もし、まったくないものならば。

【なかなかに】かえって。

【恨《うら》みざらまし】うらめしく思《おも》うこともあるまいに。「まし」は反実仮想《はんじつかそう》といって、実際《じっさい》には逆《ぎゃく》という気持《きも》ちがこめられている。

45

あは《(ワ)》れとも　いふ《(ウ)》べき人《ひと》は　思《おも》ほ《(オ)》えで
身《み》のいたづ《(ズ)》らに　なりぬべきかな

謙徳公《けんとくこう》
（九二四〜九七二年《ねん》）
出典《しゅってん》『拾遺和歌集《しゅういわかしゅう》』恋《こい》

おくった歌《うた》も
受《う》け取《と》っては
もらえなくなった。

ですが、
あなたほどに
ああ、かわいそうだと、
わたしのことを思《おも》ってくださる方《かた》は
他《ほか》にはおりませんから、

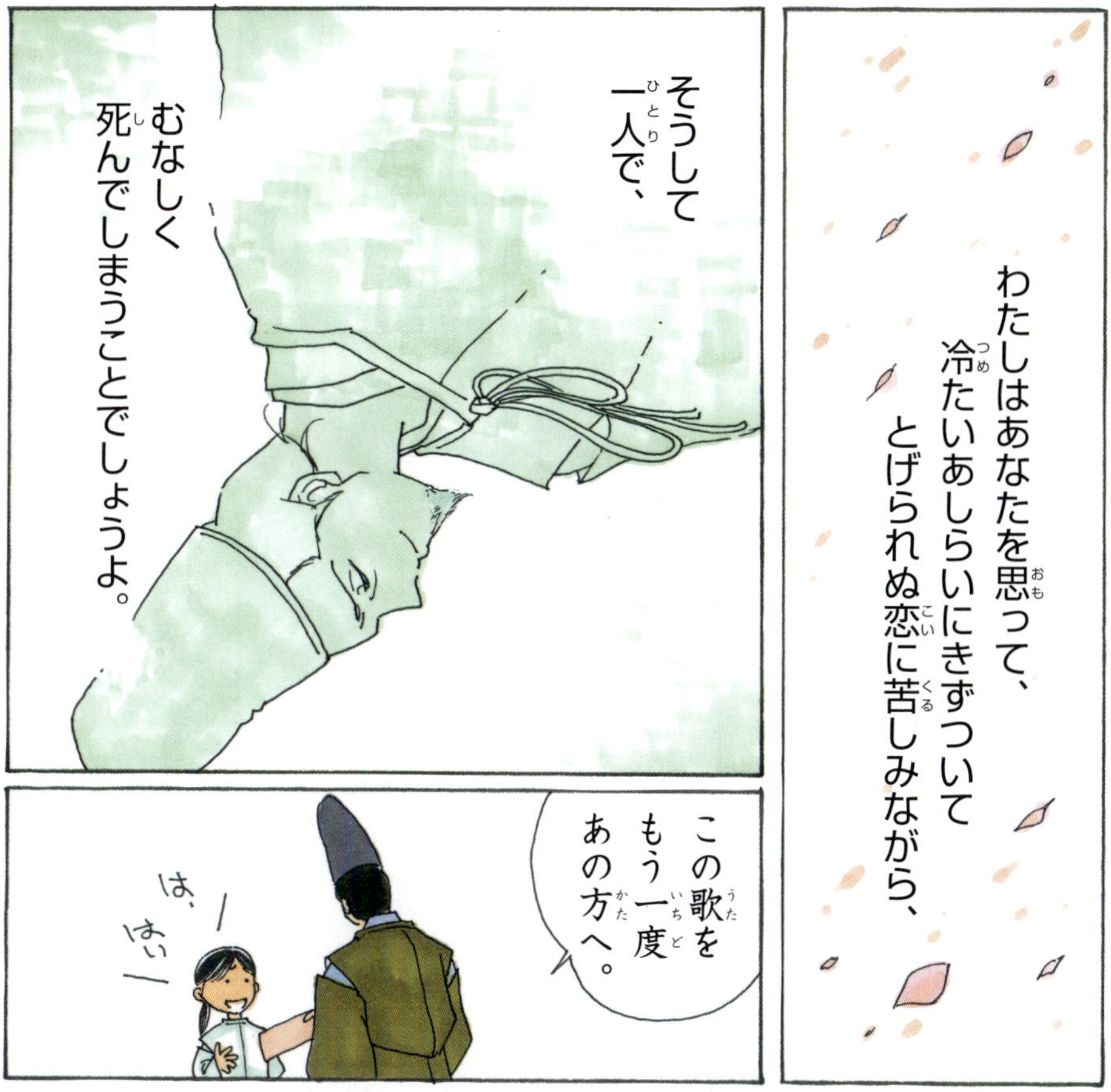
わたしはあなたを思《おも》って、
冷《つめ》たいあしらいにきずついて
とげられぬ恋《こい》に苦《くる》しみながら、
そうして
一人《ひとり》で、
むなしく
死《し》んでしまうことでしょうよ。
この歌《うた》を
もう一度《いちど》
あの方《かた》へ。
は、
はい

歌意《かい》

ああ、かわいそうだと、わたしに同情《どうじょう》してくれる人《ひと》がいるとは思《おも》えない。とげられないあなたへの恋《こい》に苦《くる》しみながら、わたしはむなしく死《し》んでしまうことだろうよ。

解説《かいせつ》

恋人《こいびと》の女性《じょせい》が逢《あ》ってくれなくなったときによんだ歌《うた》です。失恋《しつれん》の悲《かな》しみがよく表《あらわ》れています。一方《いっぽう》で、だだをこね、もう一度《いちど》相手《あいて》をふりむかせようとしてよんだ歌《うた》とも思《おも》えます。少《すこ》しめめしい感《かん》じもしますが、平安時代《へいあんじだい》の男性《だんせい》は恋《こい》に対《たい》してまじめでした。

謙徳公《けんとくこう》というのは、藤原伊尹《ふじわらのこれただ》が死後《しご》にもらったおくり名《な》（その人《ひと》の徳《とく》をたたえておくられる名前《なまえ》）です。太政大臣《だいじょうだいじん》という最高位《さいこうい》につき、『後撰和歌集《ごせんわかしゅう》』を編集《へんしゅう》させました。

語句《ごく》

【あわれ】かわいそう。

【身《み》のいたづらに】「身《み》」はわが身《み》。「いたづらに」は、むなしく、むだに。

由良《ゆら》のとを　渡《わた》る舟人《ふなびと》　かぢ《（ジ）》をたえ
行《ゆ》くへ《（エ）》も知《し》らぬ　恋《こひ》《（コイ）》の道《みち》かな

曾禰好忠《そねのよしただ》
（生没年未詳《せいぼつねんみしょう》）
出典《しゅってん》『新古今和歌集《しんこきんわかしゅう》』恋《こい》

由良《ゆら》の海峡《かいきょう》。
あっ!!
船頭《せんどう》がかいをなくし、

船《ふね》がゆらゆらとただようように…。
わたしの恋《こい》のゆくえもまた、
どうなることやら…。

歌意《かい》

由良《ゆら》の海峡《かいきょう》をこいでわたる舟人《ふなびと》が、かじをなくして行方《ゆくえ》も知《し》らずにただようように、これからどうなっていくのかわからない、わたしの恋《こい》の道《みち》ですよ。

解説《かいせつ》

先行《さきゆ》きの見《み》えない不安《ふあん》な恋《こい》を、波間《なみま》をただようたよりない小舟《こぶね》にたとえています。「行《ゆ》くへも知《し》らぬ」には、かじをなくして流《なが》される舟《ふね》の行方《ゆくえ》がわからないという意味《いみ》と、恋《こい》の道《みち》の行方《ゆくえ》がわからないという意味《いみ》があります。

作者《さくしゃ》の好忠《よしただ》は、歌《うた》の才能《さいのう》がゆたかで、49番《ばん》の歌《うた》の作者《さくしゃ》・大中臣能宣《おおなかとみのよしのぶ》などと交友関係《こうゆうかんけい》があったといわれています。

語句《ごく》

【かぢ】舟《ふね》をこぐために使《つか》う、「魯《ろ》」や「櫂《かい》」などの道具《どうぐ》。

八《や》重《へ》(エ)葎《むぐら》 しげれる宿《やど》の さびしきに
人《ひと》こそ見《み》えね 秋《あき》は来《き》にけり

いく重《え》にも
むぐらの
生《お》い茂《しげ》っている
このさびしい
住《す》まい。
ここは昔《むかし》、
栄華《えいが》をほこった
左大臣《さだいじん》源融《みなもとのとおる》の
屋敷《やしき》だった
ところなのに、

恵慶法師《えぎょうほうし》
（生没年未詳《せいぼつねんみしょう》）
出典《しゅってん》『拾遺和歌集《しゅういわかしゅう》』秋《あき》

歌意《かい》

いく重《え》にもむぐらがおいしげったこのさびしい宿《やど》には、人《ひと》はだれ一人《ひとり》としておとずれはしないが、秋《あき》だけはやってきたのだなあ。

解説《かいせつ》

はなやかな昔《むかし》を思《おも》いつつ、人《ひと》の世《よ》のはかなさと秋《あき》のおとずれをしみじみとよんでいます。よまれた場所《ばしょ》は河原院《かわらのいん》というところです。14番《ばん》の歌《うた》の作者《さくしゃ》・源融《みなもとのとおる》が建《た》てたりっぱな館《やかた》でしたが、融《とおる》の死後《しご》はあれ果《は》てていました。そこに、作者《さくしゃ》・恵慶法師《えぎょうほうし》の友人《ゆうじん》で、融《とおる》のひ孫《まご》にあたる安法法師《あんぼうほうし》が住《す》むことになり、それからは、文人《ぶんじん》たちの交流《こうりゅう》の場《ば》となっていました。

語句《ごく》

【葎《むぐら》】アカネ科《か》のつる性《せい》の雑草《ざっそう》。
【宿《やど》】ここでは家《いえ》、住居《じゅうきょ》のこと。
【人《ひと》こそ見《み》えね】人《ひと》はだれひとりとしておとずれはしないが。「こそ」は強調《きょうちょう》の意味《いみ》。

48

風《かぜ》をいたみ　岩《いは》（イワ）うつ波《なみ》の　おのれのみ
くだけてものを　思《おも》ふ（ウ）ころかな

源重之《みなもとのしげゆき》
（生没年未詳《せいぼつねんみしょう》）
出典《しゅってん》『詞花和歌集《しかわかしゅう》』恋《こい》

あのお方《かた》は岩《いわ》のようにつれなく平気《へいき》でいるのに。
わたし一人《ひとり》の心《こころ》だけがくだけるばかりに、なやむこのごろであることよ。

歌意《かい》

風《かぜ》がはげしいので、岩《いわ》にうちあたる波《なみ》が自分《じぶん》だけくだけて散《ち》るように、あの人《ひと》は岩《いわ》のように冷《つめ》たくて平気《へいき》でいるのに、わたしだけが心《こころ》もくだけんばかりに恋《こい》に思《おも》いなやんでいるこのごろですよ。

解説《かいせつ》

「風《かぜ》をいたみ岩《いわ》うつ波《なみ》の」までが、「くだけて」を引《ひ》き出《だ》すための序詞《じょし》ですが、自分《じぶん》をうちあたってくだける波《なみ》に、相手《あいて》の女性《じょせい》の冷《つめ》たい心《こころ》を波《なみ》があたってもびくともしない岩《いわ》に、なぞらえています。

作者《さくしゃ》の源重之《みなもとのしげゆき》は旅《たび》が好《す》きで、各地《かくち》の風景《ふうけい》をよんだ歌《うた》が多《おお》い歌人《かじん》でもあります。

語句《ごく》

【くだけて】波《なみ》がくだけるということと、自分《じぶん》の心《こころ》がくだけるという二《ふた》つの意味《いみ》をこめている。

【物《もの》を思《おも》ふ】恋《こい》の物思《ものおも》いをする。

みかきもり　衛士《ゑじ》(エ)のたく火《ひ》の　夜《よる》は燃《も》え
昼《ひる》は消《き》えつつ　ものをこそ思《おも》へ(エ)

大中臣能宣朝臣《おおなかとみのよしのぶあそん》
（九二一～九九一年《ねん》）
出典《しゅってん》『詞花和歌集《しかわかしゅう》』恋《こい》

皇居《こうきょ》の御門《ごもん》を守《まも》る兵士《へいし》たち。
夜《よる》、かれらのたくかがり火《び》が燃《も》えあがる。
恋《こい》に思《おも》いなやむこのわたしも、

夜《よる》は恋《こい》しい心《こころ》が燃《も》えあがり、
昼《ひる》は消《き》え入《い》るばかりにうちしずんでいることだ。

歌意《かい》

宮中《きゅうちゅう》の門《もん》を守《まも》る兵士《へいし》のたくかがり火《び》が、夜は燃《も》えて、昼《ひる》は消《き》えているように、わたしも夜《よる》は恋《こい》する気持《きも》ちが燃《も》えあがり、昼《ひる》は消《き》え入《い》るばかりに深《ふか》い物思《ものおも》いにしずんでいることです。

解説《かいせつ》

門《もん》を守《まも》る兵士《へいし》のたくかがり火《び》を、自分《じぶん》の恋《こい》心《ごころ》と重《かさ》ねあわせています。夜《よる》は赤々《あかあか》と燃《も》え、昼《ひる》は消《き》えているかがり火《び》に、自分《じぶん》の心《こころ》をたとえることで、心《こころ》の起伏《きふく》を表現《ひょうげん》しているのです。

作者《さくしゃ》の大中臣能宣《おおなかとみのよしのぶ》は、61番《ばん》の歌《うた》の作者《さくしゃ》・伊《い》勢大輔《せのたいふ》の祖父《そふ》にあたります。

語句《ごく》

【みかきもり】御垣守《みかきもり》。宮中《きゅうちゅう》の門《もん》を守《まも》る人《ひと》のこと。

【衛士《えじ》】諸国《しょこく》から集《あつ》められて交代《こうたい》で宮中《きゅうちゅう》を守《まも》っていた兵士《へいし》。

君《きみ》がため　惜《を》しからざりし　命《いのち》さへ
長《なが》くもがなと　思《おも》ひけるかな

不思議《ふしぎ》なことです。
今《いま》までここに
来《く》るまでは、
あなたに
お逢《あ》いする
ためなら、
この命《いのち》を
かけても
よいとすら
思《おも》っていました。

藤原義孝《ふじわらのよしたか》
（九五四～九七四年《ねん》）
出典《しゅってん》『後拾遺和歌集《ごしゅういわかしゅう》』恋《こい》

でも、こうしてあなたと
お逢《あ》いできた後《あと》では、
いつまでもいつまでも
あなたと生《い》きていきたい。

今《いま》では
そんなことを思《おも》う
ようになって
しまいましたよ。

歌意《かい》

あなたに逢《あ》うためなら死《し》んでもおしくはないと思《おも》っていた命《いのち》までもが、あなたにお逢《あ》いできた今《いま》では、いつまでも長生《ながい》きしてあなたに逢《あ》い続《つづ》けたいと思《おも》うようになったことだ。

解説《かいせつ》

逢《あ》うたびにいっそうつのる恋心《こいごころ》がよく表《あらわ》れています。しかも、恋《こい》が実《みの》る前《まえ》と実《みの》った後《あと》の気持《きも》ちの変化《へんか》を、自分《じぶん》の命《いのち》を通《とお》してたくみに歌《うた》いあげています。

作者《さくしゃ》の藤原義孝《ふじわらのよしたか》は美《うつく》しい貴公子《きこうし》で、和歌《わか》の才能《さいのう》もありましたが、二十一歳《にじゅういっさい》で天然痘《てんねんとう》という病気《びょうき》で亡《な》くなりました。作者《さくしゃ》がわかくして亡《な》くなったことを思《おも》うとき、この歌《うた》はいっそうあわれに感《かん》じます。

語句《ごく》

【長《なが》くもがな】長《なが》くあってほしいなあ。「もがな」は願望《がんぼう》を表《あらわ》す。

51

かくとだに　えやはいぶきの　さしも草《ぐさ》
さしも知《し》らじな　燃《も》ゆる思《おも》ひ（イ）を

藤原実方朝臣《ふじわらのさねかたあそん》
（生年未詳《せいねんみしょう》～九九八年《ねん》）
出典《しゅってん》『後拾遺和歌集《ごしゅういわかしゅう》』恋《こい》

この心《こころ》の内《うち》をあなたに伝《つた》えられたらよいものを。
あの伊吹山《いぶきやま》の"さしも草《ぐさ》"ではないが、
"それほどまで"とは、

あなたはとても
気《き》づかないでしょうね。
わたしの思《おも》いが
燃《も》えるように
こんなにも
強《つよ》いということを——。

歌意《かい》

こんなにあなたを恋《こい》しく思《おも》っていることさえ言《い》えないでいるのですから、伊吹山《いぶきやま》のさしも草《ぐさ》が燃《も》えるように、そんなにまでわたしの思《おも》いがはげしいものとは、あなたはごぞんじないでしょうね。

解説《かいせつ》

「さしも草《ぐさ》」とは、おきゅうに用《もち》いるもぐさのことです。下《しも》の句《く》の「燃《も》ゆる」「火《ひ》」と関係《かんけい》があります。また、「燃《も》ゆる思《おも》ひ」の「ひ」と「火《ひ》」もかけています。恋《こい》に燃《も》える自分《じぶん》のすがたを、もぐさが燃《も》える様子《ようす》に重《かさ》ねて、相手《あいて》への思《おも》いの強《つよ》さを表《あらわ》しています。

藤原実方《ふじわらのさねかた》は高《たか》い位《くらい》につきましたが、宮中《きゅうちゅう》でけんかをして、遠《とお》くの地《ち》におもむきました。

語句《ごく》

【えやはいぶきの】「えやは言《い》ふ」の「いふ」に、伊吹《いぶき》（山《やま》）をかけている。伊吹山《いぶきやま》は岐阜県《ぎふけん》と滋賀県《しがけん》の境《さかい》にある山《やま》。また「え」は「やは」をともない、不可能《ふかのう》の意味《いみ》を表《あらわ》す。

明《あ》けぬれば　暮《く》るるものとは　知《し》りながら
なほ《(オ)》恨《うら》めしき　朝《あさ》ぼらけかな

藤原道信朝臣《ふじわらのみちのぶあそん》
（九七二～九九四年《ねん》）
出典《しゅってん》『後拾遺和歌集《ごしゅういわかしゅう》』恋《こい》

あなたにお逢《あ》いするようになってから、
夜《よ》が明《あ》けるのがつらくてたまりません。
まあ。

またそのようなこと…。
でも本当《ほんとう》です。

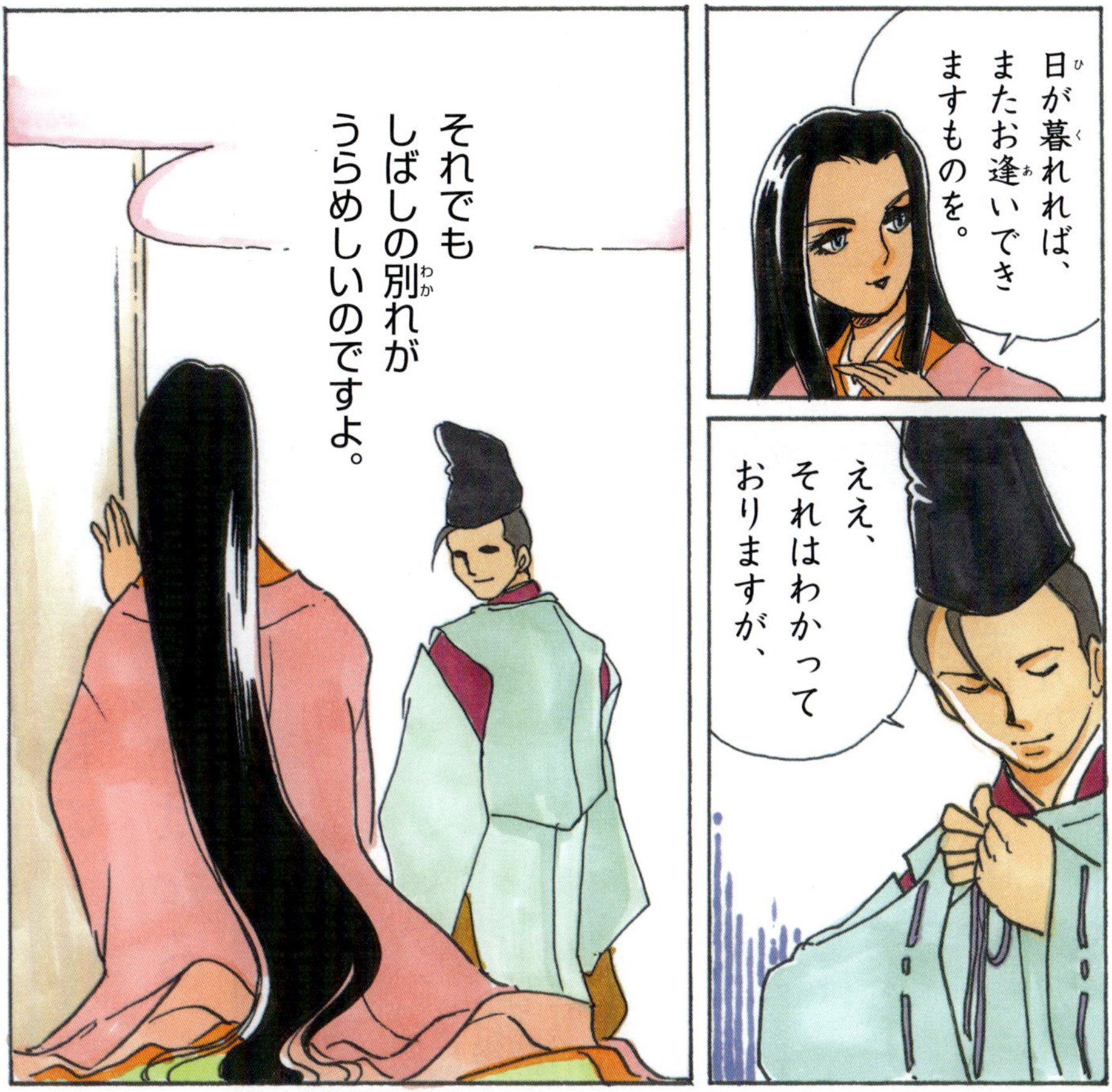
日《ひ》が暮《く》れれば、またお逢《あ》いできますものを。
ええ、それはわかっておりますが、
それでもしばしの別《わか》れがうらめしいのですよ。

歌意《かい》

夜《よ》が明《あ》けると、やがてまた日《ひ》は暮《く》れて、そうすればまたあなたに逢《あ》えるとは知《し》っているが、やはりうらめしく思《おも》えてしまうのは、あなたとしばらく別《わか》れなくてはならない明《あ》け方《がた》であるよ。

解説《かいせつ》

平安時代《へいあんじだい》の夫婦《ふうふ》や恋人《こいびと》は、男性《だんせい》が夜《よる》に女性《じょせい》の家《いえ》に行って朝《あさ》になると自分《じぶん》の家《いえ》に帰《かえ》るという生活《せいかつ》をしていました。この歌《うた》は、明《あ》け方《がた》に男性《だんせい》が家《いえ》に帰《かえ》るとき、恋人《こいびと》との別《わか》れをうらめしく思《おも》って作《つく》ったものです。いつまでもいっしょにいたいという気持《きも》ちが強《つよ》く伝《つた》わってきます。

藤原道信《ふじわらのみちのぶ》は、二十三歳《にじゅうさんさい》のわかさで亡《な》くなりましたが、容姿《ようし》も美《うつく》しく、和歌《わか》に大変《たいへん》すぐれ、人《ひと》がらもりっぱだったといわれています。

語句《ごく》

【朝《あさ》ぼらけ】夜《よ》がほのぼのと明《あ》けるころ。当《とう》時《じ》は男《おとこ》が女《おんな》と別《わか》れて自分《じぶん》の家《いえ》に帰《かえ》る時分《じぶん》。

嘆《なげ》きつつ　ひとり寝《ぬ》る夜《よ》の　明《あ》くる間《ま》は
いかに久《ひさ》しき　ものとかは知《し》る

右大将道綱母《うだいしょうみちつなのはは》
（九三七ごろ～九九五年《ねん》ごろ）
出典《しゅってん》『拾遺和歌集《しゅういわかしゅう》』恋《こい》

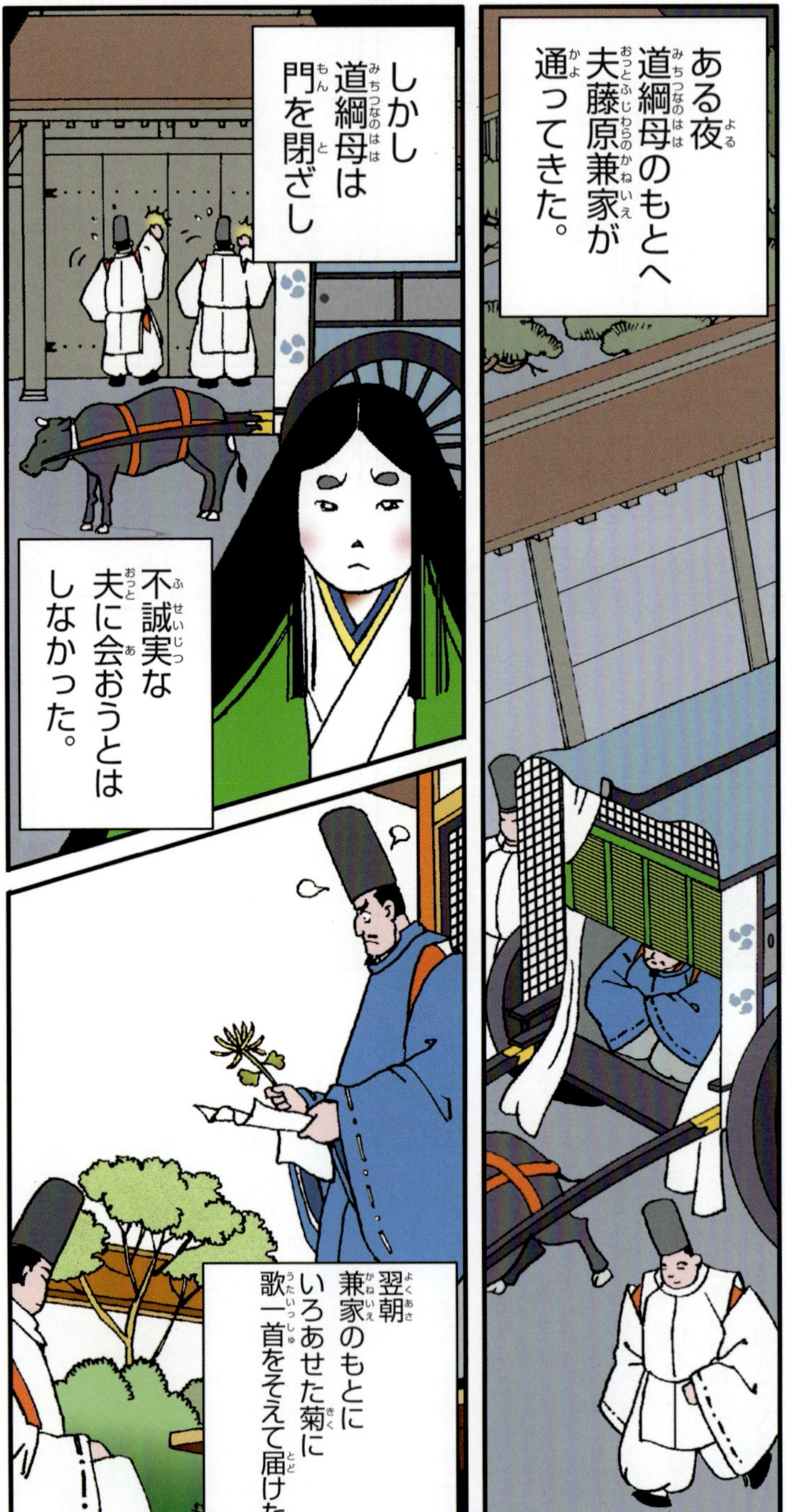
ある夜《よる》
道綱母《みちつなのはは》のもとへ
夫藤原兼家《おっとふじわらのかねいえ》が
通《かよ》ってきた。
しかし
道綱母《みちつなのはは》は
門《もん》を閉《と》ざし
不誠実《ふせいじつ》な
夫《おっと》に会《あ》おうとは
しなかった。
翌朝《よくあさ》
兼家《かねいえ》のもとに
いろあせた菊《きく》に
歌一首《うたいっしゅ》をそえて届《とど》けた。

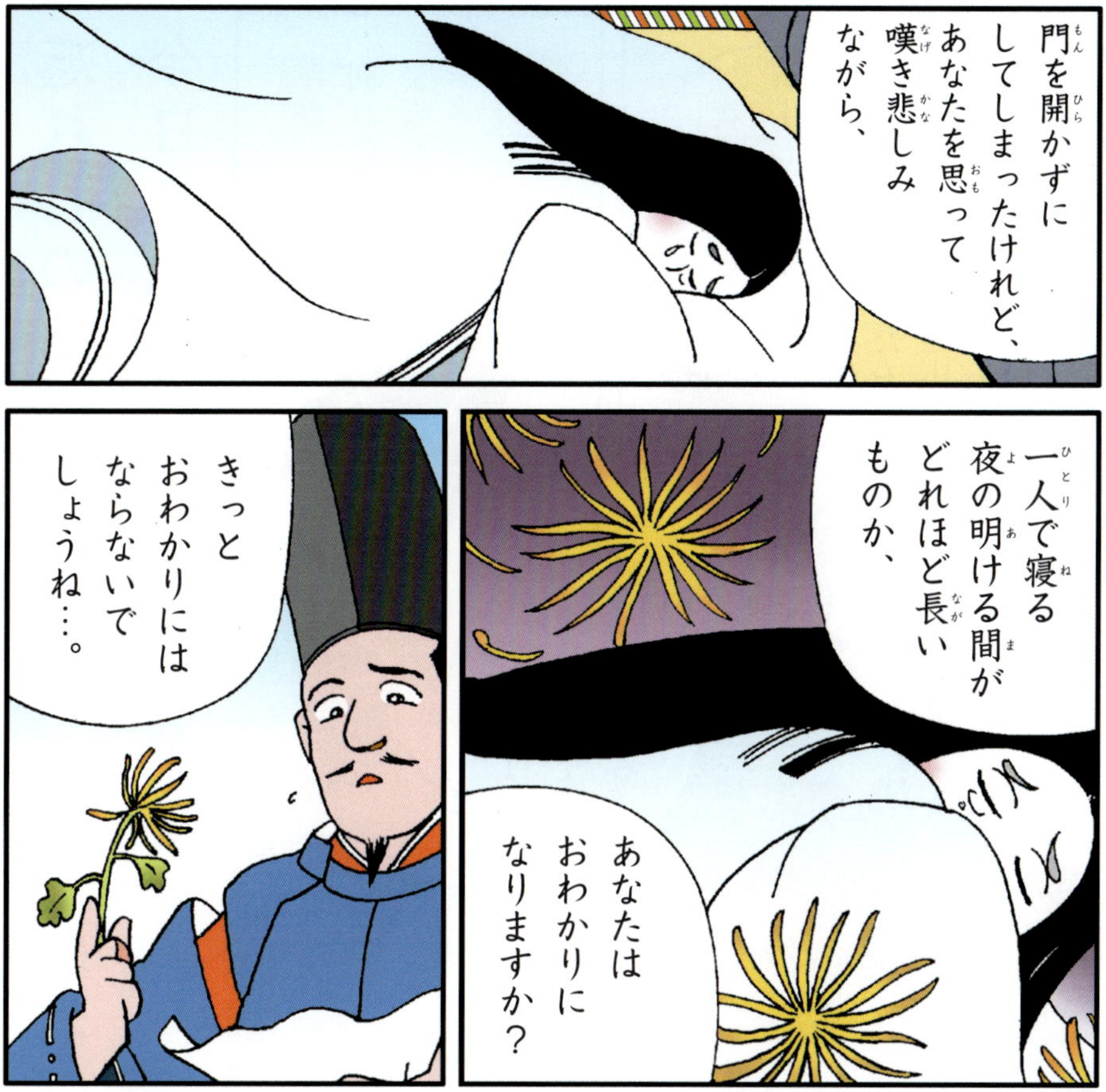
門《もん》を開《ひら》かずにしてしまったけれど、あなたを思《おも》って嘆《なげ》き悲《かな》しみながら、
一人《ひとり》で寝《ね》る夜《よ》の明《あ》ける間《ま》がどれほど長《なが》いものか、
あなたはおわかりになりますか？
きっとおわかりにはならないでしょうね…。

歌意《かい》

おいでにならないのをなげきながら、一人《ひとり》で寝《ね》る夜《よ》の明《あ》けるまでの時間《じかん》が、どんなに長《なが》いものであるか、あなたはおわかりになるでしょうか。おわかりになりますまい。

解説《かいせつ》

自分《じぶん》のもとをおとずれた夫《おっと》に、日《ひ》ごろ一人《ひとり》で寝《ね》ているわびしさをうったえた歌《うた》です。自《みずか》らの結婚生活《けっこんせいかつ》を回想《かいそう》した『蜻蛉日記《かげろうにっき》』によると、一子《いっし》・道綱《みちつな》が生《う》まれて二《に》か月後《げつご》、夫《おっと》の藤原兼家《ふじわらのかねいえ》が町《まち》の小路《こうじ》の女《おんな》に通《かよ》い始《はじ》めたことを知《し》った作者《さくしゃ》は、門《もん》を開《あ》けることなく、おとずれた夫《おっと》を帰《かえ》してしまいました。そのよく朝《あさ》、兼家《かねいえ》に色《いろ》のうつり変《か》わった菊《きく》（うつろひたる菊《きく》）にそえておくった歌《うた》が、この一首《いっしゅ》です。当時《とうじ》の女性《じょせい》たちのなげきが伝《つた》わってくる歌《うた》です。右大将道綱母《うだいしょうみちつなのはは》は、才色兼備《さいしょくけんび》の女性《じょせい》でした。

語句《ごく》

【いかに久《ひさ》しき】「いかに」はどんなに、「久《ひさ》しき」は時間《じかん》が長《なが》くたつ。

忘《わす》れじの 行末《ゆくすゑ》（スエ）までは かたければ
今日《けふ》（キョウ）を限《かぎ》りの 命《いのち》ともがな

儀同三司母《ぎどうさんしのはは》
（生年未詳《せいねんみしょう》～九九六年《ねん》）
出典《しゅってん》『新古今和歌集《しんこきんわかしゅう》』恋《こい》

毎朝《まいあさ》、別《わか》れの時《とき》に なると、
あなたは 悲《かな》しげな 顔《かお》をする。
夜《よる》まで しばしの別《わか》れ ではないか、
あなたを 忘《わす》れたり するものか。
そう、あなたは おっしゃってくださいますが、
そのあなたのお心《こころ》が、

いつまでも
変《か》わらないとは
思《おも》えません。
ですから、
今朝《けさ》の
あなたのその
うれしいお言葉《ことば》を
むねにして、
今日《きょう》かぎり
死《し》んでしまえたらと
わたしは願《ねが》って
いるのです。

歌意《かい》

あなたがいつまでも忘《わす》れまいとおっしゃるそのお言葉《ことば》を、遠《とお》い将来《しょうらい》までたのみにはしがたいので、そうおっしゃってくださる今日《きょう》が、わたしの命《いのち》の最後《さいご》の日《ひ》であってほしいことです。

解説《かいせつ》

中関白藤原道隆《なかのかんぱくふじわらのみちたか》が夫《おっと》として作者《さくしゃ》のもとに通《かよ》い始《はじ》めたころによまれました。このころは一《いっ》夫多妻制《ぶたさいせい》の時代《じだい》だったので、この幸《しあわ》せがずっと続《つづ》けばいいと思《おも》う一方《いっぽう》で、別《べつ》の女性《じょせい》のもとへと行《い》ってしまうかもしれない不安《ふあん》もよみこまれています。

儀同三司母《ぎどうさんしのはは》は高階成忠《たかしなのなりただ》の娘《むすめ》で、名《な》は貴子《たかこ》といいます。道隆《みちたか》と結婚《けっこん》して、多《おお》くの子女《しじょ》をもうけました。

語句《ごく》

【行末《ゆくすえ》】遠《とお》い将来《しょうらい》。

【かたければ】むずかしいので。あてにならないので。

滝《たき》の音《おと》は　絶《た》えて久《ひさ》しく　なりぬれど
名《な》こそ流《なが》れて　なほ《（オ）》聞《き》こえけれ

大納言公任《だいなごんきんとう》
（九六六～一〇四一年《ねん》）
出典《しゅってん》『拾遺和歌集《しゅういわかしゅう》』雑《ぞう》

わたしは藤原道長様《ふじわらのみちながさま》のおともをして大覚寺《だいかくじ》を訪《おとず》れました。
道長《みちなが》
公任《きんとう》
「滝殿《たきどの》」と呼《よ》ばれる庭《にわ》の池《いけ》には
以前《いぜん》滝《たき》が流《なが》れていたそうですが、
今《いま》では、絶《た》えてその滝《たき》の音《おと》が聞《き》こえなくなってずいぶんになります。

そういえば
わたしも
滝《たき》があった
という話《はなし》は
聞《き》いていたな。
すばらしい
滝《たき》の音《おと》だった
とか。
滝《たき》の音色《ねいろ》は
聞《き》こえなくなって
久《ひさ》しいのに、
その名声《めいせい》だけは
消《き》えずに
今《いま》なお伝《つた》わって
いるのですねえ。
当時《とうじ》の音色《ねいろ》が
聞《き》こえてくる
ようじゃのう。

歌意《かい》

この滝《たき》は流《なが》れが絶《た》えて、水《みず》の音《おと》が聞《き》こえなくなってからずいぶん長《なが》い月日《つきひ》がたってしまったけれど、その名声《めいせい》は世《よ》の中《なか》に流《なが》れ伝《つた》わって、今《いま》なお聞《き》こえていることだ。

解説《かいせつ》

嵯峨上皇《さがじょうこう》がつくった大覚寺《だいかくじ》（京都《きょうと》の嵯峨《さが》にある寺《てら》）の古《ふる》びた滝《たき》を見《み》て、遠《とお》い昔《むかし》、そこにあった美《うつく》しい庭《にわ》と滝《たき》の面影《おもかげ》をよんだ歌《うた》です。一首《いっしゅ》に「滝《たき》」と「流《なが》れ」、「音《おと》」と「聞《き》こえ」という二組《ふたくみ》の縁語《えんご》を用《もち》い、初句《しょく》と第二句《だいにく》の頭《あたま》に「た」、第三《だいさん》、四《よん》、五句《ごく》の頭《あたま》に「な」と同《おな》じ音《おと》を重《かさ》ねてリズム感《かん》を出《だ》しています。滝《たき》の音《おと》をイメージさせる声調《せいちょう》のよい歌《うた》です。

作者《さくしゃ》の藤原公任《ふじわらのきんとう》は、博学多才《はくがくたさい》な人《ひと》で、和歌《わか》、漢詩《かんし》、管弦《かんげん》にひいでていました。

語句《ごく》

【絶《た》えて】滝《たき》の音《おと》が聞《き》こえなくなって。

【名《な》こそ流《なが》れて】「名《な》」は評判《ひょうばん》、名声《めいせい》。「流《なが》れて」は世間《せけん》に流《なが》れ伝《つた》わる、という意味《いみ》。

56

あらざらむ（ン）　この世《よ》のほかの　思《おも》ひ（イ）出《で》に
いまひとたびの　逢《あ》ふ（ウ）こともがな

和泉式部《いずみしきぶ》
（生没年未詳《せいぼつねんみしょう》）
出典《しゅってん》『後拾遺和歌集《ごしゅういわかしゅう》』恋《こい》

和泉式部《いずみしきぶ》は重《おも》い病気《びょうき》にかかって、ふせっておりました。
わたし……もう間《ま》もなく死《し》んでしまうのね……。
最期《さいご》にあの人《ひと》に歌《うた》を贈《おく》ろう。
わたしはもうすぐこの世《よ》からいなくなってしまいます。
だから…

歌意《かい》

わたしはこの病気《びょうき》のため間《ま》もなく死《し》んでこの世《よ》を去《さ》るかと思《おも》いますが、あの世《よ》での思《おも》い出《で》として、せめてもう一度《いちど》あなたにお逢《あ》いしたいものです。

解説《かいせつ》

病気《びょうき》が重《おも》くなって死《し》を予感《よかん》したころ、恋《こい》しい人《ひと》におくった切実《せつじつ》な内容《ないよう》の歌《うた》です。容姿《ようし》が美《うつく》しく多感《たかん》で、多《おお》くの男性《だんせい》に愛《あい》された和泉式部《いずみしきぶ》は、和歌《わか》の才能《さいのう》にもすぐれていました。ですがこの歌《うた》はこれといった技巧《ぎこう》もなく、彼女《かのじょ》のよんだ歌《うた》の中《なか》では素直《すなお》によまれた歌《うた》だと評《ひょう》されることが多《おお》いようです。

和泉式部《いずみしきぶ》は情熱的《じょうねつてき》な歌人《かじん》であり、波乱《はらん》にとんだ一生《いっしょう》をおくりました。橘道貞《たちばなのみちさだ》と結婚《けっこん》して、60番《ばん》の歌《うた》の作者《さくしゃ》・小式部内侍《こしきぶのないし》を生《う》みました。

語句《ごく》

【あらざらむ】自分《じぶん》が生《い》きていないであろう、死《し》んでしまうであろう、という意味《いみ》。

めぐり逢《あ》ひ《(イ)》て　見《み》しやそれとも　わかぬ間《ま》に
雲隠《くもがく》れにし　夜《よ》半《は(ワ)》の月《つき》かな

紫式部《むらさきしきぶ》
（九七〇ごろ〜一〇一四年《ねん》ごろ）
出典《しゅってん》『新古今和《しんこきんわ》歌集《かしゅう》』雑《ぞう》

何年《なんねん》かぶりでおさな友達《ともだち》と逢《あ》った。
あら もうこんな時間《じかん》。
おいとまいたしますわ。
えっ、まだいいじゃありませんか。
いえ、もうこれで。

ほんとうに逢《あ》ったのかどうなのかわからぬうちに、
あわただしくお帰《かえ》りになってしまった…。
ほんとうに月《つき》を見《み》たのかわからぬほどあっという間《ま》に、
夜半《よわ》の月《つき》も今《いま》は雲《くも》に隠《かく》れてしまったわ。

歌意《かい》

ひさしぶりにめぐり逢《あ》って、見《み》たのはその人《ひと》であったかどうかも見分《みわ》けがつかないうちに、あわただしく雲《くも》にかくれてしまった夜半《よわ》の月《つき》のように、あなたはたちまちすがたを消《け》してしまいましたね。

解説《かいせつ》

この歌《うた》は、昔《むかし》からのおさな友《とも》だちであった人《ひと》と久《ひさ》しぶりに逢《あ》ったものの、わずかな時間《じかん》話《はな》しただけで、別《わか》れの時間《じかん》がやってきてしまったことを、初秋《しょしゅう》の月《つき》をおしむ気持《きも》ちに重《かさ》ね、美《うつく》しく歌《うた》いあげています。

紫式部《むらさきしきぶ》は『源氏物語《げんじものがたり》』の作者《さくしゃ》として有名《ゆうめい》な女性《じょせい》です。藤原宣孝《ふじわらののぶたか》と結婚《けっこん》して、賢子《けんし》（58番《ばん》の歌《うた》の作者《さくしゃ》・大弐三位《だいにのさんみ》）を生《う》みました。

語句《ごく》

【夜半《よわ》の月《つき》かな】「夜半《よわ》」は夜《よ》ふけ、「月《つき》」には友《とも》だちの意味《いみ》をこめている。

有馬山《ありまやま》　猪《ゐ》(イ)名《な》の笹原《ささはら》　風吹《かぜふ》けば
いでそよ人《ひと》を　忘《わす》れやはする

あなたの
わたしに
対《たい》する思《おも》いは
あやふやで……。
風《かぜ》がふくと、「そよ」と
ざわめくこの笹《ささ》のように
わたしの思《おも》いが
頼《たよ》りないと
あなたは
言《い》う
けれど、

大弐三位《だいにのさんみ》
（生没年未詳《せいぼつねんみしょう》）
出典《しゅってん》『後拾遺和歌集《ごしゅういわかしゅう》』恋《こい》

わたしは
あなたのことを
どうして
忘《わす》れましょうか。
これほどまでに
心《こころ》にかけて
おりますものを。
お忘《わす》れになったのは
あなたの方《ほう》ではないですか。

歌意《かい》

有馬山《ありまやま》の近《ちか》くの猪名《いな》の笹原《ささはら》に風《かぜ》が吹《ふ》くと、笹《ささ》の葉《は》がそよそよと音《おと》を立《た》ててゆらぎます。さあ、そのことですよ、あなたは、わたしのことを不安《ふあん》だなどとおっしゃいますが、どうしてわたしがあなたを忘《わす》れましょうか。決《けっ》して忘《わす》れはしません。

解説《かいせつ》

最近《さいきん》、作者《さくしゃ》のもとへ来《こ》なくなった恋人《こいびと》が、「あなたの心変《こころが》わりが心配《しんぱい》です」と言《い》ってきたのでこの歌《うた》をよみ、「わたしのことを不安《ふあん》だというあなたの心変《こころが》わりの方《ほう》が心配《しんぱい》です」とやりかえしています。

大弐三位《だいにのさんみ》は57番《ばん》の歌《うた》の作者《さくしゃ》・紫式部《むらさきしきぶ》と藤原《ふじわらの》宣孝《のぶたか》の娘《むすめ》です。

語句《ごく》

【いでそよ】「さあそれですよ」の意《い》。「そよ」は「それよ」と「そよそよ（笹《ささ》の葉《は》の音《おと》）」とのかけことば。

やすらはで(ワ)
寝《ね》なましものを
小《さ》夜《よ》更《ふ》けて
かたぶくまでの
月《つき》を見《み》しかな

「今夜必《こんやかなら》ず
うかがいますよ。」
そのあなたの
お言葉《ことば》を信《しん》じて、
今《いま》か今《いま》かとお待《ま》ちして
いましたが、
月《つき》は
あの通《とお》り
西《にし》の山《やま》へと
かたむいて、

赤染衛門《あかぞめえもん》
(生没年未詳《せいぼつねんみしょう》)
出典《しゅってん》『後拾遺和歌集《ごしゅういわかしゅう》』恋《こい》

夜《よ》もすっかり
ふけてしまいました。
わたしはその月《つき》をわびしく
ながめたことですよ。
待《ま》つ身《み》は
切《せつ》ないもの——。
まー 何《なん》てオトコでしょ
恨《うら》みのひとつも
歌《うた》にして送《おく》って
やるのよ

歌意《かい》

あなたがおいでにならないとわかっていたならば、ためらわずに寝《ね》てしまったでしょうに、ずっとお待《ま》ちしているうちに夜《よ》がふけて、西《にし》の山《やま》にしずもうとするまでの月《つき》を見《み》てしまったことですよ。

解説《かいせつ》

作者《さくしゃ》の姉妹《しまい》のところへ通《かよ》ってきていた中関白《なかのかんぱく》（藤原道隆《ふじわらのみちたか》）が、たずねると言《い》っておきながら来《こ》なかったので、次《つぎ》の日《ひ》に作者《さくしゃ》が代作《だいさく》したものです。月《つき》がしずむまで待《ま》っていたとよむことで、恋人《こいびと》の言葉《ことば》を信《しん》じて待《ま》っていた女性《じょせい》のうらみをやんわりと表現《ひょうげん》しています。

赤染衛門《あかぞめえもん》は良妻賢母《りょうさいけんぼ》として名高《なだか》く、56番《ばん》の歌《うた》の作者《さくしゃ》・和泉式部《いずみしきぶ》、61番《ばん》の歌《うた》の作者《さくしゃ》・伊勢《いせの》大輔《たいふ》、62番《ばん》の歌《うた》の作者《さくしゃ》・清少納言《せいしょうなごん》とも親《した》しく、歌《うた》のやりとりをしていたと伝《つた》えられています。

語句《ごく》

【かたぶく】月《つき》が西《にし》の山《やま》にかたむくこと。夜《よ》明《あ》けが近《ちか》づいたことを意味《いみ》する。

60

大江山《おほえやま》(オオ)　いく野《の》の道《みち》の　遠《とほ》(トオ)ければ　まだふみもみず　天《あま》の橋立《はしだて》

小式部内侍《こしきぶのないし》
（生年未詳《せいねんみしょう》～一〇二五年《ねん》）
出典《しゅってん》『金葉和歌集《きんようわかしゅう》』雑《ぞう》

小式部《こしきぶ》は和泉式部《いずみしきぶ》の娘《むすめ》です。
小式部《しょうしきぶ》さん今度《こんど》の歌合《うたあわせ》に出《で》るんですって？
このとき和泉式部《いずみしきぶ》は京《きょう》をはなれ丹後《たんご》におりました。
ええ、藤原定頼《ふじわらのさだより》さん。
丹後《たんご》のお母《かあ》さんから、返事《へんじ》は来《き》ましたか？
なんのこと？
歌《うた》ですよ～。名人《めいじん》のお母《かあ》さんに代作《だいさく》、お願《ねが》いしたんでしょ！
まだ来《き》ませんか？それはさぞやご心配《しんぱい》でしょう。
ムカッ

大江山《おおえやま》を越《こ》えて生野《いくの》へ行《い》く道《みち》は遠《とお》いのです。
スラスラ～
丹後《たんご》
天の橋立《あまはしだて》
生野《いくの》
大江山《おおえやま》
京《きょう》
ですから、天橋立《あまのはしだて》の地《ち》はふんだこともありませんし、母《はは》からの手紙《てがみ》も見《み》ておりません。
参りました!!
ホレ!!
歌《うた》は自分《じぶん》で作《つく》ります。

歌意《かい》

大江山《おおえやま》をこえ、生野《いくの》を通《とお》って行《い》く道《みち》は遠《とお》いので、まだ天《あま》の橋立《はしだて》の地《ち》はふんでみたことはありませんし、母《はは》からの文《ふみ》も見《み》ておりません。

解説《かいせつ》

母《はは》である56番《ばん》の歌《うた》の作者《さくしゃ》・和泉式部《いずみしきぶ》が夫《おっと》とともに丹後国《たんごのくに》に下《くだ》っていたころ、都《みやこ》で歌会《うたかい》がもよおされ、小式部内侍《こしきぶのないし》は出席《しゅっせき》していました。それを聞《き》いた64番《ばん》の歌《うた》の作者《さくしゃ》・藤原定頼《ふじわらのさだより》が小《こ》式部《しきぶ》のところにやってきて、「歌《うた》はどうなさいましたか。丹後《たんご》の母《はは》へ代作《だいさく》をたのむ使《つか》いは出《だ》しましたか。使《つか》いがまだ帰《かえ》ってきませんか。気《き》がかりでしょうね」とからかった時《とき》、その場《ば》でよんだ歌《うた》です。機転《きてん》をきかせた才気《さいき》あふれる一首《いっしゅ》といえます。

語句《ごく》

【大江山《おおえやま》、いく野《の》、天《あま》の橋立《はしだて》】三《みっ》つとも丹後《たんごの》国《くに》（京都府《きょうとふ》の北部《ほくぶ》）への道《みち》すじにある地名《ちめい》。

【ふみもみず】「踏《ふ》み」に「文《ふみ》（手紙《てがみ》）」をかけている。

いにしへ《(エ)》の　奈良《なら》の都《みやこ》の　八重《やへ(エ)》桜《ざくら》
けふ《(キョウ)》九重《ここのへ(エ)》に　にほ《(オ)》ひ《(イ)》ぬるかな

伊勢大輔《いせのたいふ》
（生没年未詳《せいぼつねんみしょう》）
出典《しゅってん》『詞花和歌集《しかわかしゅう》』春《はる》

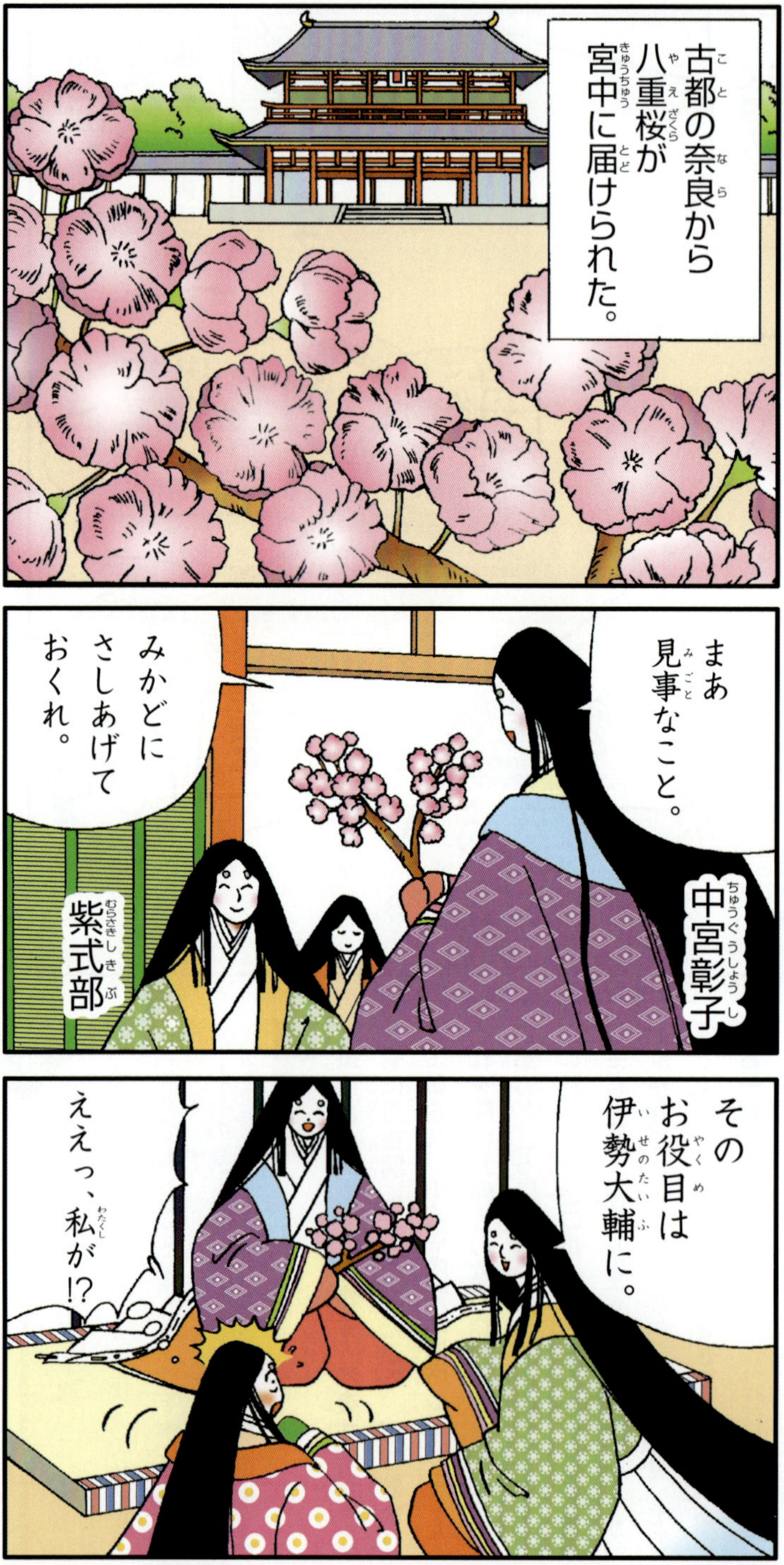
古都《こと》の奈良《なら》から八重桜《やえざくら》が宮中《きゅうちゅう》に届《とど》けられた。
まあ見事《みごと》なこと。
みかどにさしあげておくれ。
中宮彰子《ちゅうぐうしょうし》
紫式部《むらさきしきぶ》
その お役目《やくめ》は伊勢大輔《いせのたいふ》に。
ええっ、私《わたくし》が!?

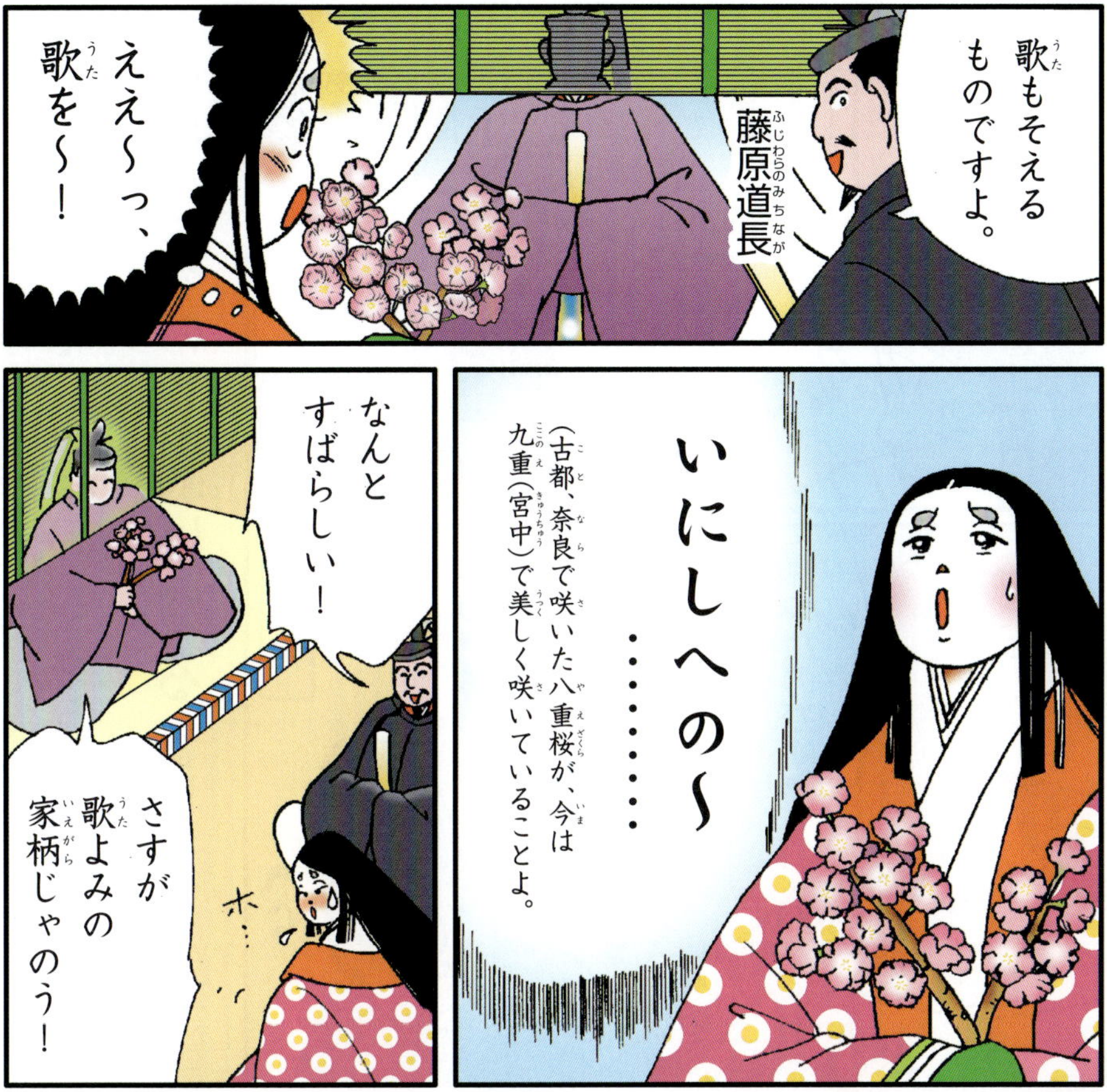
歌《うた》もそえるものですよ。
藤原道長《ふじわらのみちなが》
ええ〜っ、歌《うた》を〜！
いにしへの〜……
（古都《こと》、奈良《なら》で咲《さ》いた八重桜《やえざくら》が、今《いま》は九重《ここのえ》（宮中《きゅうちゅう》）で美《うつく》しく咲《さ》いていることよ。
なんとすばらしい！
さすが歌《うた》よみの家柄《いえがら》じゃのう！
ホ…

歌意《かい》

昔《むかし》の奈良《なら》の都《みやこ》でさいた八重桜《やえざくら》が、今日《きょう》はこの九重《ここのえ》（宮中《きゅうちゅう》）で、色美《いろうつく》しくさきほこっていることですよ。

解説《かいせつ》

奈良《なら》から宮中《きゅうちゅう》に八重桜《やえざくら》が献上《けんじょう》されたとき、57番《ばん》の歌《うた》の作者《さくしゃ》・紫式部《むらさきしきぶ》は受《う》けわたし役《やく》を新入《しんい》りの伊勢大輔《いせのたいふ》にゆずりました。するとその場《ば》にいた藤原道長《ふじわらのみちなが》が、必《かなら》ず歌《うた》をそえるものだと言《い》って、伊勢大輔《いせのたいふ》に一首《いっしゅ》よませたのが、この歌《うた》です。「いにしへ」と「けふ」、「八重《やえ》」と「九重《ここのえ》」を対応《たいおう》させるという技巧《ぎこう》を用《もち》い、美《うつく》しくさく桜《さくら》の花《はな》とはなやかな宮中《きゅうちゅう》を結《むす》びつけて、当代《とうだい》が栄《さか》えることをたたえた、晴《は》れの場《ば》にふさわしい歌《うた》といえます。

伊勢大輔《いせのたいふ》は、49番《ばん》の歌《うた》の作者《さくしゃ》・大中臣能宣《おおなかとみのよしのぶ》の孫《まご》にあたります。

語句《ごく》

【いにしへの　奈良《なら》の都《みやこ》】かつて都《みやこ》があって栄《さか》えた奈良《なら》の地《ち》。元明天皇《げんめいてんのう》から光仁天皇《こうにんてんのう》までの七代《ななだい》の都《みやこ》だった。

夜《よ》をこめて　鳥《とり》の空音《そらね》は　はかるとも
よに逢坂《あふさか》（オウ）の　関《せき》はゆるさじ

清少納言《せいしょうなごん》
（生没年未詳《せいぼつねんみしょう》）
出典《しゅってん》『後拾遺和歌集《ごしゅういわかしゅう》』雑《ぞう》

清少納言《せいしょうなごん》のもとにあそびに来《き》ていた藤原行成《ふじわらのゆきなり》が…。
急用《きゅうよう》ができたのでこれでおいとまします。
ムカッ
まぁ！なんて失礼《しつれい》なの！
よく朝《あさ》
ゆうべはごめんなさい。にわとりが鳴《な》いてせきたてるものですから、早々《そうそう》に帰《かえ》ったのです。
へら
へら
今《いま》さら言《い》いわけ？
夜中《よなか》のにわとり？函谷関《かんこくかん》の門《もん》を開《あ》けさせた、あのにわとりの鳴《な》きまねのことね！
朝《あさ》かな？門《もん》をあけよう
コケコッコー
それ
逃《に》げろ～

ちがいますよ～。函谷関《かんこくかん》ではなくて、あなたとわたしが「あう」ための「逢坂《おうさか》」の関《せき》ですよ～。
そんなことを言《い》うのね！
夜明《よあ》け前《まえ》ににわとりの鳴《な》きまねで、わたしをだまそうとしても
門《もん》をあけてー
コケコッコー
ペッ
出入禁止《でいりきんし》
函谷関《かんこくかん》なら通《とお》れるかもしれませんが、逢坂《おうさか》の関《せき》は通《とお》れませんよ！

歌意《かい》

夜《よ》の明《あ》けないうちに、にわとりの鳴《な》き声《ごえ》をまねてだまそうとしても、あの函谷関《かんこくかん》ならばともかく、あなたとわたしとの間《あいだ》の逢坂《おうさか》の関《せき》は、決《けっ》して通《とお》ることをゆるしませんよ。

解説《かいせつ》

作者《さくしゃ》は50番《ばん》の歌《うた》の作者《さくしゃ》・藤原義孝《ふじわらのよしたか》の子《こ》・行成《ゆきなり》と、ある晩話《ばんはなし》をしていましたが、よく朝《あさ》、行成《ゆきなり》がまるで恋人同士《こいびとどうし》をよそおったたわむれの歌《うた》をおくってきたので、この歌《うた》でやり返《かえ》したのです。「鳥《とり》の空音《そらね》は～」は、中国《ちゅうごく》の『史記《しき》』の孟嘗君《もうしょうくん》の故事《こじ》をふまえています。「戦国時代《せんごくじだい》、秦《しん》へ行《い》った斉《せい》の孟嘗君《もうしょうくん》は、秦《しん》の王《おう》に殺《ころ》されそうになり、深夜《しんや》、函谷関《かんこくかん》までにげ出《だ》した。函谷関《かんこくかん》は、にわとりが鳴《な》かないうちは開《ひら》かなかったため、孟嘗君《もうしょうくん》は部下《ぶか》ににわとりの鳴《な》きまねをさせ、無事《ぶじ》にのがれ出《で》た。」という故事《こじ》です。その函谷関《かんこくかん》と男女《だんじょ》が逢《あ》うという逢坂《おうさか》の関《せき》を結《むす》びつけた、巧《たく》みな歌《うた》となっています。清少納言《せいしょうなごん》は『枕草子《まくらのそうし》』の作者《さくしゃ》です。

今《いま》はただ 思《おも》ひ《(イ)》絶《た》えなむ《(ン)》 とばかりを 人《ひと》づてならで いふ《(ウ)》よしもがな

左京大夫道雅《さきょうのだいぶみちまさ》
（九九二～一〇五四年《ねん》）

出典《しゅってん》『後拾遺和歌集《ごしゅういわかしゅう》』恋《こい》

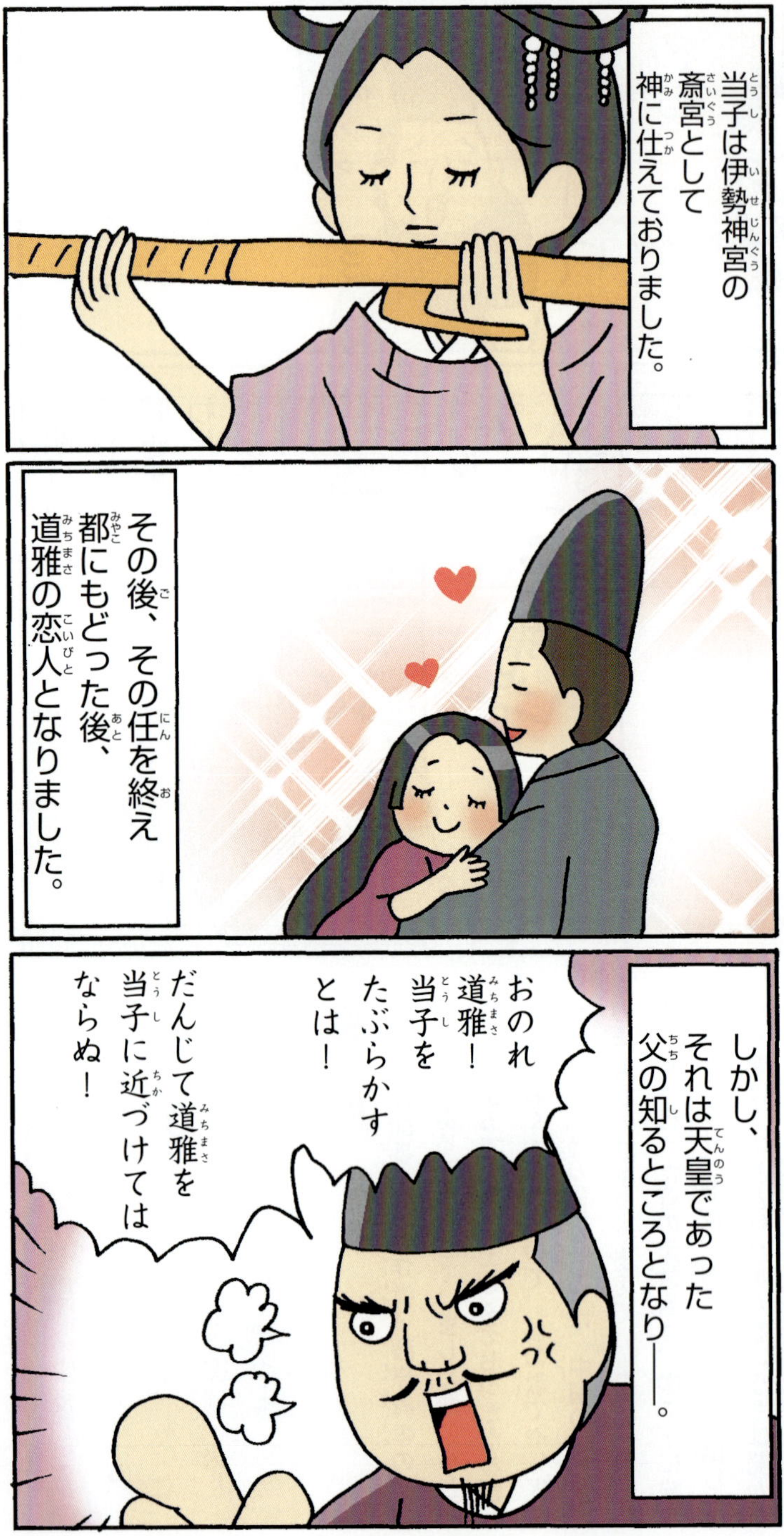
当子《とうし》は伊勢神宮《いせじんぐう》の斎宮《さいぐう》として神《かみ》に仕《つか》えておりました。
その後《ご》、その任《にん》を終《お》え都《みやこ》にもどった後《あと》、道雅《みちまさ》の恋人《こいびと》となりました。
しかし、それは天皇《てんのう》であった父《ちち》の知《し》るところとなり――。
おのれ道雅《みちまさ》！当子《とうし》をたぶらかすとは！
だんじて道雅《みちまさ》を当子《とうし》に近《ちか》づけてはならぬ！

当子様《とうしさま》、こうなったからには
あなたのことはあきらめます……。
ただ、この思《おも》いを人《ひと》づてではなく……お逢《あ》いしてお伝《つた》えしたい。
お逢《あ》いできる手立《てだ》てがほしいのです…。

歌意《かい》

今《いま》となってはひたすら、あなたのことをあきらめてしまおう、ということだけでも、人《ひと》を通《とお》してではなく、直接《ちょくせつ》あなたに言《い》う方法《ほうほう》があってほしいものです。

解説《かいせつ》

68番《ばん》の歌《うた》の作者《さくしゃ》・三条院《さんじょういん》の皇女《こうじょ》・当子内親王《とうしないしんのう》との恋《こい》を、三条院《さんじょういん》から禁止《きんし》されたときによんだものです。当時十七歳《とうじじゅうななさい》だった当子内親王《とうしないしんのう》のもとへ二十四《にじゅうし》、五歳《ごさい》の道雅《みちまさ》はひそかに通《かよ》っていましたが、うわさがたち、それを知《し》った三条院《さんじょういん》ははげしくはらを立《た》て、ふたりを逢《あ》わせないようにしました。仲《なか》をたたれ、逢《あ》うこともできない悲恋《ひれん》の歌《うた》として、人《ひと》の心《こころ》に強《つよ》くうったえます。

左京大夫道雅《さきょうのだいぶみちまさ》は、幼少時《ようしょうじ》に家《いえ》が没落《ぼつらく》し、不幸《ふこう》な身《み》の上《うえ》であったようですが、後半生《こうはんせい》は風流人《ふうりゅうじん》としてすごしました。

語句《ごく》

【とばかりを】という一言《ひとこと》だけを。

64

朝《あさ》ぼらけ　宇《う》治《ぢ》(ジ)の川霧《かはぎり》(カワ)　たえだえに
あらは(ワ)れわたる　瀬々《せぜ》の網代木《あじろぎ》

権中納言定頼《ごんちゅうなごんさだより》
(九九五～一〇四五年《ねん》)
出典《しゅってん》『千載和歌集《せんざいわかしゅう》』冬《ふゆ》

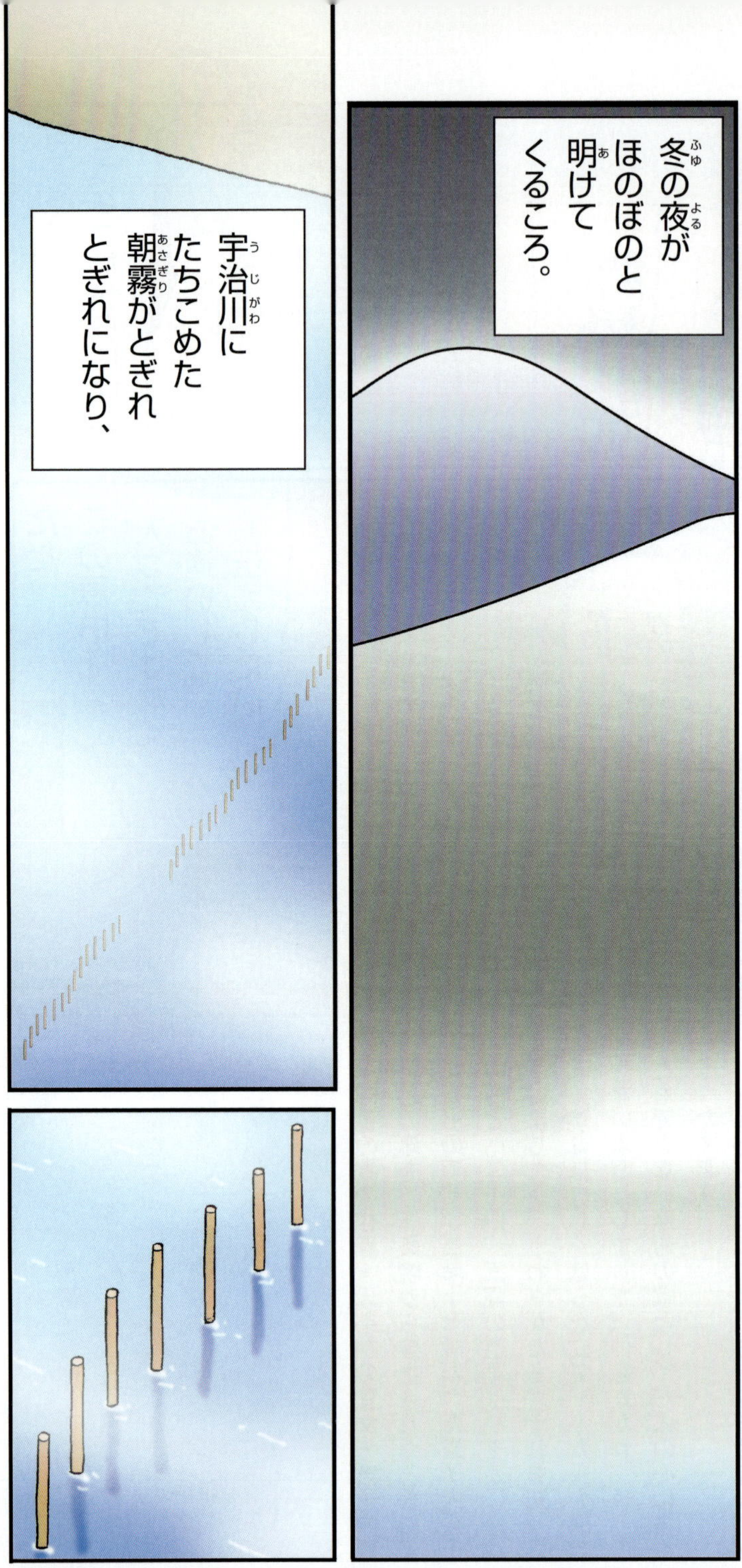

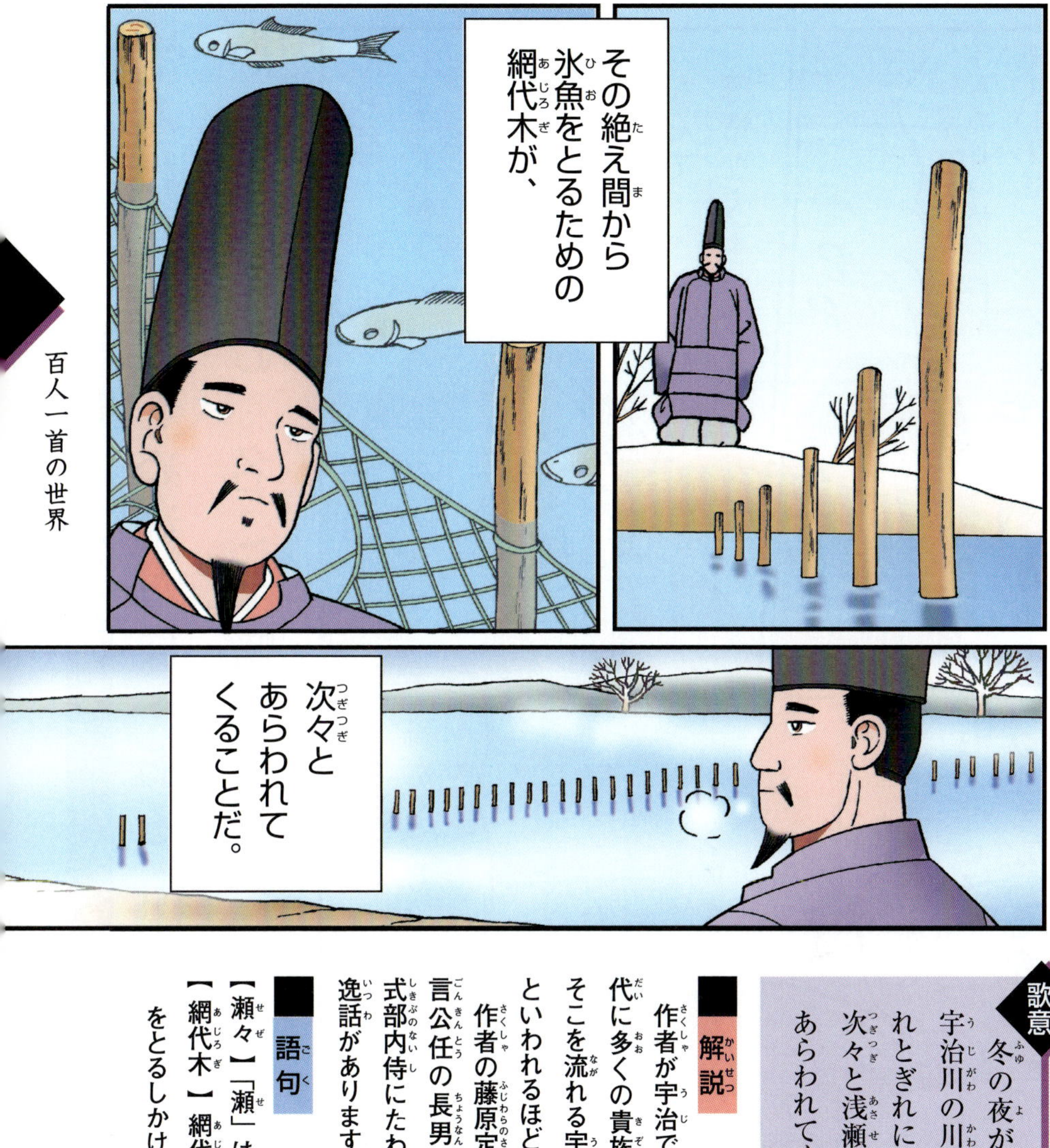
その絶《た》え間《ま》から
氷魚《ひお》をとるための
網代木《あじろぎ》が、
次々《つぎつぎ》と
あらわれて
くることだ。

歌意《かい》

冬《ふゆ》の夜《よ》がほのぼのと明《あ》けるころ、宇治川《うじがわ》の川面《かわも》に立《た》ちこめた霧《きり》がとぎれとぎれになって、そのたえ間《ま》から次々《つぎつぎ》と浅瀬《あさせ》にしかけられた網代木《あじろぎ》があらわれてくることだ。

解説《かいせつ》

作者《さくしゃ》が宇治《うじ》でよんだ歌《うた》です。宇治《うじ》は平安時《へいあんじ》代《だい》に多《おお》くの貴族《きぞく》の別荘《べっそう》が建《た》てられた土地《とち》で、そこを流《なが》れる宇治川《うじがわ》の網代木《あじろぎ》は、冬《ふゆ》の風物詩《ふうぶつし》といわれるほど有名《ゆうめい》でした。

作者《さくしゃ》の藤原定頼《ふじわらのさだより》は、55番《ばん》の歌《うた》の作者《さくしゃ》・大納《だいな》言公任《ごんきんとう》の長男《ちょうなん》です。60番《ばん》の歌《うた》の作者《さくしゃ》・小《こ》式部内侍《しきぶのないし》にたわむれて、逆《ぎゃく》にやりこめられた逸話《いつわ》があります。

語句《ごく》

【瀬々《せぜ》】「瀬《せ》」は川《かわ》の流《なが》れの浅《あさ》いところ。

【網代木《あじろぎ》】網代《あじろ》（竹《たけ》などをあんで作《つく》った氷魚《ひお》をとるしかけ）をかけておく杭《くい》。

65

恨《うら》みわび　ほさぬ袖《そで》だに　あるものを
恋《こひ》(コイ)に朽《く》ちなむ(ン)　名《な》こそ惜《を》(オ)しけれ

ふられてしまったわ!
なんて薄情《はくじょう》な人《ひと》!
うらめしいわ!
悲《かな》しいわ!
わぁ!
なみだで袖《そで》がぐっしょりね。
泣《な》いてばかりでほしているひまもないもの…。
それでもなみだでぬれたこの袖《そで》は朽《く》ちないでいるのに……

相模《さがみ》
(生没年未詳《せいぼつねんみしょう》)
出典《しゅってん》『後拾遺和歌集《ごしゅういわかしゅう》』恋《こい》

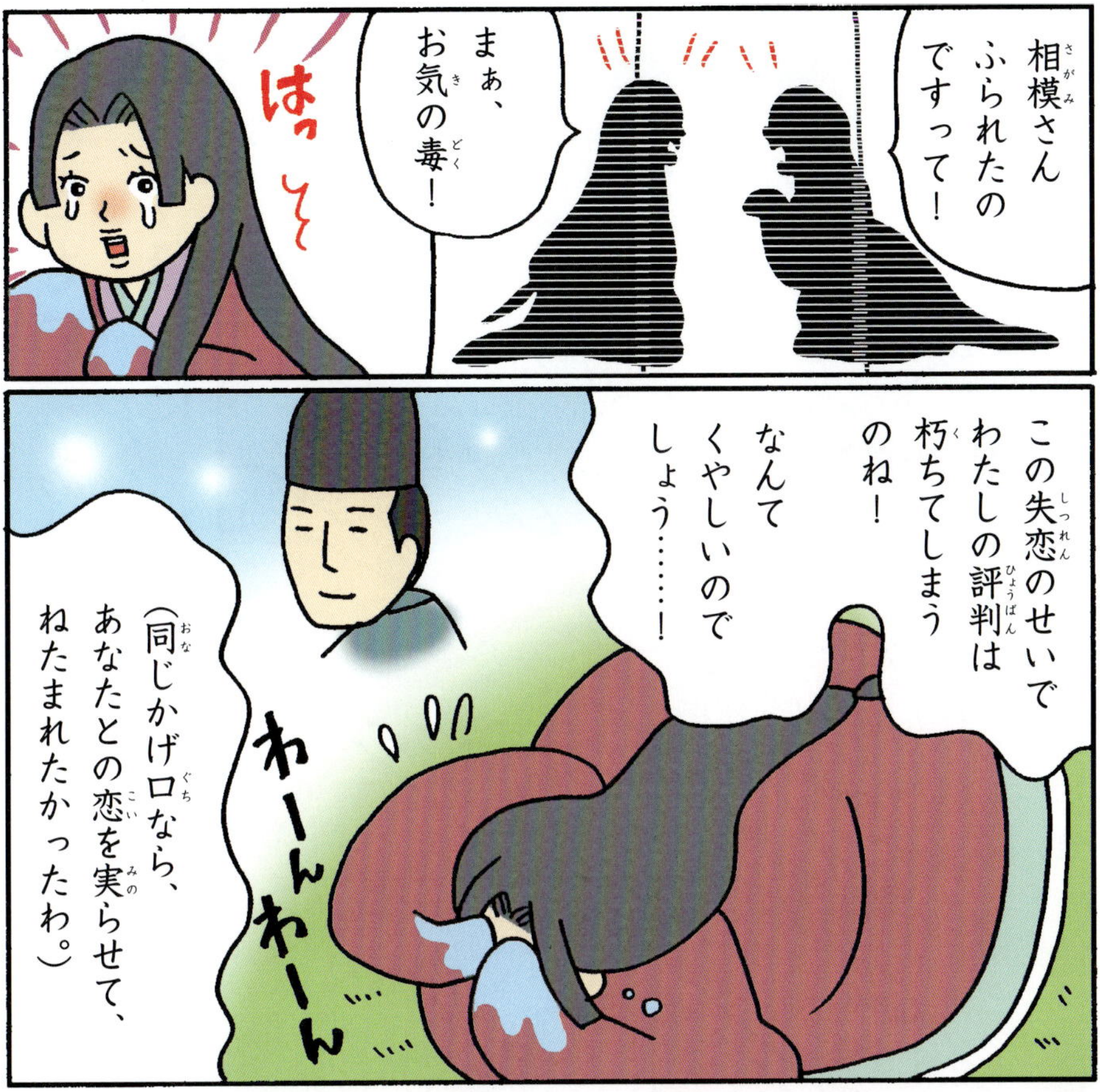
相模《さがみ》さん
ふられたの
ですって！
まぁ、
お気《き》の毒《どく》！
はっ
この失恋《しつれん》のせいで
わたしの評判《ひょうばん》は
朽《く》ちてしまう
のね！
なんて
くやしいので
しょう……！
わーん
わーん
（同《おな》じかげ口《ぐち》なら、
あなたとの恋《こい》を実《みの》らせて、
ねたまれたかったわ。）

歌意《かい》

人《ひと》のつれなさをうらみ悲《かな》しんで、なみだにぬれてかわくまもない袖《そで》でさえ、朽《く》ちないでこうしてあるのに、この恋《こい》のためにつまらないうわさを立《た》てられ、朽《く》ちてしまうわが名《な》がまことにおしいことよ。

解説《かいせつ》

この歌《うた》の「ほさぬ袖《そで》だにあるものを」については、なみだにぬれ続《つづ》けている袖《そで》が、やがて朽《く》ちてしまうことさえ口《くち》おしいのに、と解《かい》する別《べつ》の説《せつ》もあります。一〇五一年《ねん》、内裏根《だいりね》合《あわせ》という歌合《うたあわせ》で右近少将源経俊《うこんのしょうしょうみなもとのつねとし》の歌《うた》に勝《か》ったもので、終《お》わりゆく恋《こい》に未練《みれん》をもつ女心《おんなごころ》が伝《つた》わってくるような一首《いっしゅ》です。

相模《さがみ》は、はじめ乙侍従《おとじじゅう》とよばれていましたが、大江公資《おおえのきんすけ》と結婚《けっこん》して、夫《おっと》の任国《にんこく》にちなんで、相模《さがみ》とよばれるようになりました。

語句《ごく》

【恨《うら》みわび】相手《あいて》の薄情《はくじょう》さをうらみ、わが身《み》の不幸《ふこう》を悲《かな》しんで。

もろともに　あは(ワ)れと思《おも》へ(エ)　山桜《やまざくら》

花《はな》よりほかに　知《し》る人《ひと》もなし

前大僧正行尊《さきのだいそうじょうぎょうそん》

(一〇五五～一一三五年《ねん》)

出典《しゅってん》『金葉和歌集《きんようわかしゅう》』雑《ぞう》

修行《しゅぎょう》の地《ち》、大峰山《おおみねさん》——。
こんな所《ところ》に山桜《やまざくら》か……。
山桜《やまざくら》よ、わたしがおまえをなつかしく思《おも》うように、

おまえもまた
わたしを
なつかしく
思《おも》っておくれ。
こんな山奥《やまおく》には、
花《はな》のおまえより
ほかに、
わたしの心《こころ》を
知《し》る人《ひと》は
いないのだから。

歌意《かい》

わたしがおまえをなつかしく思《おも》うように、おまえもまたわたしをなつかしく思《おも》ってくれ、山桜《やまざくら》よ。こんな山奥《やまおく》では、花《はな》であるおまえ以外《いがい》にわたしの心《こころ》を知《し》る人《ひと》はいないのだから。

解説《かいせつ》

作者《さくしゃ》が、大峰山《おおみねさん》（奈良《なら》の吉野郡《よしのぐん》）で山伏修《やまぶししゅ》行《ぎょう》をしているとき、山桜《やまざくら》を見《み》つけて、感動《かんどう》してよんだ歌《うた》だといわれています。一人修行《ひとりしゅぎょう》をする身《み》には、山桜《やまざくら》がなつかしく、孤独《こどく》をわかちあえる相手《あいて》だと思《おも》われたのでしょう。行尊《ぎょうそん》は山伏修験《やまぶししゅげん》の行者《ぎょうじゃ》として有名《ゆうめい》です。

語句《ごく》

【もろともに】おまえもわたしも、どちらもともに。

【あはれ】しみじみとなつかしく思《おも》う気持《きも》ち。

春《はる》の夜《よ》の　夢《ゆめ》ばかりなる　手枕《たまくら》に
かひ(イ)なく立《た》たむ(ン)　名《な》こそ惜《を》(オ)しけれ

周防内侍《すおうのないし》
（生没年未詳《せいぼつねんみしょう》）
出典《しゅってん》『千載和歌集《せんざいわかしゅう》』雑《ぞう》

夜《よる》もだいぶふけましたね。
そろそろ枕《まくら》がほしいもの……。
内侍さま！
枕《まくら》でしたらこれを　どうぞお使《つか》い下《くだ》さい。
せっかくの手枕《たまくら》ですけれども、

夢《ゆめ》かまぼろしのように
はかない"手枕《たまくら》"を
かわしたと、
あなたとの間《あいだ》に
つまらない評判《ひょうばん》が立《た》ったら
残念《ざんねん》なので、
わたしは
ごえんりょしたいのです。
うーん やられた
見事《みごと》じゃ
内侍《ないし》。

歌意《かい》

短《みじか》い春《はる》の夜《よ》の夢《ゆめ》のような、はかないたわむれの手枕《たまくら》のために、つまらないうき名《な》が立《た》ったら、なんとも残念《ざんねん》なことですよ。

解説《かいせつ》

二月《にがつ》ごろの月《つき》の明《あか》るい夜《よる》に、二条院《にじょういん》（後冷泉天皇中宮章子内親王《ごれいぜいてんのうちゅうぐうしょうしないしんのう》）のもとで人々《ひとびと》が夜通《よどお》し話《はなし》をしていたときに作《つく》られました。作者《さくしゃ》が「枕《まくら》がほしい」とつぶやいたのを聞《き》いた大納言《だいなごん》藤原忠家《ふじわらのただいえ》が、「これを枕《まくら》にしなさい」と自分《じぶん》のうでを御簾《みす》の下《した》から差《さ》し入《い》れてきたのでとっさによんで、誘《さそ》いをかわしたのです。周防内侍《すおうのないし》は周防守平棟仲《すおうのかみたいらのむねなか》の娘《むすめ》といわれ、父《ちち》の官名《かんめい》からこうよばれました。

語句《ごく》

【手枕《たまくら》】うでを枕《まくら》にすること。
【かひなく】「かいなく（なんのかいもない）」と「かいな（うで）」とのかけことば。

心《こころ》にも　あらでうき世《よ》に　ながらへ《(エ)》ば
恋《こひ(コイ)》しかるべき　夜《よ》半《は(ワ)》の月《つき》かな

三条院《さんじょういん》
（九七六～一〇一七年《ねん》）
出典《しゅってん》『後拾遺和歌集《ごしゅういわかしゅう》』雑《ぞう》

目《め》の病《やまい》
最善《さいぜん》の処方《しょほう》をさせて頂《いただ》いていますが、治《なお》らないかもしれません。
そうか……
二度《にど》の内裏《だいり》の炎上《えんじょう》
ゴオオオ
権力争《けんりょくあらそ》い
潮時《しおどき》ですぞ、退位《たいい》なされ。
もう次《つぎ》の天皇《てんのう》は決《き》まっております。

つらい境遇《きょうぐう》だが、
今宵《こよい》の月《つき》は
美《うつく》しい……。
もう生《い》きてはいたくないが、
もしも、これから
生《い》きながらえた
ならば……、
きっと恋《こい》しく
思《おも》い出《だ》されるだろう。
この美《うつく》しい夜中《よなか》の月《つき》よ。

歌意《かい》

心《こころ》ならずも、つらいこの世《よ》に生《い》きながらえるようなことがあったならば、さぞかし恋《こい》しく思《おも》い出《だ》されるにちがいない、この美《うつく》しい今夜《こんや》の月《つき》であることよ。

解説《かいせつ》

作者《さくしゃ》は第六十七代《だいろくじゅうななだい》の天皇《てんのう》で、この歌《うた》は、作者《さく》が天皇《てんのう》の位《くらい》をゆずろうと決心《けっしん》したころによんだ一首《いっしゅ》です。当時《とうじ》、三条院《さんじょういん》は目《め》の病気《びょうき》で失明《しつめい》のおそれがありました。しかも藤原道長《ふじわらのみちなが》に、次《つぎ》の天皇《てんのう》はもう決《き》まっているから早《はや》く位《くらい》をゆずるよう、求《もと》められていました。

上《かみ》の句《く》の「心《こころ》にもあらで」は、「いっそのこと早《はや》くこの世《よ》を去《さ》りたいという自分《じぶん》の本心《ほんしん》に反《はん》して」という意味《いみ》で、今《いま》の苦《くる》しみがこの先《さき》もっと深《ふか》まるのではないか、とおびえる作者《さくしゃ》のつらさがうかがえます。下《しも》の句《く》の「月《つき》」が悲《かな》しさの中《なか》に美《うつく》しくひきたっています。

語句《ごく》

【うき世《よ》】つらいことの多《おお》いこの世《よ》。

嵐《あらし》吹《ふ》く　三室《みむろ》の山《やま》の　もみぢ（モミジ）葉《ば》は
竜田《たつた》の川《かは》（カワ）の　錦《にしき》なりけり

能因法師《のういんほうし》
（九八八〜没年《ぼつねん》未詳《みしょう》）
出典《しゅってん》『後拾遺和歌集《ごしゅういわかしゅう》』秋《あき》

三室山《みむろやま》
紅葉《もみじ》の名所《めいしょ》だけあって絶景《ぜっけい》だ。
おおっ
ピュ――ッ
嵐《あらし》でもみじ葉《ば》がまい散《ち》ってしまう！
わっ
！
落《お》ちたもみじ葉《ば》がせせらぎに流《なが》れ落《お》ちてゆく。

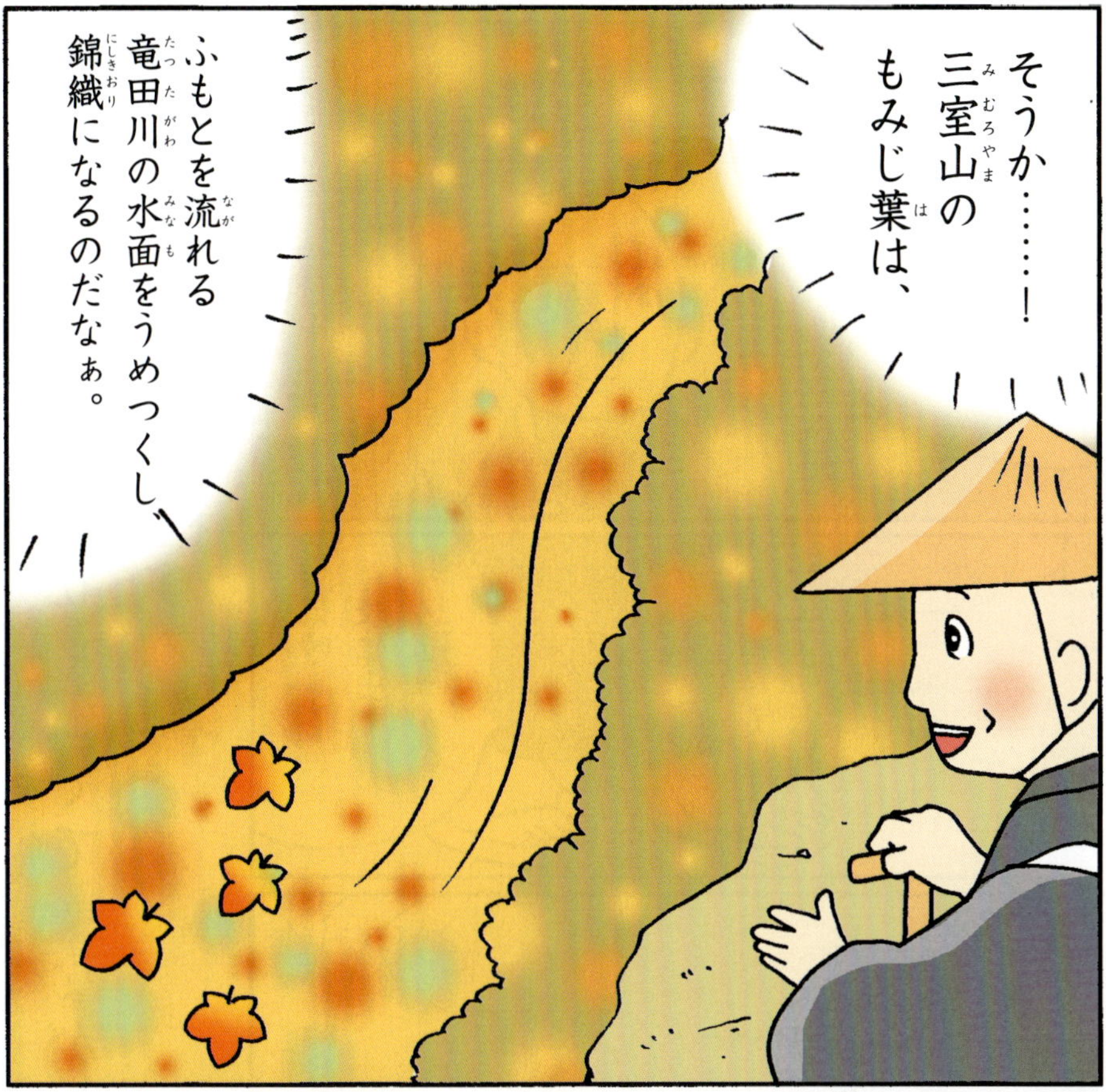
そうか……！
三室山《みむろやま》の
もみじ葉《は》は、
ふもとを流《なが》れる
竜田川《たつたがわ》の水面《みなも》をうめつくし、
錦織《にしきおり》になるのだなぁ。

歌意《かい》

嵐《あらし》がふき散《ち》らす三室山《みむろやま》の紅葉《もみじ》の葉《は》が、ふもとを流《なが》れる竜田川《たつたがわ》の川面《かわも》をうめつくし、まるで錦《にしき》のようであることよ。

解説《かいせつ》

三室山《みむろやま》も竜田川《たつたがわ》も古《ふる》くから紅葉《もみじ》の名所《めいしょ》として知《し》られていました。この二《ふた》つが組《く》み合《あ》わさった歌《うた》はめずらしくありません。しかし、この歌《うた》は、嵐《あらし》で散《ち》った三室山《みむろやま》の紅葉《もみじ》は、実《じつ》は竜《たつ》田川《たがわ》の錦《にしき》を織《お》り上《あ》げるために散《ち》ったのだという新《あたら》しい趣向《しゅこう》でよまれています。

作者《さくしゃ》の能因法師《のういんほうし》は、旅《たび》をしながらたくさんの歌《うた》をよみました。

語句《ごく》

【三室《みむろ》の山《やま》】今《いま》の奈良県生駒郡《ならけんいこまぐん》にある山《やま》。

【竜田《たつた》の川《かわ》】三室山《みむろやま》のふもとを流《なが》れる川《かわ》。

【錦《にしき》】いろいろな色糸《いろいと》や金銀《きんぎん》の糸《いと》で美《うつく》しい模《も》様《よう》を織《お》りだした織物《おりもの》。ここでは色《いろ》とりどりのもみじ葉《ば》をうかべて流《なが》れる竜田川自体《たつたがわじたい》を、一筋《ひとすじ》の錦《にしき》と見立《みた》てて表現《ひょうげん》している。

さびしさに 宿《やど》を立《た》ち出《い》でて ながむれば
いづ《(ズ)》くも同《おな》じ 秋《あき》の夕暮《ゆふ(ユウ)ぐれ》

良暹法師《りょうぜんほうし》
(生没年未詳《せいぼつねんみしょう》)
出典《しゅってん》『後拾遺和歌集《ごしゅういわかしゅう》』秋《あき》

大原の里《おおはらのさと》
庵《いおり》に一人《ひとり》でいると、さびしさにたえられなくなってしまいそうだ……。
気晴《きば》らしに表《おもて》に出《で》てみようか。

しみじみとあたりをながめてみると、
どこも同《おな》じさびしい秋《あき》の夕暮《ゆうぐ》れだなぁ……。

歌意《かい》

さびしさにたえかねて、庵《いおり》の外《そと》に出《で》てあたりをながめると、どこかしこも同《おな》じ、さびしい秋《あき》の夕暮《ゆうぐ》れだなあ。

解説《かいせつ》

秋《あき》の夕暮《ゆうぐ》れのさびしさに、しみじみひたってよんだ一首《いっしゅ》です。

作者《さくしゃ》は僧侶《そうりょ》で、京都《きょうと》の大原《おおはら》の里《さと》に庵《いおり》を建《た》て、くらしていました。庵《いおり》の外《そと》に出《で》たのはさびしかったからでしょうが、それは決《けっ》してつらいものではなく、むしろ自然《しぜん》のもつさびしさの中《なか》に身《み》をおき、それを味《あじ》わおうとしているのです。「秋《あき》の夕暮《ゆうぐ》れ」のさびしさを、風情《ふぜい》があって心《こころ》ひかれるものとして、とらえています。

語句《ごく》

【宿《やど》】ここでは自分《じぶん》の住《す》んでいる庵《いおり》。
【立《た》ち出《い》でて】立《た》ち上《あ》がって外《そと》に出《で》て。
【いづくも】どこもかしこも。「いづこも」とも。

夕《ゆふ》(ユウ)されば　門田《かどた》の稲葉《いなば》　おとづれて(ズ)
蘆《あし》のまろやに　秋風《あきかぜ》ぞ吹《ふ》く

京《きょう》の西《にし》、桂川《かつらがわ》のほとり
日《ひ》が暮《く》れる……
稲穂《いなほ》がゆれている…
ヒュー
風《かぜ》が音《おと》を立《た》てておとずれてくるよ。
サー
サー

大納言経信《だいなごんつねのぶ》
(一〇一六〜一〇九七年《ねん》)
出典《しゅってん》『金葉和歌集《きんようわかしゅう》』秋《あき》

秋風《あきかぜ》がわたる……
蘆《あし》ぶきの このそまつな家《いえ》にも……。

歌意《かい》

夕方《ゆうがた》になると、家《いえ》の前《まえ》の田《た》んぼの稲《いね》の穂《ほ》に、さやさやと音《おと》をたてて秋風《あきかぜ》がおとずれる。その秋風《あきかぜ》が、蘆《あし》ぶきのこのそまつな家《いえ》にも、さびしくふいてくることだ。

解説《かいせつ》

70番《ばん》の歌《うた》と同《おな》じく秋《あき》の夕暮《ゆうぐ》れをよんでいますが、この歌《うた》にはさわやかさが感《かん》じられます。

上《かみ》の句《く》では、稲《いね》の穂《ほ》にふく秋風《あきかぜ》を目《め》と耳《みみ》でとらえ、下《しも》の句《く》では、家《いえ》にふきこんできた秋風《あきかぜ》を、はだでとらえています。秋風《あきかぜ》が「稲葉《いなば》」から「蘆《あし》のまろや」にふきわたるところには、ゆるやかな時間《じかん》の流《なが》れと、それをながめる作者《さくしゃ》の目《め》の動《うご》きが感《かん》じられます。

作者《さくしゃ》の源経信《みなもとのつねのぶ》は、学問《がくもん》にすぐれ、和歌《わか》や楽《がっ》器《き》にもひいでていました。

語句《ごく》

【門田《かどた》】家《いえ》の前《まえ》の田《た》。
【おとづれて】音《おと》をたてたずねてきて。
【蘆《あし》のまろや】蘆《あし》ぶきのそまつな家《いえ》。

72

音《おと》に聞《き》く　高師《たかし》の浜《はま》の　あだ波《なみ》は
かけじや袖《そで》の　ぬれもこそすれ

ザザ…
高師《たかし》の浜《はま》のあだ波《なみ》のように
たわむれに
よせては引《ひ》く
あなたの心《こころ》。

そんな
あなたのおさそいは
決《けっ》して心《こころ》に
かけますまい。

祐《ゆう》子《し》内《ない》親《しん》王《のう》家《け》紀《き》伊《い》
（生没年未詳《せいぼつねんみしょう》）
出典《しゅってん》『金葉和歌集《きんようわかしゅう》』恋《こい》

浮気《うわき》なあなたの心《こころ》の波《なみ》を
かぶったばっかりに
つらい目《め》にあい、
なみだで袖《そで》を
ぬらすのは
ごめんですから。

歌意《かい》

うわさに高《たか》い高師《たかし》の浜《はま》のいたずらに立《た》つ波《なみ》のように、浮気《うわき》で有名《ゆうめい》なあなたのお言葉《ことば》は心《こころ》にかけますまい。あとで袖《そで》がなみだでぬれるといけませんから。

解説《かいせつ》

この歌《うた》は、男側《おとこがわ》から女側《おんながわ》へ恋文《こいぶみ》のかたちの歌《うた》をよませ、女側《おんながわ》が返歌《へんか》をよむという形式《けいしき》の歌合《うたあわせ》でよまれました。男《おとこ》の浮気心《うわきごころ》を皮肉《ひにく》ってつき放《はな》すという歌《うた》に仕上《しあ》がっています。

作者《さくしゃ》の祐子内親王家紀伊《ゆうしないしんのうけのきい》は、平安後期《へんあんこうき》の女流歌人《じょりゅうかじん》で、後朱雀天皇《ごすざくてんのう》の第一皇女《だいいちこうじょ》、祐子《ゆうし》内親王《ないしんのう》に仕《つか》えたことからこうよばれました。

語句《ごく》

【高師《たかし》の浜《はま》】大阪府堺市《おおさかふさかいし》から高石市《たかいしし》にかけての浜《はま》。「高師《たかし》」は「(うわさに) 高《たか》し」とのかけことば。

【かけじや】「波《なみ》をかけまい」と「思《おも》いをかけまい」とをかけている。

73

高砂《たかさご》の　尾上《をのへ》(オノエ)の桜《さくら》　咲《さ》きにけり
外山《とやま》の霞《かすみ》　立《た》たずもあらなむ(ン)

権中納言匡房《ごんちゅうなごんまさふさ》
(一〇四一〜一一一一年《ねん》)
出典《しゅってん》『後拾遺和歌集《ごしゅういわかしゅう》』春《はる》

霞《かすみ》よ、どうか立《た》ちこめないでほしい。
せっかくの桜《さくら》が見《み》えなくなるから。

歌意《かい》

はるか遠《とお》く高《たか》い山《やま》の峰《みね》の桜《さくら》がさいたなあ。人里近《ひとざとちか》い山《やま》の霞《かすみ》よ、花《はな》が見《み》えなくなるからどうか立《た》たないでおくれ。

解説《かいせつ》

内大臣藤原師道《ないだいじんふじわらのもろみち》の屋敷《やしき》で、「遥《はる》かに山桜《やまざくら》を望《のぞ》む」という題《だい》でよまれた歌《うた》です。霞《かすみ》は遠《とお》くの山桜《やまざくら》をかくしてしまうので、どうか立《た》たないでほしいとよむことで、はるか遠《とお》くの山桜《やまざくら》の美《うつく》しさを間接的《かんせつてき》に表現《ひょうげん》しています。

作者《さくしゃ》の大江匡房《おおえのまさふさ》は、儒者《じゅしゃ》や漢詩人《かんしじん》としても有名《ゆうめい》な人物《じんぶつ》です。

語句《ごく》

【高砂《たかさご》】高《たか》い山《やま》。

【尾上《おのえ》の桜《さくら》】山頂《さんちょう》の桜《さくら》。「尾上《おのえ》」は山《やま》の峰《みね》の上《じょう》部《ぶ》。

【外山《とやま》】人里《ひとざと》に近《ちか》い山《やま》。「深山《みやま》」に対《たい》する語《ご》。

74

憂《う》かりける　人《ひと》を初瀬《はつせ》の　山《やま》おろしよ
はげしかれとは　祈《いの》らぬものを

どうか、つれないあの人《ひと》がふりむいてくれますように……。
と初瀬《はつせ》の観音様《かんのんさま》にお祈《いの》りしましたのに…。
ガーン
プイッ
初瀬《はつせ》の山《やま》からふきおろす風《かぜ》よ。
ビュオオオーッ

源 俊頼朝臣《みなもとのとしよりあそん》
（一〇五五～一一二九年《ねん》）
出典《しゅってん》『千載和歌集《せんざいわかしゅう》』恋《こい》

こんなに
はげしく冷《つめ》たく
ふいてくれとは
祈《いの》らなかった
のに……。
ビョオオーッ
ああ、
あの人《ひと》の心《こころ》も
この風《かぜ》のように
冷《つめ》たくなって
しまった。

歌意《かい》

わたしに冷《つめ》たかったあの人《ひと》が、わたしに心《こころ》を向《む》けてくれますようにと、初瀬《はっせ》の観音様《かんのんさま》に祈《いの》りこそしましたが、初瀬《はっせ》の山《やま》おろしよ、おまえのように、あの人《ひと》の心《こころ》がいっそうはげしく、冷《つめ》たくなれとは祈《いの》らなかったのに。

解説《かいせつ》

初瀬《はっせ》には十一面観音《じゅういちめんかんのん》をまつる長谷寺《はせでら》があり、観音信仰《かんのんしんこう》の霊場《れいじょう》とされていました。その初瀬《はっせ》の観音様《かんのんさま》にお祈《いの》りしたのに、初瀬《はっせ》の山《やま》おろし（山《やま》からふきおろすはげしい風《かぜ》）のように、あの人《ひと》はもっと冷《つめ》たくなってしまったと、思《おも》うようにならない恋《こい》をよんだ歌《うた》です。初瀬《はっせ》の名物《めいぶつ》「山《やま》おろし」をよみこみ、相手《あいて》の冷《つめ》たさにイメージをつなげています。

作者《さくしゃ》の源俊頼《みなもとのとしより》は『金葉和歌集《きんようわかしゅう》』の編者《へんじゃ》です。

語句《ごく》

【憂《う》かりける人《ひと》】わたしに冷《つめ》たかった人《ひと》。

【はげしかれとは】（冷《つめ》たさが）はげしくなれとは。

75

契《ちぎ》りおきし　させもが露《つゆ》を　命《いのち》にて
あは(ワ)れ今年《ことし》の　秋《あき》もいぬめり

なにとぞ
わが息子《むすこ》を
維摩会《ゆいまえ》の講師《こうし》に
ご推《すい》せんを……。
よし、わかった。
この忠通《ただみち》、
太政大臣《だいじょうだいじん》まで
なった男《おとこ》、
させも草《ぐさ》じゃ。
おまかせ
くだされ。
そのような
お約束《やくそく》をして
くださった
お言葉《ことば》を、

藤原基俊《ふじわらのもととし》
（一〇六〇～一一四二年《ねん》）
出典《しゅってん》『千載和歌集《せんざいわかしゅう》』雑《ぞう》

命《いのち》のように
大切《たいせつ》にして
まいったのに。
ああ、
それなのに
今年《ことし》も
息子《むすこ》の望《のぞ》みが
かなわぬまま、
むなしく
秋《あき》もすぎて
ゆくことだ。

歌意《かい》

あなたがお約束《やくそく》してくださった「ただ、わたしをたのみにせよ、させも草《ぐさ》だ」というお言葉《ことば》を命《いのち》として生《い》きてまいりましたが、ああ、今年《ことし》の秋《あき》もむなしくすぎていくようです。

解説《かいせつ》

この歌《うた》の作者《さくしゃ》・藤原基俊《ふじわらのもととし》は自分《じぶん》の息子《むすこ》の光覚《こうかく》が、維摩会《ゆいまえ》（奈良《なら》の興福寺《こうふくじ》で、陰暦十月十日《いんれきじゅうがつとおか》から七日間《なのかかん》にわたって維摩経《ゆいまきょう》を講義《こうぎ》する法会《ほうえ》）の講師《こうし》になることを望《のぞ》んでいました。そこで、その任命者《にんめいしゃ》である76番《ばん》の歌《うた》の作者《さくしゃ》・藤原忠通《ふじわらのただみち》に願《ねが》い出《で》たところ、「させも草《ぐさ》（なほ頼《たの》めしめぢが原《はら》のさせも草《ぐさ》わが世《よ》の中《なか》にあらむかぎりは）」の歌《うた》をしめして、安心《あんしん》せよと約束《やくそく》してくれたのに、その年《とし》もだめだったのでよんだ歌《うた》です。悲哀《ひあい》の情《じょう》を晩秋《ばんしゅう》の物悲《ものがな》しさと重《かさ》ね合《あ》わせて表現《ひょうげん》しています。

藤原基俊《ふじわらのもととし》は、院政期歌壇《いんせいきかだん》の保守派《ほしゅは》、伝統派《でんとうは》を代表《だいひょう》する歌人《かじん》です。

わたの原《はら》　漕《こ》ぎ出《い》でて見《み》れば　ひさかたの
雲居《くもゐ》(イ)にまがふ(ウ)　沖《おき》つ白波《しらなみ》

法性寺入道前関白太政大臣《ほっしょうじにゅうどうさきのかんぱくだいじょうだいじん》
（一〇九七～一一六四年《ねん》）
出典《しゅってん》『詞花和歌集《しかわかしゅう》』雑《ぞう》

大海原《おおうなばら》に舟《ふね》をこぎだして
ギイコ……
ギイコ……
はるか沖《おき》をながめると
ザアア…ン
ザアア…ン
波《なみ》がまるで雲《くも》のようだ…。

雲《くも》と見《み》まちがえるばかりに
沖《おき》の白波《しらなみ》が
立《た》っていることよ……。

歌意《かい》

広々《ひろびろ》とした海上《かいじょう》に舟《ふね》をこぎだして、はるかかなたをながめやると、雲《くも》と見《み》まちがえるばかりに、沖《おき》の白波《しらなみ》が立《た》っていることよ。

解説《かいせつ》

大海原《おおうなばら》が目《め》に浮《う》かぶような、スケールの大《おお》きな歌《うた》です。上《かみ》の句《く》では、大海原《おおうなばら》のながめをえがき、下《しも》の句《く》では、はるか遠《とお》くの水平線《すいへいせん》に目線《めせん》をしぼっていきます。そこでは、空《そら》の白雲《はくうん》と海《うみ》の白波《しらなみ》が一《ひと》つにとけあい、どこが境目《さかいめ》なのかわからなくなっています。海《うみ》と空《そら》の青《あお》さと、その間《あいだ》にある白《しろ》という色《いろ》のコントラストが、絵《え》のようにきれいです。

作者《さくしゃ》の法性寺入道前関白太政大臣《ほっしょうじにゅうどうさきのかんぱくだいじょうだいじん》とは藤原忠通《ふじわらのただみち》です。四代《よんだい》の天皇《てんのう》につかえて太政大臣《だいじょうだいじん》や関白《かんぱく》をつとめ、後《のち》に出家《しゅっけ》して法性寺入道《ほっしょうじにゅうどう》とよばれました。

語句《ごく》

【雲居《くもい》】雲《くも》のいるところ、または雲《くも》そのもののこと。ここでは後者《こうしゃ》。

瀬《せ》を早《はや》み　岩《いは（イワ）》にせかるる　滝川《たきがは（ガワ）》の
われても末《すゑ（スエ）》に　逢《あ》は《（ワ）》む《（ン）》とぞ思《おも》ふ《（ウ）》

たとえ、今《いま》は
はなれ
ばなれに
なろうとも、
あの岩《いわ》に
せきとめられた
川《かわ》の急流《きゅうりゅう》が、
やがては一《ひと》つに
あわさるように、

崇徳院《すとくいん》
（一一一九～一一六四年《ねん》）
出典《しゅってん》『詞花和歌集《しかわかしゅう》』恋《こい》

いつの日《ひ》か必《かなら》ず
あなたに逢《あ》おうと思《おも》っております。

歌意《かい》

川瀬《かわせ》の流《なが》れが早《はや》いので、岩《いわ》にせき止《と》められた急流《きゅうりゅう》が、二《ふた》つに分《わ》かれてもまた一《ひと》つになるように、今《いま》はあなたと別《わか》れても、将来《しょうらい》は必《かなら》ず逢《あ》おうと思《おも》う。

解説《かいせつ》

はなればなれになっている恋人《こいびと》への思《おも》いをよんだ歌《うた》です。「瀬《せ》を早《はや》み」「滝川《たきがわ》」は恋《こい》のはげしさを感《かん》じさせ、将来《しょうらい》は必《かなら》ずいっしょになろうという強《つよ》い思《おも》いにつながっています。

崇徳院《すとくいん》は第七十五代《だいななじゅうごだい》の天皇《てんのう》となりましたが、のちに保元《ほうげん》の乱《らん》にやぶれ、讃岐《さぬき》へ流《なが》され、その地《ち》で亡《な》くなりました。

語句《ごく》

【瀬《せ》】川《かわ》の流《なが》れの浅《あさ》いところ。
【滝川《たきがわ》】急流《きゅうりゅう》。
【われても】水《みず》の流《なが》れが岩《いわ》にあたって分《わ》かれるという意味《いみ》と、男女《だんじょ》が別《わか》れる意味《いみ》がかけられている。

淡《あは（アワ）》路《ぢ（ジ）》島《しま》 かよふ《（ウ）》千鳥《ちどり》の 鳴《な》く声《こゑ（コエ）》に
幾夜寝覚《いくよねざ》めぬ 須磨《すま》の関守《せきもり》

源兼昌《みなもとのかねまさ》
（生没年未詳《せいぼつねんみしょう》）
出典《しゅってん》『金葉和歌集《きんようわかしゅう》』冬《ふゆ》

物悲《ものがな》しい鳴《な》き声《ごえ》だなあ。

千鳥《ちどり》か……。
チッ
チッ
この須磨《すま》はただでさえさびしいところなのに、
おまえのその悲《かな》しい鳴《な》き声《ごえ》でなおさらさびしさがつのってしまう。
こうしていく夜《よ》目《め》を覚《さ》ましてしまったことだろう、須磨《すま》の関所《せきしょ》の番人《ばんにん》は。

歌意《かい》

淡路島《あわじしま》から海《うみ》を飛《と》び通《かよ》ってくる千鳥《ちどり》の物悲《ものがな》しい鳴《な》き声《ごえ》のために、いく夜目《よめ》を覚《さ》ましてしまったことであろうか、須磨《すま》の関守《せきもり》は。

解説《かいせつ》

千鳥《ちどり》は、冬《ふゆ》、水辺《みずべ》にむらがる鳥《とり》で、悲《かな》しそうな声《こえ》で鳴《な》くので、古《ふる》くから歌《うた》や文学《ぶんがく》の中《なか》で取《と》り上《あ》げられてきました。「須磨《すま》の関守《せきもり》」としたのは、『源氏物語《げんじものがたり》』須磨《すま》の巻《まき》の中《なか》の情景《じょうけい》や歌《うた》をふまえ、主人公《しゅじんこう》の光源氏《ひかるげんじ》のわびしさに思《おも》いをはせているからとも考《かんが》えられます。

源兼昌《みなもとのかねまさ》は源俊輔《みなもとのとしすけ》の子《こ》。藤原忠通《ふじわらのただみち》（76番《ばん》の歌《うた》の作者《さくしゃ》）が開《ひら》いた歌合《うたあわせ》などで活《かつ》やくしました。

語句《ごく》

【淡路島《あわじしま》】兵庫県《ひょうごけん》須磨《すま》の西南《せいなん》に位置《いち》する島《しま》。

【須磨《すま》の関守《せきもり》】「須磨《すま》」は今《いま》の神戸市須磨区《こうべしすまく》の南海岸《みなみかいがん》。「関守《せきもり》」は関所《せきしょ》の番人《ばんにん》。

79

秋風《あきかぜ》に　たなびく雲《くも》の　絶《た》え間《ま》より
もれ出《い》づる(ズ)月《つき》の　影《かげ》のさやけさ

左《さ》京大《きょうのだい》夫《ぶ》顕輔《あきすけ》
(一〇九〇～一一五五年《ねん》)
出典《しゅってん》『新古今和歌集《しんこきんわかしゅう》』秋《あき》

雲《くも》の切《き》れ間《ま》から月《つき》が！
なんてすみきった明《あか》るい光《ひかり》だろう……。

歌意《かい》

秋風《あきかぜ》にふかれてたなびいている雲《くも》の切《き》れ間《ま》から、もれ出《で》てくる月《つき》の光《ひかり》の、なんというすみきった明《あか》るさであろう。

解説《かいせつ》

たなびく雲《くも》の間《あいだ》から、ほんのわずかの間《あいだ》、顔《かお》を出《だ》した月《つき》の光《ひかり》の美《うつく》しさをよんでいます。秋《あき》の月《つき》をよんだ歌《うた》には、ものさびしい気持《きも》ちをたくしたものが多《おお》いのですが、これはそういった感情《かんじょう》を入《い》れずに、素直《すなお》に風景《ふうけい》だけを歌《うた》っています。

作者《さくしゃ》の左京大夫顕輔《さきょうのだいぶあきすけ》とは藤原顕輔《ふじわらのあきすけ》のことで、父《ちち》の藤原顕季《ふじわらのあきすえ》がおこした歌道六条家《かどうろくじょうけ》をつぎ、『詞花和歌集《しかわかしゅう》』をまとめました。

語句《ごく》

【絶《た》え間《ま》より】とぎれているすき間《ま》から。
【もれ出《い》づる】すき間《ま》を通《とお》って出《で》てくる。
【月《つき》の影《かげ》】月《つき》の光《ひかり》。「影《かげ》」は光《ひかり》のこと。
【さやけさ】明《あか》るくすみきっているさま。

長《なが》からむ《(ン)》　心《こころ》も知《し》らず　黒髪《くろかみ》の
乱《みだ》れて今朝《けさ》は　物《もの》をこそ思《おも》へ《(エ)》

「またすぐに
お逢《あ》いできますよ。」
あなたは
やさしくそう
おっしゃいますが、

そのあなたの
お気持《きも》ちが、
いつまでも
続《つづ》くのか、
あなたの心《こころ》を
はかりかねています。

待賢門院堀河《たいけんもんいんのほりかわ》
（生没年未詳《せいぼつねんみしょう》）
出典《しゅってん》『千載和歌集《せんざいわかしゅう》』恋《こい》

ですから
わたしの心《こころ》は、
今朝《けさ》の寝乱《ねみだ》れ髪《がみ》のように
千々《ちぢ》に乱《みだ》れるのです。

歌意《かい》

あなたのお心《こころ》が末長《すえなが》く変《か》わらないかどうかもわかりません。お逢《あ》いして別《わか》れた今朝《けさ》は、わたしの黒髪《くろかみ》が乱《みだ》れているように、心《こころ》も乱《みだ》れて物思《ものおも》いにしずんでいます。

解説《かいせつ》

恋人《こいびと》と一夜《いちや》をともにした次《つぎ》の日《ひ》の朝《あさ》に、男《おとこ》からおくられてきた歌《うた》への返歌《へんか》です。朝《あさ》が来《き》て恋人《こいびと》が帰《かえ》ってしまうと、心変《こころが》わりしないかと不安《ふあん》になる心《こころ》の乱《みだ》れを、黒髪《くろかみ》の乱《みだ》れにたとえています。また、黒髪《くろかみ》の乱《みだ》れで女性《じょせい》のなまめかしい美《うつく》しさも表現《ひょうげん》しています。

作者《さくしゃ》の待賢門院堀河《たいけんもんいんのほりかわ》の父《ちち》・顕仲《あきなか》、妹《いもうと》の上西門院兵衛《じょうさいもんいんのひょうえ》、伯父《おじ》の源国信《みなもとのくにざね》もすぐれた歌人《かじん》でした。86番《ばん》の歌《うた》の作者《さくしゃ》・西行法師《さいぎょうほうし》とも親交《しんこう》がありました。

語句《ごく》

【長《なが》からむ心《こころ》】末長《すえなが》く変《か》わらないであろうという心《こころ》。

81

ほととぎす　鳴《な》きつる方《かた》を　ながむれば　ただ有明《ありあけ》の　月《つき》ぞ残《のこ》れる

後徳大寺左大臣《ごとくだいじのさだいじん》（一一三九〜一一九一年《ねん》）

出典《しゅってん》『千載和歌集《せんざいわかしゅう》』夏《なつ》

夜《よる》が明《あ》けてしまう……。
キョッ
キョッ
今朝《けさ》はほととぎすの声《こえ》は聞《き》けないかな……。
！
ほととぎすだ！
ばっ
キョッ
キョッ
キョ
キョ
いない……

歌意《かい》

ほととぎすが鳴《な》いた方《ほう》をながめやると、そのすがたはもう見《み》えず、ただ有明《ありあけ》の月《つき》だけがひっそり残《のこ》っているよ。

解説《かいせつ》

当時《とうじ》は、明《あ》け方《がた》に鳴《な》くほととぎすの声《こえ》を聞《き》いて、歌《うた》を作《つく》るというあそびが行《おこな》われていました。この一首《いっしゅ》も明《あ》け方《がた》、待《ま》ちわびていた鳴《な》き声《ごえ》を聞《き》くことができてよんだものです。

この歌《うた》では、上《かみ》の句《く》で、ほとどきすの声《こえ》を「聞《き》く」世界《せかい》を表《あらわ》し、「ながむれば」をはさんで下《しも》の句《く》で、有明《ありあけ》の月《つき》を「見《み》る」世界《せかい》に転《てん》じています。「聞《き》く」から「見《み》る」への無理《むり》のない転《てん》じ方《かた》が見事《みごと》です。

作者《さくしゃ》の後徳大寺左大臣《ごとくだいじのさだいじん》とは藤原実定《ふじわらのさねさだ》のことで、藤原定家《ふじわらのていか》のいとこです。

語句《ごく》

【ほととぎす】初夏《しょか》を代表《だいひょう》する鳥《とり》。明《あ》け方《がた》に、するどい声《こえ》で鳴《な》くことが多《おお》い。

【有明《ありあけ》の月《つき》】夜明《よあ》けの空《そら》に残《のこ》る月《つき》。

思《おも》ひ(イ)わび　さても命《いのち》は　あるものを
憂《う》きに堪《た》へ(エ)ぬは　涙《なみだ》なりけり

道因法師《どういんほうし》
（一〇九〇～没年未詳《ぼつねんみしょう》）
出典《しゅってん》『千載和歌集《せんざいわかしゅう》』恋《こい》

あの人《ひと》は なぜあんなにも つれないのか。
思《おも》いなやんで いるのに 恋《こい》に死《し》ぬことも なく、こうして 生《い》きながらえて いる。

つらさに
たえきれず
流《なが》れ落《お》ちて
くるのは、
なみだで
あった
ことよ。

歌意《かい》

つれない人《ひと》を思《おも》い、なげいてはいるけれど、それでもこうして命《いのち》はながらえているのに、つらさにたえきれないで流《なが》れ落《お》ちてくるのはなみだであることよ。

解説《かいせつ》

「思《おも》ひわび」は恋人《こいびと》が自分《じぶん》につれなくなったために生《しょう》じたなげきです。恋《こい》のなげきにたたえる「命《いのち》」と、たえきれない「なみだ」とをならべて、つらい片思《かたおも》いの気持《きも》ちをよんでいます。

道因法師《どういんほうし》は和歌《わか》の道《みち》に熱心《ねっしん》な人《ひと》でした。七《しち》、八十歳《はちじゅっさい》になるまで、りっぱな歌《うた》をよませてくださいと祈《いの》るため、徒歩《とほ》で住吉神社《すみよしじんじゃ》に毎月《まいつき》おまいりしたという話《はなし》が残《のこ》っています。

83

世《よ》の中《なか》よ　道《みち》こそなけれ　思《おも》ひ《（イ）》入《い》る
山《やま》の奥《おく》にも　鹿《しか》ぞ鳴《な》くなる

争《あらそ》いがたえない
この世《よ》の中《なか》……。
これ、
俊成《しゅんぜい》。
そちはどちらの
味方《みかた》なのじゃ！
はっきりせい！
親子《おやこ》、
兄弟《きょうだい》までもが
争《あらそ》う……。
そして
あの人《ひと》までも……。
あなたという
お人《ひと》は……。
この世《よ》の中《なか》は
つらいものだ。
山奥《やまおく》でひっそりと
住《す》もう。

皇太后宮大夫俊成《こうたいごうぐうのだいぶしゅんぜい》
（一一一四～一二〇四年《ねん》）
出典《しゅってん》『千載和歌集《せんざいわかしゅう》』雑《ぞう》

ミューーーン
ミューーン……
つらさから逃《に》げ込《こ》んだ山奥《やまおく》でも、鹿《しか》が悲《かな》しげに鳴《な》いているなぁ…。
ミューーン…
つらいことから逃《のが》れる道《みち》はないのだな……。

歌意《かい》

ああ、この世《よ》の中《なか》というものは、つらさからのがれる道《みち》などないのだなあ。つらさからのがれようと、深《ふか》く思《おも》いつめて分《わ》け入《い》った山奥《おくやま》でも、鹿《しか》が悲《かな》しげに鳴《な》いていることだ。

解説《かいせつ》

つらいことからのがれようと、人《ひと》のいない山奥《やまおく》に入《はい》ったものの、その山奥《やまおく》では鹿《しか》が悲《かな》しげに鳴《な》いています。生《い》きているかぎり、どこへ行《い》っても苦《くる》しみからのがれられないのだ、という絶望感《ぜつぼうかん》をよんだものです。

作者《さくしゃ》の皇太后宮大夫俊成《こうたいごうぐうのだいぶしゅんぜい》とは藤原俊成《ふじわらのしゅんぜい》のことで、藤原定家《ふじわらのていか》の父親《ちちおや》です。俊成《しゅんぜい》がこの歌《うた》を作《つく》った二十七歳《にじゅうななさい》のころは、藤原氏《ふじわらし》にとってはいい時代《じだい》ではありませんでした。

語句《ごく》

【道《みち》こそなけれ】のがれる道《みち》はないのだなあ。

【思《おも》ひ入《い》る】「深《ふか》く思《おも》いつめる」と「山《やま》の奥《おく》に分《わ》け入《い》る」という意味《いみ》をかけている。

長《なが》らへ《(エ)》ば　またこのごろや　しのばれむ《(ン)》
憂《う》しと見《み》し世《よ》ぞ　今《いま》は恋《こひ》《(コイ)》しき

藤原清輔朝臣《ふじわらのきよすけあそん》
（一一〇四～一一七七年《ねん》）
出典《しゅってん》『新古今和歌集《しんこきんわかしゅう》』雑《ぞう》

今《いま》はつらい日々《ひび》でも、
生《い》きながらえたなら、
今《いま》のことがなつかしく思《おも》い出《だ》されるだろうか…。
そうだ、あんなに嫌《いや》だと思《おも》っていたあのころも、

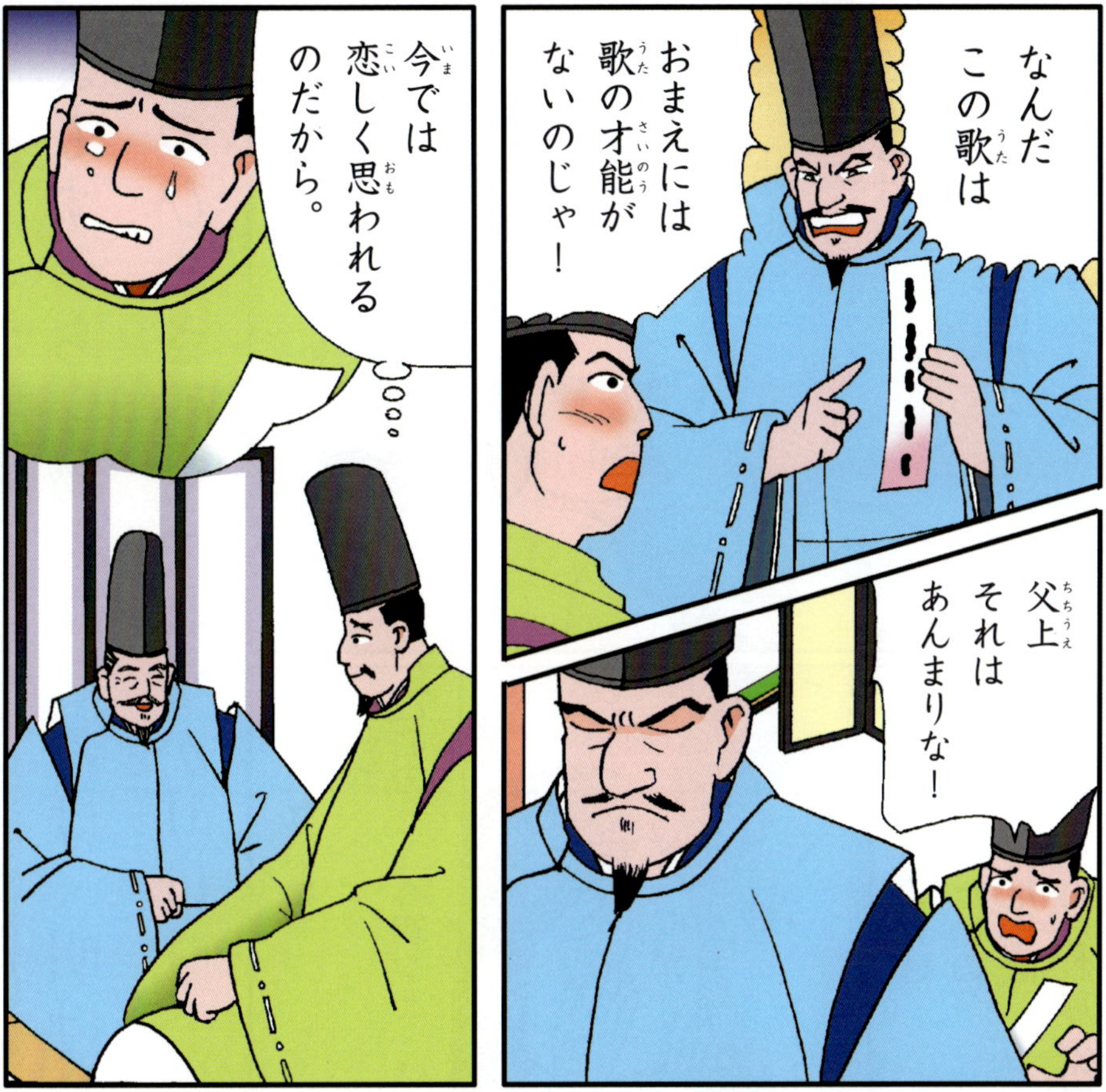

なんだ この歌《うた》は
おまえには歌《うた》の才能《さいのう》がないのじゃ！
父上《ちちうえ》 それはあんまりな！
今《いま》では恋《こい》しく思《おも》われるのだから。

歌意《かい》

これから先《さき》、もし生《い》きながらえたならば、また、つらいと思《おも》っている今《いま》のことがなつかしく思《おも》い返《かえ》されるのだろうか。あのつらかった昔《むかし》が、今《いま》では恋《こい》しく思《おも》われるのだから。

解説《かいせつ》

どんな苦《くる》しいことでも、すべては時《とき》の流《なが》れによって思《おも》い出《で》に変《か》わる、という内容《ないよう》で、しみじみとした味《あじ》わいがあります。

作者《さくしゃ》の藤原清輔《ふじわらのきよすけ》は、歌道《かどう》の名家《めいか》である六条《ろくじょう》家《け》に生《う》まれました。しかし、父親《ちちおや》と仲《なか》が悪《わる》く、めぐまれない時期《じき》が長《なが》く続《つづ》きました。この歌《うた》は、そんな作者《さくしゃ》が自分《じぶん》をなぐさめるために作《つく》ったものでしょう。

語句《ごく》

【憂《う》しと見《み》し世《よ》】つらいと思《おも》っていた昔《むかし》。

【今《いま》は】今《いま》となっては。昔《むかし》と区別《くべつ》して「今《いま》は」と表現《ひょうげん》している。

85

よもすがら　物思《ものおも》ふ《(ウ)》ころは　明《あ》けやらぬ
閨《ねや》のひまさへ《(エ)》　つれなかりけり

俊恵法師《しゅんえほうし》
（一一一三～没年未詳《ぼつねんみしょう》）
出典《しゅってん》『千載和歌集《せんざいわかしゅう》』恋《こい》

ねむれないなぁ。歌《うた》でもよむか…。
この歌《うた》は俊恵法師《しゅんえほうし》が女性《じょせい》の気持《きも》ちになってよんだ歌《うた》です。
ねむれないわ、一晩中《ひとばんじゅう》……。ここのところずっと……。
どうしてあの人《ひと》はあんなに冷《つめ》たいの？どうしてわたしはあの人《ひと》を忘《わす》れられないの？
せめて早《はや》く朝《あさ》がおとずれてくれないかしら……。
戸《と》のすき間《ま》から朝《あさ》の光《ひかり》がさしこんでくれないかしら。

朝《あさ》の光《ひかり》も
さしこまないなんて、
戸《と》のすき間《ま》まで
わたくしに
冷《つめ》たいように
思《おも》われるわ……。

歌意《かい》

一晩中《ひとばんじゅう》、恋人《こいびと》のつれなさをうらんで物思《ものおも》いにしずんでいるこのごろは、恋人《こいびと》ばかりか、いつまでも夜《よ》が明《あ》けず朝《あさ》の光《ひかり》がさしこまない寝室《しんしつ》の戸《と》のすき間《ま》までもが、無情《むじょう》に感《かん》じられることですよ。

解説《かいせつ》

作者《さくしゃ》が女性《じょせい》の立場《たちば》になってよんだ歌《うた》で、薄《はく》情《じょう》な男性《だんせい》のおとずれを待《ま》つつらい恋心《こいごころ》をよんだものです。男性《だんせい》が女性《じょせい》の立場《たちば》になってよむことは、当時《とうじ》の和歌《わか》の技巧《ぎこう》の一《ひと》つでした。また、この歌《うた》の下《しも》の句《く》にある、光《ひかり》のまったくさしこまない「閨《ねや》のひま（寝室《しんしつ》のすき間《ま》）」は、つらい物思《ものおも》いをさせる夜《よる》をうまく表現《ひょうげん》しています。

俊恵法師《しゅんえほうし》は、71番《ばん》の歌《うた》の作者《さくしゃ》・大納言経信《だいなごんつねのぶ》の孫《まご》で、74番《ばん》の歌《うた》の作者《さくしゃ》・源俊頼《みなもとのとしより》の子《こ》です。

語句《ごく》

【よもすがら】一晩中《ひとばんじゅう》。
【あけやらぬ】「あけやらで」とも。

嘆《なげ》けとて　月《つき》やは物《もの》を　思《おも》は(ワ)する
かこち顔《がほ》(ガオ)なる　わが涙《なみだ》かな

西行法師《さいぎょうほうし》
(一一一八～一一九〇年《ねん》)
出典《しゅってん》『千載和歌集《せんざいわかしゅう》』恋《こい》

月《つき》よ…。
なぜか なみだが 出《で》てくるな。
月《つき》がわたしに 物思《ものおも》いを させるのか…。

いや、そうではない！
若《わか》かりしころの思《おも》い出《で》がそうさせるのだ。
恋《こい》の切《せつ》なさを今《いま》もなげき、それを物悲《ものがな》しくかがやく月《つき》のせいにして、
なみだを流《なが》しているわたしなのだ。

歌意《かい》

なげけといって月《つき》がわたしに物思《ものおも》いをさせるのか。いやそうではない。恋《こい》の思《おも》いのせいなのに、まるで月《つき》が物思《ものおも》いをさせるかのように、流《なが》れるわたしのなみだであるよ。

解説《かいせつ》

月《つき》を擬人化《ぎじんか》して、月《つき》が物思《ものおも》いをさせているからなみだがこぼれてくるのであろうか、いやそうではないのだとよんでいます。月《つき》が人《ひと》に物思《ものおも》いをさせるという発想《はっそう》は、和歌《わか》の伝統《でんとう》的《てき》な表現技法《ひょうげんぎほう》でもあります。

西行法師《さいぎょうほうし》は二十三歳《にじゅうさんさい》で出家《しゅっけ》し、高野山《こうやさん》などで修行《しゅぎょう》した後《のち》、吉野《よしの》、伊勢《いせ》、四国《しこく》、東国《とうごく》などの各地《かくち》を旅《たび》して歌《うた》をよみました。特《とく》に月《つき》と桜《さくら》の歌《うた》を多《おお》くよんでいます。

語句《ごく》

【嘆《なげ》けとて】月《つき》がわたしになげけといって。

【かこち顔《がお》】「かこち」のもとの形《かたち》は「かこつ」で、そのせいにする、という意味《いみ》。「顔《かお》」はそれらしい様子《ようす》。

87

村雨《むらさめ》の　露《つゆ》もまだひぬ　槙《まき》の葉《は》に
霧《きり》たちのぼる　秋《あき》の夕《ゆふ》（ユウ）暮《ぐれ》

寂蓮法師《じゃくれんほうし》
（一一三九ごろ～一二〇二年《ねん》）
出典《しゅってん》『新古今和歌集《しんこきんわかしゅう》』秋《あき》

今度《こんど》は霧《きり》が立《た》ち上《のぼ》ってゆく。
なんて幻想的《げんそうてき》な夕暮《ゆうぐ》れなんだろう……。

歌意《かい》

にわか雨《あめ》が通《とお》りすぎ、そのしずくもまだかわかない真木《まき》の葉《は》のあたりに、早《はや》くも霧《きり》がほの白《じろ》く立《た》ちのぼっている、秋《あき》の夕暮《ゆうぐ》れであるよ。

解説《かいせつ》

秋《あき》の夕暮《ゆうぐ》れ、にわか雨《あめ》のあとの山《やま》の景色《けしき》に感動《かんどう》し、よんだものです。上《かみ》の句《く》では、木《こ》の葉《は》に残《のこ》るしずくを近《ちか》くから見《み》ています。下《しも》の句《く》では、音《おと》もなくたちのぼってくる霧《きり》を遠《とお》くにとらえています。近《ちか》くの景色《けしき》と遠《とお》くの景色《けしき》、二《ふた》つの景色《けしき》を重《かさ》ねあわせ、しかも、とどまることなく変化《へんか》する自然《しぜん》をえがいています。

作者《さくしゃ》の寂蓮法師《じゃくれんほうし》の俗名《ぞくみょう》は、藤原定長《ふじわらのさだなが》です。『新古今和歌集《しんこきんわかしゅう》』の編者《へんじゃ》の一人《ひとり》でしたが、完成《かんせい》前《まえ》に亡《な》くなりました。

語句《ごく》

【村雨《むらさめ》】一時的《いちじてき》に強《つよ》く降《ふ》ってはやみ、やんでは降《ふ》る雨《あめ》。秋《あき》のにわか雨《あめ》。

【槙《まき》】真木《まき》。杉《すぎ》、ひのきなどの総称《そうしょう》。上等《じょうとう》な木《き》、という意味《いみ》。

88

難波江《なには（ワ）え》の　蘆《あし》のかりねの　ひとよゆゑ（エ）
みをつくしてや　恋《こ》ひ（イ）わたるべき

皇嘉門院別当《こうかもんいんのべっとう》
（生没年未詳《せいぼつねんみしょう》）
出典《しゅってん》『千載和歌集《せんざいわかしゅう》』恋《こい》

あなたとちぎったのは
旅先《たびさき》での
たった一夜《いちや》のこと。
まるで
難波《なにわ》の入《い》り江《え》の……、
かりとられた蘆《あし》の
根《ね》のように短《みじか》い、
かりそめの一夜《いちや》でした。
それなのに、
わたくしは
「みおつくし」のように
あなたに身《み》をつくして、

あなたを
おしたいし続《つづ》ける
ことになるの
かしら？
とても切《せつ》ないことです。

歌意《かい》

難波《なにわ》の入《い》り江《え》の蘆《あし》のかり根《ね》の一節《ひとふし》のような、短《みじか》い旅《たび》の仮寝《かりね》の一夜《いちや》をあなたとすごしたばかりに、みおつくしのようにわが身《み》をつくして、これから先《さき》ずっとあなたに恋《こい》し続《つづ》けることになるのでしょうか。

解説《かいせつ》

一夜限《いちやかぎ》りのかりそめのちぎりが、一生《いっしょう》をついやすほどの恋《こい》となったことを、物悲《ものがな》しくあわれに表現《ひょうげん》しています。「かりね」が「刈《か》り根《ね》（刈《か》り取《と》った根《ね》）」と「仮寝《かりね》（旅先《たびさき》での仮《かり》の宿《やど》）」、「ひとよ」が「一節《ひとよ》（節《ふし》と節《ふし》の間《あいだ》）」と「一夜《ひとよ》」、「みをつくし」が「澪標《みおつくし》（舟《ふね》の航路《こうろ》の目印《めじるし》となる杭《くい》）」と「身《み》をつくし（生涯《しょうがい》をつくすこと）」のかけことばになっており、技巧《ぎこう》の点《てん》でもすぐれた一首《いっしゅ》です。

作者《さくしゃ》の皇嘉門院別当《こうかもんいんのべっとう》は源俊隆《みなもとのとしたか》の娘《むすめ》です。皇《こう》嘉門院《かもんいん》に仕《つか》え、別当《べっとう》という役職《やくしょく》についていたことから、こうよばれていました。

玉《たま》の緒《を》(オ)よ　絶《た》えなば絶《た》えね　ながらへ(エ)ば
忍《しの》ぶることの　弱《よわ》りもぞする

式子内親王《しょくしないしんのう》
(生年未詳《せいねんみしょう》〜一二〇一年《ねん》)
出典《しゅってん》『新古今和歌集《しんこきんわかしゅう》』恋《こい》

わが命《いのち》よ。
いっそのこと絶《た》えるならば絶《た》えてしまっておくれ!
このさきまでも生《い》きながらえたなら、

心《こころ》にひめた
あなたへの思《おも》いを
かくしきれなく
なるにちがいないから――。

歌意《かい》

わが命《いのち》よ、絶《た》えるなら絶《た》えてしまえ。このまま生《い》きながらえていると、たえ忍《しの》んでいる心《こころ》が弱《よわ》って、思《おも》いが外《そと》に表《あらわ》れてしまいそうだから。

解説《かいせつ》

この歌《うた》は「忍恋《しのぶるこい》（忍《しの》ぶる恋《こい》）」という題《だい》をあたえられてよまれた一首《いっしゅ》です。「忍恋《しのぶるこい》」とは、思《おも》いを表《おもて》に出《だ》さず、自分《じぶん》の心《こころ》の中《なか》にひめておく恋《こい》のことで、この歌《うた》ではその苦《くる》しさや切《せつ》なさが歌《うた》われています。

式子内親王《しょくしないしんのう》は、後白河天皇《ごしらかわてんのう》の皇女《こうじょ》で、のちに出家《しゅっけ》して生涯《しょうがい》を独身《どくしん》ですごしました。和歌《わか》は83番《ばん》の歌《うた》の作者《さくしゃ》・藤原俊成《ふじわらのしゅんぜい》から学《まな》んでいます。

語句《ごく》

【玉《たま》の緒《お》】生命《せいめい》のこと。

【弱《よわ》りもぞする】気持《きも》ちが弱《よわ》ってしまいそうだ。「も」「ぞ」は、二《ふた》つ重《かさ》ねた形《かたち》で「～かもしれない」、「～するとこまる」という気持《きも》ちを表《あらわ》す。

見《み》せばやな　雄島《をじま》(オ)のあまの　袖《そで》だにも
濡《ぬ》れにぞ濡《ぬ》れし　色《いろ》はかは(ワ)らず

殷富門院大輔《いんぷもんいんのたいふ》
（生没年未詳《せいぼつねんみしょう》）
出典《しゅってん》『千載和歌集《せんざいわかしゅう》』恋《こい》

松島《まつしま》の雄島《おじま》の漁師《りょうし》の袖《そで》のように、わたしの袖《そで》もつらく悲《かな》しい恋《こい》の涙《なみだ》でぬれてしまっています。
すてきな歌《うた》ね。わたしが恋人《こいびと》だったらなんてお返事《へんじ》しようかな。
あなたにお見《み》せしたいものですわ、この袖《そで》を……。
あの雄島《おじま》の漁師《りょうし》の袖《そで》だって、海《うみ》の水《みず》でひどくぬれているでしょうが、わたくしの袖《そで》のように色《いろ》まで変《か》わらないでしょうに……。

恋《こい》の涙《なみだ》が枯《か》れて、血《ち》の涙《なみだ》になり、
紅色《べにいろ》にそまってしまったのですよ。
……なんてね
こんな恋《こい》がしてみたい
この歌《うた》は返歌《へんか》の形《かたち》をとった「本歌取《ほんかど》り」です。

歌意《かい》

あなたに恋《こ》いこがれて流《なが》す血《ち》のなみだで、色《いろ》まで変《か》わったこの袖《そで》をお見《み》せしたいものです。あの雄島《おじま》の漁《りょう》師《し》の袖《そで》でさえ、あんなにひどくぬれながらも、色《いろ》まで変《か》わることはありませんのに。

解説《かいせつ》

この歌《うた》は、48番《ばん》の歌《うた》の作者《さくしゃ》・源重之《みなもとのしげゆき》がよんだ「松島《まつしま》や雄島《おじま》の磯《いそ》にあさりせしあまの袖《そで》こそかくは濡《ぬ》れしか」（後拾遺和歌集《ごしゅういわかしゅう》）による本《ほん》歌取《かど》りの歌《うた》であり、本歌《ほんか》に返歌《へんか》する形《かたち》の表現《ひょうげん》になっています。悲《かな》しみのために泣《な》いて、なみだがかれはてると血《ち》のなみだが流《なが》れるという言《い》い伝《つた》えをもとに、恋《こい》の苦《くる》しさを表《あらわ》しています。

殷富門院大輔《いんぷもんいんのたいふ》は女流歌人《じょりゅうかじん》として活《かつ》やくし、『新勅撰和歌集《しんちょくせんわかしゅう》』には、女性《じょせい》でもっとも多《おお》い十《じゅう》五首《ごしゅ》が選《えら》ばれています。

語句《ごく》

【雄島《おじま》】宮城県松島湾《みやぎけんまつしまわん》にある島《しま》の一《ひと》つ。

91

きりぎりす　鳴《な》くや霜夜《しもよ》の　さむしろに
衣《ころも》片《かた》敷《し》き　ひとりかも寝《ね》む（ン）

後京極摂政前太政大臣《ごきょうごくせっしょうさきのだいじょうだいじん》
（一一六九～一二〇六年《ねん》）
出典《しゅってん》『新古今和歌集《しんこきんわかしゅう》』秋《あき》

片袖《かたそで》を敷《し》いて
さあ、寝《ね》るとするか。
寒《さむ》いな…。
ひとりぼっち…。
さびしいことだ……。

歌意《かい》

こおろぎが鳴《な》いている霜夜《しもよ》の寒々《さむざむ》としたむしろの上《うえ》に、自分《じぶん》の衣《ころも》の片《かた》袖《そで》を敷《し》いて、わたしはただ一人《ひとり》わびしく寝《ね》るのであろうか。

解説《かいせつ》

「衣《ころも》かたしき」とは、自分《じぶん》の衣《ころも》の片袖《かたそで》を敷《し》いて、ということから一人寝《ひとりね》をあらわします。(共寝《ともね》をする時《とき》は、おたがいの衣《ころも》の袖《そで》を敷《し》き交《か》わすのが昔《むかし》の習慣《しゅうかん》でした。)晩秋《ばんしゅう》の寒《さむ》い夜《よる》のわびしい気持《きも》ちをよんでいます。

後京極摂政前太政大臣《ごきょうごくせっしょうさきのだいじょうだいじん》とは藤原良経《ふじわらのよしつね》のことです。76番《ばん》の歌《うた》の作者《さくしゃ》である法性寺入道前関白太政大臣《ほっしょうじにゅうどうさきのかんぱくだいじょうだいじん》の孫《まご》で、95番《ばん》の歌《うた》の作者《さくしゃ》・前大僧正慈円《さきのだいそうじょうじえん》のおいにあたります。

語句《ごく》

【きりぎりす】今《いま》のこおろぎのこと。

【さむしろ】「むしろ」はわらやすげなどであんだ敷物《しきもの》。「寒《さむ》し」の意味《いみ》がかけられている。

わが袖《そで》は　潮干《しほひ》(シオ)に見《み》えぬ　沖《おき》の石《いし》の
人《ひと》こそ知《し》らね　乾《かわ》く間《ま》もなし

二条院讃岐《にじょういんのさぬき》
(一一四一ごろ～一二一七年《ねん》ごろ)
出典《しゅってん》『千載和歌集《せんざいわかしゅう》』恋《こい》

潮《しお》がひいても
かくれて見《み》えない岩《いわ》が、
沖《おき》にあります。
その海《うみ》のそこにある
沖《おき》の石《いし》は、
乾《かわ》くときもなく
海《うみ》の水《みず》でぬれています。
わたしの袖《そで》も
沖《おき》の石《いし》と同《おな》じです。
恋《こい》のなみだで、
乾《かわ》くときが
ありません。

だれ一人《ひとり》として
気《き》づいてくれず
ひっそり……、
あなたを恋《こい》しく思《おも》って
いつも涙《なみだ》でぬれて
いるのですよ。

歌《か》意《い》

わたしの袖《そで》は、引《ひ》き潮《しお》のときでさえ、海中《かいちゅう》にかくれて見《み》えない沖《おき》の石《いし》のように、人《ひと》は知《し》らないでしょうが、あの人《ひと》を思《おも》う恋《こい》のなみだで乾《かわ》くひまもないのです。

解説《かいせつ》

「寄石恋《いしによするこひ》（石《いし》に寄《よ》する恋《こい》）」というむずかしい題《だい》をあたえられてよまれた一首《いっしゅ》です。「石《いし》」を「潮干《しおひ》に見《み》えぬ沖《おき》の石《いし》」としたところが新《あたら》しく個性的《こせいてき》でした。いつも海中《かいちゅう》にしずんでいて乾《かわ》くことのない石《いし》が、だれにも知《し》られない恋《こい》と乾《かわ》くことのないなみだを強《つよ》く印象《いんしょう》づけています。

二条院讃岐《にじょういんのさぬき》は、すぐれた歌人《かじん》であった源頼政《みなもとのよりまさ》の娘《むすめ》です。二条天皇《にじょうてんのう》に仕《つか》え、のちに99番《ばん》の歌《うた》の作者《さくしゃ》・後鳥羽院《ごとばいん》の中宮《ちゅうぐう》にも仕《つか》えました。この歌《うた》をよんだことで評判《ひょうばん》になり、「沖《おき》の石《いし》の讃岐《さぬき》」とよばれたそうです。

語句《ごく》

【潮干《しおひ》】引《ひ》き潮《しお》のこと。

世《よ》の中《なか》は　常《つね》にもがもな　渚漕《なぎさこ》ぐ
あまの小舟《をぶね》(オ)の　綱手《つなで》かなしも

鎌倉右大臣《かまくらのうだいじん》
(一一九二〜一二一九年《ねん》)
出典《しゅってん》『新勅撰和歌集《しんちょくせんわかしゅう》』羇旅《きりょ》

これまでは一族《いちぞく》や、家臣《かしん》の争《あらそ》いが絶《た》えなかった。
わたしが将軍《しょうぐん》になったからには
ずっと変《か》わらず平和《へいわ》であってほしいものだなぁ…。

夕凪《ゆうなぎ》のなか、漁師《りょうし》が小舟《こぶね》の綱《つな》を引《ひ》く
しみじみとした景色《けしき》であるよ。

歌意《かい》

この世《よ》の中《なか》は永遠《えいえん》に変《か》わらないものであってほしいなあ。渚《なぎさ》をこぐ漁師《りょうし》の小舟《こぶね》が、綱《つな》で引《ひ》かれていく景色《けしき》に、しみじみ心《こころ》が動《うご》かされることであるよ。

解説《かいせつ》

作者《さくしゃ》は、漁師《りょうし》が小舟《こぶね》の綱《つな》を引《ひ》くありふれた光景《こうけい》に、いとおしさを感《かん》じています。自分《じぶん》もそのように心《こころ》おだやかな暮《く》らしができればと、しみじみと思《おも》っているのです。

作者《さくしゃ》の鎌倉右大臣《かまくらのうだいじん》とは鎌倉幕府《かまくらばくふ》の三代将軍《さんだいしょうぐん》、源実朝《みなもとのさねとも》です。当時《とうじ》、鎌倉幕府《かまくらばくふ》は天皇家《てんのうけ》と争《あらそ》っていました。兄《あに》の頼家《よりいえ》は殺《ころ》され、自分《じぶん》もどうなるかわからないという不安《ふあん》をかかえていました。その不安《ふあん》は的中《てきちゅう》し、実朝《さねとも》はおいの公暁《くぎょう》に暗殺《あんさつ》されてしまいました。

語句《ごく》

【もがもな】「もがも」は願《ねが》いを表《あらわ》し、さらに「な」で、感情《かんじょう》をたかぶらせている。

み吉野《よしの》の　山《やま》の秋風《あきかぜ》　小夜《さよ》ふけて
ふるさと寒《さむ》く　衣《ころも》うつなり

参議雅経《さんぎまさつね》
（一一七〇～一二二一年《ねん》）
出典《しゅってん》『新古今和歌集《しんこきんわかしゅう》』秋《あき》

「吉野《よしの》の山《やま》の白雪《しらゆき》が
降《ふ》り積《つ》もるらしい。
古《ふる》い離宮《りきゅう》があった吉野《よしの》は
だんだんと寒《さむ》くなるようだ。」
よい歌《うた》だなぁ！ 季節《きせつ》を「秋《あき》」にして よみ直《なお》してみよう。
吉野《よしの》の山《やま》から 秋風《あきかぜ》がふきおろし、 夜《よる》もふけてきた…。
そういえば このあたりは…、
はるか昔《むかし》は にぎわい はなやいだ都《みやこ》で あったのだなぁ。
ところが 今《いま》は……、

ここ古《ふる》い都《みやこ》は寒《さむ》さがつのり、どこからか衣《ころも》を打《う》つ音《おと》が寒《さむ》ざむと……、
トーン
トーン
聞《き》こえてくるだけですよ。
作者《さくしゃ》の参議雅経《さんぎまさつね》は和歌《わか》のほか、けまりの名人《めいじん》でもありました。
よっと

歌意《かい》

吉野《よしの》の山《やま》の秋風《あきかぜ》がふきおろし、夜《よ》もふけて、かつて都《みやこ》があった吉野《よしの》の里《さと》は、寒々《さむざむ》として衣《ころも》を打《う》つ音《おと》が聞《き》こえてくることよ。

解説《かいせつ》

秋《あき》の夜寒《よざむ》を、山風《やまかぜ》に運《はこ》ばれてくる寒々《さむざむ》とした砧《きぬた》の音《おと》によってとらえています。『古今和歌集《こきんわかしゅう》』の「み吉野《よしの》の山《やま》の白雪《しらゆき》つもるらしふるさと寒《さむ》くなりまさるなり（坂上是則《さかのうえのこれのり》）」を本歌《ほんか》とした本歌取《ほんかど》りであり、本歌《ほんか》の冬《ふゆ》の寒《さむ》さを秋《あき》の寒《さむ》さに変化《へんか》させたばかりではなく、それを聴覚的《ちょうかくてき》にとらえたところに新《あたら》しさがあります。

参議雅経《さんぎまさつね》は99番《ばん》の歌《うた》の作者《さくしゃ》・後鳥羽院《ごとばいん》の命《めい》により参議《さんぎ》という役職《やくしょく》についたことから、こうよばれました。和歌《わか》にすぐれ、『新古今和歌集《しんこきんわかしゅう》』の撰者《せんじゃ》の一人《ひとり》となりました。

語句《ごく》

【衣《ころも》うつ】布《ぬの》をやわらかくしたり光沢《こうたく》を出《だ》すために、砧《きぬた》という木《き》や石《いし》の台《だい》の上《うえ》に布《ぬの》を置《お》いて木《き》づちで打《う》つこと。

おほ《(オ)》けなく　うき世《よ》の民《たみ》に　おほ《(オ)》ふ《(ウ)》かな
わがたつ杣《そま》に　墨染《すみぞめ》の袖《そで》

前大僧正慈円《さきのだいそうじょうじえん》
（一一五五～一二二五年《ねん》）
出典《しゅってん》『千載和歌集《せんざいわかしゅう》』雑《ぞう》

仏様《ほとけさま》に仕《つか》えるものとして
十一歳《じゅういっさい》から
比叡山《ひえいざん》に住《す》み始《はじ》めました。
身《み》のほどをすぎたことながら
わたしは思《おも》うのです……。

戦乱《せんらん》
飢《う》え
伝染病《でんせんびょう》
この世《よ》で
苦《くる》しむ
人々《ひとびと》を、

きびしい修行《しゅぎょう》をつんだ、このわたしの袖《そで》で
救《すく》いたいのです……。

歌意《かい》

身《み》のほどにすぎたことだが、法師《ほうし》として、つらいこの世《よ》に生《い》きる人々《ひとびと》におおいかけることであるよ。比叡《ひえい》山《ざん》に住《す》みはじめてから身《み》につけている、この墨染《すみぞめ》の袖《そで》を。

解説《かいせつ》

仏教《ぶっきょう》の教《おし》えをもとに、世《よ》の人々《ひとびと》をすくいたいという決意《けつい》をよんだものです。平安時代末《へいあんじだいまつ》期《き》は、戦争《せんそう》、はやり病《やまい》、不作《ふさく》などで、人々《ひとびと》は苦《くる》しい生活《せいかつ》をしていました。作者《さくしゃ》は僧侶《そうりょ》として、人々《ひとびと》を助《たす》ける使命感《しめいかん》にもえたのでしょう。

「おほけなく」と、へりくだっているところも、十四歳《じゅうよんさい》で出家《しゅっけ》し、三十八歳《さんじゅうはっさい》で天台座主《てんだいざす》となった作者《さくしゃ》・慈円《じえん》の人間《にんげん》としての大《おお》きさを感《かん》じさせます。

語句《ごく》

【おほけなく】身分不相応《みぶんふそうおう》ながら。
【わがたつ杣《そま》】比叡山《ひえいざん》のこと。
【墨染《すみぞめ》】「墨染《すみぞめ》（僧《そう》の着《き》る黒衣《こくい》）」と「住《す》み初《ぞ》め」とをかけている。

96

花《はな》さそふ《(ウ)》　嵐《あらし》の庭《には》《(ニワ)》の　雪《ゆき》ならで
ふりゆくものは　わが身《み》なりけり

入道前太政大臣《にゅうどうさきのだいじょうだいじん》
（一一七一〜一二四四年《ねん》）
出典《しゅってん》『新勅撰和歌集《しんちょくせんわかしゅう》』雑《ぞう》

桜《さくら》の花《はな》びらが雪《ゆき》がふるように散《ち》っていくなあ。

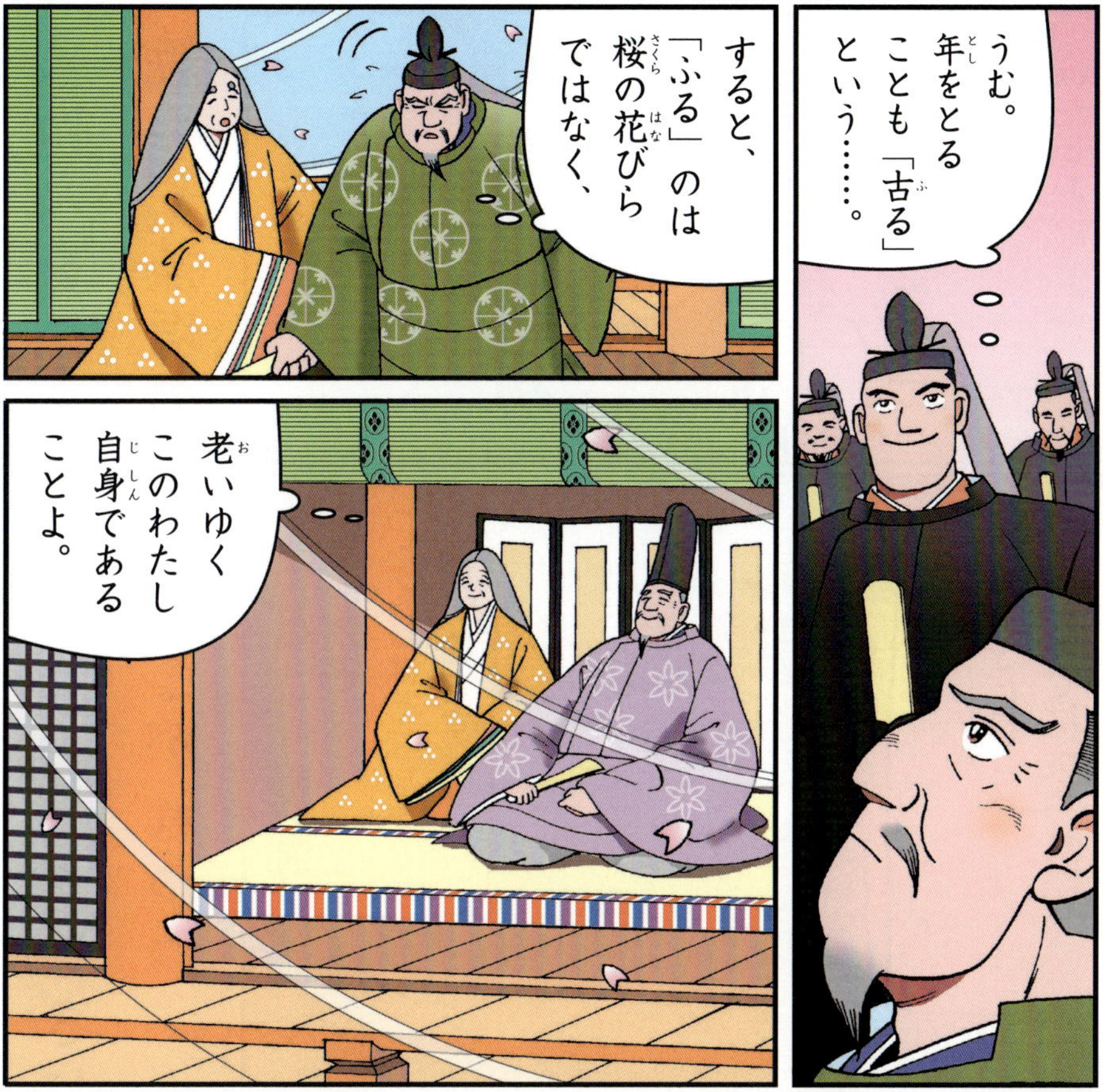
うむ。年《とし》をとることも「古《ふ》る」という……。
すると、「ふる」のは桜《さくら》の花《はな》びらではなく、
老《お》いゆくこのわたし自身《じしん》であることよ。

歌意《かい》

嵐《あらし》が花《はな》をさそって、庭一面《にわいちめん》に雪《ゆき》が降《ふ》っているように見《み》えるが、本当《ほんとう》に古《ふ》りゆくのはわたし自身《じしん》なのだなあ。

解説《かいせつ》

桜《さくら》の花《はな》をさそってふく風《かぜ》が、庭一面《にわいちめん》を雪《ゆき》の降《ふ》るように真《ま》っ白《しろ》にしている光景《こうけい》を「花《はな》さそふ嵐《あらし》の庭《にわ》」と見事《みごと》に表現《ひょうげん》しています。この桜《さくら》吹雪《ふぶき》のイメージが、栄華《えいが》を極《きわ》めた作者《さくしゃ》の耽美《たんび》の心《こころ》と重《かさ》なり、また下《しも》の句《く》では、権力《けんりょく》ではどうすることもできない老《お》いのおとずれがしみじみとよまれています。

作者《さくしゃ》の入道前太政大臣《にゅうどうさきのだいじょうだいじん》とは藤原公経《ふじわらのきんつね》です。

語句《ごく》

【花《はな》】桜《さくら》の花《はな》。

【ふりゆく】「(花《はな》が雪《ゆき》のように)降《ふ》りゆく」と「(わが身《み》が)古《ふ》りゆく(年老《としお》いていく)」をかけている。

来《こ》ぬ人《ひと》を　まつほの浦《うら》の　夕《ゆふ》（ユウ）なぎに
焼《や》くや藻塩《もしほ》（シオ）の　身《み》もこがれつつ

権中納言定家《ごんちゅうなごんていか》
（一一六二〜一二四一年《ねん》）
出典《しゅってん》『新勅撰和歌集《しんちょくせんわかしゅう》』恋《こい》

いくら待《ま》っても あなたは おいでにならない。
わたくしが どんな気持《きも》ちで いるのか、 お伝《つた》え いたしましょう。
淡路島《あわじしま》の「松《まつ》」帆《ほ》の浦《うら》、夕《ゆう》なぎの海辺《うみべ》で わたくしはあなたを「待《ま》つ」のです。
でも…… あなたは おいでにならない。
その海辺《うみべ》で 藻塩《もしお》を焼《や》いています。

わたくしは塩《しお》が焼《や》けこげるように……、
恋《こい》しいあなたを待《ま》ちこがれているのです。
恋《こい》に身《み》をこがしているのです。
この歌《うた》は藤原定家《ふじわらのさだいえ》が、女性《じょせい》の気持《きも》ちになってよんだ歌《うた》です。
恋《こい》する女性《じょせい》をじらせてはいけません

歌意《かい》

いくら待《ま》っても来《こ》ない人《ひと》を待《ま》つわたしは、松帆《まつほ》の浦《うら》で夕《ゆう》なぎのころに焼《や》くという藻塩《もしお》のように、身《み》も心《こころ》も恋《こ》いこがれていることです。

解説《かいせつ》

作者《さくしゃ》は男性《だんせい》ですが、たずねてこない恋人《こいびと》を待《ま》ちこがれる女性《じょせい》の立場《たちば》になってよんでいます。藻塩《もしお》焼《や》きの火《ひ》が、もえる恋心《こいごころ》を間接的《かんせつてき》に表《あらわ》しています。

権中納言定家《ごんちゅうなごんていか》とは、ほかでもない、百人一首《ひゃくにんいっしゅ》の撰者《せんじゃ》・藤原定家《ふじわらのていか》です。また、99番《ばん》の歌《うた》の作者《さくしゃ》・後鳥羽院《ごとばいん》の命《めい》を受《う》けて、『新古今和歌集《しんこきんわかしゅう》』の撰者《せんじゃ》の一人《ひとり》ともなりました。

語句《ごく》

【まつほの浦《うら》】淡路島《あわじしま》の北《きた》の端《はし》にある海岸《かいがん》。「まつ」は「待《ま》つ」と「松《まつ》」とのかけことば。

【藻塩《もしお》】海《かい》そうを焼《や》いてつくる塩《しお》。

【こがれつつ】「恋《こ》いこがれる」と「(藻塩《もしお》が)焼《や》けこげる」とをかけている。

風《かぜ》そよぐ　ならの小《を》（オ）川《がは》（ガワ）の　夕《ゆふ》（ユウ）暮《ぐれ》は
みそぎぞ夏《なつ》の　しるしなりける

従《じゅ》二《に》位《い》家《いえ》隆《たか》
（一一五八～一二三七年《ねん》）
出典《しゅってん》『新勅撰和歌集《しんちょくせんわかしゅう》』夏《なつ》

ザワ
ザワ……

楢《なら》の葉《は》を
ふく風《かぜ》……。
もう秋《あき》のように
すずしいな。

おお、六月祓《みなづきばらえ》のみそぎの行事《ぎょうじ》か。
そうすると、今《いま》はまだ夏《なつ》だったのだな。

歌意《かい》

風《かぜ》がそよそよと楢《なら》の葉《は》にふいている、このならの小川《おがわ》の夕暮《ゆうぐ》れは、秋《あき》のように感《かん》じられるが、六月祓《みなづきばらえ》のみそぎだけが、まだ夏《なつ》であることをつげる証拠《しょうこ》であるよ。

解説《かいせつ》

この歌《うた》は、六月《ろくがつ》の晦日《みそか》（末日《まつじつ》）に行《おこな》われた「六月祓《みなづきばらえ》」をよんでいます。上《かみ》の句に表現《ひょうげん》された風《かぜ》の清涼感《せいりょうかん》と下《しも》の句《く》の神事《しんじ》のおごそかな感《かん》じが、ほどよく調和《ちょうわ》しています。また声調《せいちょう》がよく、いちだんとさわやかな歌《うた》となっています。従二位家隆《じゅにいいえたか》とは藤原家隆《ふじわらのいえたか》のことで、『新古今和歌集《しんこきんわかしゅう》』の撰者《せんじゃ》の一人《ひとり》となっています。

語句《ごく》

【ならの小川《おがわ》】京都市北区《きょうとしきたく》にある上賀茂神社《かみがもじんじゃ》の近《ちか》くを流《なが》れる御手洗川《みたらしがわ》。「なら」にはブナ科《か》の木《き》の「楢《なら》」がかけられている。

【みそぎ】川《かわ》や海《うみ》の水《みず》で身《み》を清《きよ》め、罪《つみ》やけがれをはらい落《お》とすこと。

人《ひと》もを《(オ)》し　人《ひと》もうらめし　あぢ《(ジ)》きなく
世《よ》を思《おも》ふ《(ウ)》ゆゑ《(エ)》に　物思《ものおも》ふ《(ウ)》身《み》は

後鳥羽院《ごとばいん》
（一一八〇〜一二三九年《ねん》）
出典《しゅってん》『続後撰和歌集《しょくごせんわかしゅう》』雑《ぞう》

人《ひと》を いとおしいと 思《おも》ったり、
また、 あるときは 人《ひと》をうらめしく 思《おも》ったりする。
これは いったい なぜで あろう。

政治《せいじ》が
鎌倉《かまくら》にうつって
久《ひさ》しい。
天皇家《てんのうけ》に生《う》まれて
いながら、何《なに》も
できんとは……。
そんなことで
世《よ》の中《なか》を
味気《あじけ》なく
思《おも》うゆえ、
様々《さまざま》なことに
思《おも》いなやんで
しまうのだ、
自分《じぶん》は……。

歌意《かい》

時《とき》には人《ひと》がいとしく思《おも》われ、時《とき》にはうらめしくも思《おも》われることだ。味《あじ》気《け》ない世《よ》だとこの世《よ》を思《おも》うところから、いろいろと物思《ものおも》いをするこのわたしは。

解説《かいせつ》

人《ひと》をいとおしく思《おも》ったり、うらめしく思《おも》ったりする心《こころ》の動《うご》きをよんでいます。作者《さくしゃ》の後鳥羽院《ごとばいん》は、政権《せいけん》が貴族《きぞく》から武家《ぶけ》へとうつる時代《じだい》を生《い》きた人《ひと》で、思《おも》うように動《うご》かない武家《ぶけ》へのいらだちなどで苦《くる》しんでいた心《こころ》の内《うち》が伝《つた》わってくるようです。

和歌《わか》に熱心《ねっしん》だった後鳥羽院《ごとばいん》は、第八十二代《だいはちじゅうにだい》の天皇《てんのう》です。一二二一年《ねん》、承久《じょうきゅう》の乱《らん》に敗《やぶ》れて隠岐島《おきのしま》に流《なが》され、その地《ち》で亡《な》くなりました。

語句《ごく》

【人《ひと》もをし人《ひと》もうらめし】「をし」は「愛《お》し」で、人《ひと》がいとおしく思《おも》われる様子《ようす》。「うらめし」は人《ひと》がうらめしく思《おも》われる様子《ようす》。

100

ももしきや　古《ふる》き軒端《のきば》の　しのぶにも
なほ《(オ)》あまりある　昔《むかし》なりけり

順徳院《じゅんとくいん》
（一一九七〜一二四二年《ねん》）
出典《しゅってん》『続後撰和歌集《しょくごせんわかしゅう》』雑《ぞう》

荒《あ》れはてた
宮中《きゅうちゅう》のさまよ。

軒《のき》には
忍《しの》ぶ草《ぐさ》すら
生《は》えている。
それを見《み》るに
つけても、

延喜《えんぎ》・天暦《てんりゃく》の
聖帝《せいてい》の御代《みよ》は
遠《とお》い昔《むかし》のこと。

宮廷《きゅうてい》は
すっかり衰微《すいび》してしまったなあ。
しのんでもしのびつくせないことだよ。

歌意《かい》

宮中《きゅうちゅう》の古《ふる》くあれた軒端《のきば》に生《は》えている忍《しの》ぶ草《ぐさ》を見《み》るにつけても、いくらしのんでもしのびつくせないほど、恋《こい》しい昔《むかし》の御代《みよ》であることだ。

解説《かいせつ》

作者《さくしゃ》の順徳院《じゅんとくいん》が、天皇《てんのう》の位《くらい》にあった二十歳《にじっさい》のときによまれた歌《うた》です。武家《ぶけ》の力《ちから》が強《つよ》くなり、政情《せいじょう》が不安定《ふあんてい》になってきた時期《じき》に、朝廷《ちょうてい》の現状《げんじょう》をなげき、もう一度《いちど》力《ちから》を取《と》りもどしたいという若《わか》い天皇《てんのう》の気持《きも》ちが伝《つた》わってきます。

順徳院《じゅんとくいん》は八十四代《はちじゅうよんだい》の天皇《てんのう》で、後鳥羽院《ごとばいん》の第《だい》三皇子《さんおうじ》でした。一二二一年《ねん》、承久《じょうきゅう》の乱《らん》に加《くわ》わって敗《やぶ》れ、佐渡島《さどがしま》に流《なが》され、その地《ち》で亡《な》くなりました。

語句《ごく》

【ももしき】宮中《きゅうちゅう》、皇居《こうきょ》のこと。

【しのぶ】「偲《しの》ぶ（昔《むかし》を恋《こ》いしたう）」と「忍《しの》ぶ草《ぐさ》（家《いえ》の軒先《のきさき》や木《き》の幹《みき》に生《は》えるシダ植物《しょくぶつ》の一種《いっしゅ》）」とをかけている。

百《ひゃく》人《にん》一《いっ》首《しゅ》歌《うた》枕《まくら》地《ち》図《ず》

畿内拡大図
京都府
ならの小川 ㊽
琵琶湖
小倉山 ㉖
大江山 (60)
⑥ ㊾ (61) (100) 宮中
大津
京都
⑩ ㉕ (62) 逢坂
兵庫県
滋賀県
猪名 (58)
有馬山 (58)
高砂 ㉞
大阪府
⑧ (64) 宇治
㉗ 瓶原
淀川
㉔ 手向山
須磨 (78)
神戸
大阪
奈良
⑦ 三笠山
(61) 奈良の都
松帆 (97)
住の江 ⑱
⑰ (69) 竜田川
(69) 三室山
(74) 初瀬
大阪湾
(72) 高師の浜
② 香具山
難波 ⑲ ⑳ (88)
㉛ (94) 吉野
吉野川
淡路島
三重県
紀ノ川
和歌山
和歌山県
奈良県
㊻ 由良
青森
秋田
岩手
山形
宮城
(90) 雄島
㊷ 末の松山
福島
新潟
⑭ 信夫
天橋立 (60)
伊吹山 (51)
富山
石川
栃木
群馬
因幡山 ⑯
生野 (60)
福井
長野
茨城
⑬ 筑波山
埼玉
岐阜
山梨
東京
鳥取
神奈川
千葉
兵庫
京都
滋賀
④ 富士
岡山
愛知
静岡
大阪
三重
奈良
④ 田子の浦
香川
徳島
(78) 淡路島
和歌山
高知

注）○囲みの数字は、百人一首の歌の番号を表す

あ行

天橋立（あまのはしだて）(60)
京都府宮津市江尻町

有馬山（ありまやま）(58)
兵庫県神戸市北区有馬町付近の山

淡路島（あわじしま）(78)
兵庫県。瀬戸内海東端の島

生野（いくの）(60)
京都府福知山市

猪名（いな）(58)
兵庫県尼崎・伊丹・川西市をまたぐ猪名川流域の野

因幡山（いなばやま）⑯
鳥取県岩美郡国府町の山。稲羽山、稲葉山とも書く

伊吹山（いぶきやま）(51)
滋賀県と岐阜県の境の山。栃木県下都賀郡の説も

宇治（うじ）⑧・(64)
京都府宇治市付近

逢坂（おうさか）⑩・㉕・(62)
滋賀県と京都府の境に、かつて逢坂の関があった

大江山（おおえやま）(60)
京都市西京区大枝町にある山

小倉山（おぐらやま）㉖
京都市右京区嵯峨にある山

雄島（おじま）(90)
宮城県。松島湾にある島のひとつ

か行

香具山（かぐやま）②
奈良県橿原市南浦町にある山

宮中（きゅうちゅう）⑥・㊾・(61)・(100)
京都。平安京のこと

さ行

信夫（しのぶ）⑭
福島市山口。文知摺観音敷地内に文知摺石がある

末の松山（すえのまつやま）㊷
宮城県多賀城市八幡

須磨（すま）(78)
兵庫県神戸市須磨区の南海岸

住の江（すみのえ）⑱
大阪市住吉区住吉町住吉大社近くの住吉海岸

た行

高砂（たかさご）㉞
兵庫県高砂・加古川市が接するあたり

高師の浜（たかしのはま）(72)
大阪府高石市にある浜

田子の浦（たごのうら）④
静岡県富士見市。かつては由比町から西南の海岸を指した

竜田川（たつたがわ）⑰・(69)
奈良県生駒郡斑鳩町竜田。龍田川とも書く

手向山（たむけやま）㉔
京都府から奈良県へ越す山の峠

筑波山（つくばさん）⑬
茨城県つくば市の北端にある山

な行

難波（なにわ）⑲・⑳・(88)
難波潟（江）は、今の大阪湾の入り江部分

ならの小川（ならのおがわ）(98)
京都市北区上賀茂町の上賀茂神社の近くを流れる川

奈良の都（ならのみやこ）(61)
奈良。平城京のこと

は行

初瀬（はつせ）(74)
奈良県桜井市初瀬町にある山。長谷寺がある

富士（ふじ）④
静岡県と山梨県にまたがる山

ま行

松帆（まつほ）(97)
兵庫県淡路島の北端、津名郡淡路町松帆崎の海岸

三笠山（みかさやま）⑦
奈良市春日野町にある山

瓶原（みかのはら）㉗
京都府相楽郡加茂町

三室山（みむろやま）(69)
奈良県生駒郡斑鳩町亀田にある山

や行

由良（ゆら）㊻
和歌山県日高郡由良町。京都府・兵庫県と諸説あり

吉野（よしの）㉛・(94)
奈良県吉野郡吉野町

※歌枕の地には異説もあります。

百人一首《ひゃくにんいっしゅ》かるた あそびと競技《きょうぎ》

小野小町
花のいろは
うつりに
けりな
いたづらに
わが身世にふる
ながめせしまに

紀貫之
人はいさ心も
しらずふる
さとは
花ぞ昔の
香に匂ひける

西行法師
なげけとて
月やは物を
おもはする
かこちがほなる
わがなみだかな

百人一首《ひゃくにんいっしゅ》かるたで
あそぼう
ピンポーン
こんにちは安奈《あんな》ちゃんあそぼ〜!
京介《きょうすけ》くん
京介《きょうすけ》くんの妹《いもうと》みやこちゃん
あら、京介《きょうすけ》くん。
ガラ
ごめんね〜、今《いま》平太《へいた》くんたちがウチに来《き》ていてね…。百人一首《ひゃくにんいっしゅ》かるたを教《おし》えてほしいって…。
安奈《あんな》ちゃん
フッフッフッ、そういうわけだ。
ぬっ
平太《へいた》くん
今度《こんど》、学校《がっこう》で百人一首《ひゃくにんいっしゅ》かるたの大会《たいかい》があるだろ!オレ様《さま》かるた女王《じょおう》の安奈《あんな》ちゃんに特訓《とっくん》してもらおうというわけよ。
エ!! 百人一首《ひゃくにんいっしゅ》かるたの特訓《とっくん》?! ズルイぞ! ぼくもまぜてくれ!
残念《ざんねん》だが優勝《ゆうしょう》はオレ様《さま》のもんだ。
お前《まえ》もせいぜいがんばれよ!!
ピシャッ
ねぇみんなでやればいいのに。
はっはっは、いいのいいの!

やあ、つっ立《た》ってないで早《はや》くやろうよ。
百人一首《ひゃくにんいっしゅ》は「日本人《にほんじん》の心《こころ》」。正々堂々《せいせいどうどう》勝負《しょうぶ》しましょう。
お前《まえ》らどこから?!
細《こま》かいことは気《き》にするな。
まあまあ、みんなで百人一首《ひゃくにんいっしゅ》かるたを楽《たの》しみましょう!
まずかるたの札《ふだ》をよく見《み》てね。かるたの札《ふだ》は絵札《えふだ》(読《よ》み札《ふだ》)が百枚《ひゃくまい》。
字札《じふだ》(取《と》り札《ふだ》)が百枚《ひゃくまい》。合《あ》わせて二百枚《にひゃくまい》あります。
持統天皇《じとうてんのう》
春過《はるす》ぎて 夏来《なつき》にけらし 白妙《しろたへ》の 衣《ころも》ほすてふ 天《あま》の香具山《かぐやま》
ころもほす てふあまの かくやま
読《よ》むほうに絵《え》がかいてあるのか。フツーのかるたと逆《ぎゃく》だね。
は
はなより だんご

絵札《えふだ》(読《よ》み札《ふだ》)には和歌《わか》が一首《いっしゅ》書《か》いてあります。
字札《じふだ》(取《と》り札《ふだ》)には同《おな》じ和歌《わか》の下《しも》の句《く》だけが書《か》いてあります。
注意《ちゅうい》1 字札《じふだ》の文字《もじ》には「だく点《てん》」がありません。たとえば「ぎ」は「き」になっているので気《き》をつけてね!
注意《ちゅうい》2 今《いま》とはちがう書《か》きあらわしかたで書《か》かれている言葉《ことば》もあるわよ!
ぎ
き
儀同三司母《ぎどうさんしのはは》
忘《わす》れじの 行末《ゆくすゑ》までは かたければ 今日《けふ》を限《かぎ》りの 命《いのち》ともがな
絵札《えふだ》(読《よ》み札《ふだ》)
けふをかき りのいのち ともかな
字札《じふだ》(取《と》り札《ふだ》)
きょう
けふ
□で囲《かこ》ったところが「下《しも》の句《く》」なのよ。
なるほど! その「下《しも》の句《く》」が字札《じふだ》に全部《ぜんぶ》ひらがなで書《か》いてあるんだね!
するとかるたは絵札《えふだ》を読《よ》んで…。
それに合《あ》った下《しも》の句《く》が書《か》かれている札《ふだ》を取《と》ればいいのね!
そう、その通《とお》り!
じゃあさっそくあそび方《かた》を紹介《しょうかい》するわね。

あそび方《かた》1 ちらし取《ど》り

あそべる人数《にんずう》

読《よ》む人《ひと》…一人《ひとり》（札《ふだ》は取《と》れない）
取《と》る人《ひと》…何人《なんにん》でもよい。

ゲームの進《すす》め方《かた》

1 百枚《ひゃくまい》の取《と》り札《ふだ》をばらばらにならべ、そのまわりに取《と》る人《ひと》がすわります。

2 読《よ》む人《ひと》は読《よ》み札《ふだ》をよくまぜて、上《うえ》の札《ふだ》から読《よ》んでいきます。

3 取《と》る人《ひと》は上《かみ》の句《く》が読《よ》まれたらすぐに取《と》ることができます。

4 上《かみ》の句《く》だけで下《しも》の句《く》がわからなければ、下《しも》の句《く》が読《よ》まれるまで待《ま》たなければなりません。

田子《たご》の浦《うら》に～ うち出《い》でて みれば…。
バシーン
はいっ
ひーっ
平太《へいた》くん 目《め》が 燃《も》えてる～!!
5 こうして読《よ》まれた札《ふだ》をだれかが取《と》ったら、次《つぎ》の札《ふだ》を読《よ》みます。
では 次《つぎ》の札《ふだ》…。 君《きみ》がため～ 春《はる》の野《の》に出《い》でて…。
オラーッ
バシーン
バシーン
バシーン!
バシーン
6 百枚《ひゃくまい》の札《ふだ》が全部《ぜんぶ》なくなり、いちばん多《おお》く取《と》った人《ひと》が勝《か》ちになります。
平太《へいた》くんは こう見《み》えて 取《と》るのが早《はや》い…。
負
勝

あそび方《かた》2 源平合戦《げんぺいがっせん》

あそべる人数《にんずう》

読《よ》む人《ひと》…一人《ひとり》（札《ふだ》は取《と》れない）

取《と》る人《ひと》…源氏《げんじ》と平氏《へいし》の二《に》チームで、それぞれ同人数《どうにんずう》（各《かく》チーム二《に》、三人《さんにん》）

ゲームの進《すす》め方《かた》

1. 百枚《ひゃくまい》の取《と》り札《ふだ》をよくまぜ、各《かく》チームに五十枚《ごじゅうまい》ずつ配《くば》ります。
2. 源氏《げんじ》と平氏《へいし》は向《む》かい合《あ》ってすわり、五十枚《ごじゅうまい》の取《と》り札《ふだ》を自分《じぶん》の方向《ほうこう》に三段《さんだん》にならべます。
3. 読《よ》み方《かた》、取《と》り方《かた》はちらし取《と》りと同《おな》じです。

自分《じぶん》のチームの札《ふだ》が早《はや》くなくなったら勝《か》ちよ。
どこに何《なに》があるか覚《おぼ》えておこう。
源氏《げんじ》
平氏《へいし》
フフフ、実《じつ》は前《まえ》もって練習《れんしゅう》してきたのだ。京介《きょうすけ》には負《ま》けん！

源平合戦《げんぺいがっせん》では自分《じぶん》のチームの札《ふだ》はもちろん、相手《あいて》チームの札《ふだ》も取《と》れます。
にゅーっ
バシッ
相手《あいて》チームの札《ふだ》を取《と》ったら自分《じぶん》のチームの札《ふだ》を一枚《いちまい》あげます。
ホイ
へー、くれるの？サンキュー♪
札《ふだ》が早《はや》くなくなったほうが勝《か》ちだから その分《ぶん》、不利《ふり》になるのよ。
ガーン
えっ!!

あっ
ちがった！
ひー!!
ブブー！！
お手《て》つきだ！
まちがった札《ふだ》を取《と》ったときは「お手《て》つき」といって、相手《あいて》から一枚《いちまい》もらいます。
ホイ
トホホ、また一枚《いちまい》ふえた。
がっくり……
よっしゃー!!
やったー！平氏側《へいしがわ》のオレ様《さま》のチームの札《ふだ》が全部《ぜんぶ》なくなったぞー!!
こうしてゲームを進《すす》め、自分《じぶん》のチームの札《ふだ》が早《はや》くなくなった方《ほう》が勝《か》ちよ。
さっきから負《ま》けてばかりだ！
平太《へいた》くんたちやるじゃない！
いやぁ～安奈《あんな》ちゃんのコーチのおかげだよ♥
でれ～
どうしたら札《ふだ》を早《はや》く取《と》れるようになるのかなぁ。
ぐやじいっ
だいじょうぶ！「強《つよ》くなるコツ」があるわよ。

百人一首《ひゃくにんいっしゅ》かるたで強《つよ》くなるコツ
1 まず歌《うた》を覚《おぼ》えよう
百人一首《ひゃくにんいっしゅ》かるた取《と》りに強《つよ》い人《ひと》は、読《よ》む人《ひと》が「読《よ》み札《ふだ》」の出《で》だしを少《すこ》し読《よ》んだだけで、パッと「取《と》り札《ふだ》」を取《と》ることができます。
かぜそ…。
ハイッ
バシッ
す、すごい！ムチャクチャ早《はや》い!!
コンマ何秒
くやしい！なんでだ～!!
歌《うた》をしっかり暗記《あんき》しているからよ！
平太《へいた》くん予習《よしゅう》してきたわね。
ちなみに歌《うた》をしっかり暗記《あんき》しないとこんな感《かん》じ…。
ほととぎす鳴《な》きつる方《かた》をながむれば……。
お前《まえ》らにも取《と》らせてやる
オロオロ
う～ん、上《かみ》の句《く》だけじゃわかんないよ～。

ほととぎす
鳴《な》きつる方《かた》を
ながむれば
ただ有明《ありあけ》の
月《つき》ぞ残《のこ》れる
た…
ただ
ただ
ただ有明《ありあけ》の
有明《ありあけ》、
有明《ありあけ》…。
オロ
オロ
オロ
オロ
え〜っと
どこだ？
ただ…。
ただ〜！
ない——!?
ただ有明《ありあけ》の
月《つき》ぞ残《のこ》れる！
ココ!!
あ、
あった！
よかった❤
……と、いうように、
歌《うた》をしっかり
暗記《あんき》していないと、
下《しも》の句《く》まで
読《よ》んでもらわないと
札《ふだ》を取ることが
できないよね。
「百人一首《ひゃくにんいっしゅ》が
強《つよ》くなるコツ」、
それは
「歌《うた》を覚《おぼ》える」って
こと！
…んなこと
言《い》われても
無理無理《むりむり》
ムリ〜ッ!!
百首《ひゃくしゅ》もある
和歌《わか》を
覚《おぼ》えられる
ワケないのだ！
お手上《てあ》げ〜!!
あきらめちゃ
ダメよ。

はじめから百首《ひゃくしゅ》も覚《おぼ》えようとしないで……。まずは気《き》に入《い》った和歌《わか》をいくつか覚《おぼ》えたらいいわ。
気《き》にいった？
お気《き》に入《い》りから覚《おぼ》えよう
そんじゃあオレお姫様《ひめさま》の和歌《わか》だけ覚《おぼ》えようっと
玉《たま》の緒《を》よ絶《た》えなば絶《た》えねながらへば忍《しの》ぶることの弱《よわ》りもぞする
まあとっかかりとしては、そんなトコかな。
で、得意《とくい》な札《ふだ》は必《かなら》ず取《と》るよう心《こころ》がける。
花《はな》の色《いろ》はうつりにけりないたづらにわが身世《みよ》にふるながめせしまに
バシィィッ
はい！小町《こまち》ちゃんはぼくのもの❤
好《す》きな札《ふだ》が取《と》れるとウレシイな♪次《つぎ》は坊《ぼう》さんだ！
……と、だんだん百人一首《ひゃくにんいっしゅ》が楽《たの》しくなり、やる気《き》も出《で》てきます。
勝《か》ったのはこっちだけどな
キチンと声《こえ》に出《だ》して歌《うた》の情景《じょうけい》を思《おも》いうかべながら読《よ》むと覚《おぼ》えやすいわ。
奥山に～!!
声《こえ》にだして覚《おぼ》えよう

2 決《き》まり字《じ》を覚《おぼ》えよう

では、次《つぎ》の歌《うた》…。

む…。

ハイ!

上《かみ》の句《く》の一字《いちじ》しか読《よ》んでないのに平太《へいた》のやつ何《なん》で取《と》れるんだ?!

バン!!

平太《へいた》くん、決《き》まり字《じ》を覚《おぼ》えてるでしょう。

バレたか。

決《き》まり字《じ》?

決《き》まり字《じ》というのはそこで歌《うた》が決定《けってい》する音《おと》(文字《もじ》)のことよ。

たとえば、今《いま》平太《へいた》くんが取《と》った札《ふだ》…。

この「む」ではじまる歌《うた》は百首《ひゃくしゅ》のなかで一首《いっしゅ》しかないのよ。

寂蓮法師《じゃくれんほうし》
村雨《むらさめ》の露《つゆ》もまだひぬ槇《まき》の葉《は》に霧《きり》たちのぼる秋《あき》の夕暮《ゆうぐ》れ
へ～! そうだったのか。

だから読《よ》み手《て》が「む」と一字《いちじ》読《よ》んだだけでこの歌《うた》とすぐわかったというわけなの。これを「一字決《いちじぎ》まり」っていうのよ。

一字決まり

一字決《いちじぎ》まりは「むすめふさほせ」の七枚《ななまい》
このような「一字決《いちじぎ》まり」の札《ふだ》は「む・す・め・ふ・さ・ほ・せ」の七枚《ななまい》しかないのよ。
むらさめの……
すみのえの……
めぐりあひて……
ふくからに……
さびしさに……
ほととぎす……
せをはやみ……
寂蓮法師 村雨の露も まだひぬ 槇の葉に 霧たちのぼる 秋の夕暮れ
藤原敏行朝臣 住の江の 岸による波 よるさへや 夢の通ひ路 人めよくらむ
紫式部 めぐり逢ひて 見しやそれとも わかぬ間に 雲隠れにし 夜半の月かな
文屋康秀 吹くからに 秋の草木の しをるれば むべ山風を 嵐と言ふらむ
良暹法師 さびしさに 宿を立ち出でて ながむれば いづくも同じ 秋の夕暮れ
後徳大寺左大臣 ほととぎす 鳴きつる方を ながむれば ただ有明の 月ぞ残れる
崇徳院 瀬を早み 岩にせかるる 滝川の われても末に 逢はむとぞ思ふ
「む・す・め・ふ・さ・ほ・せ」？
むすめさんがぶどうのふさをほして、ほしぶどうを作《つく》っているみたいな……。
そう覚《おぼ》えておけばいいわよ。
この七《なな》つの「一字決《いちじぎ》まり」の札《ふだ》は読《よ》み手《て》が出だしの一字《いちじ》を読《よ》んだら、すぐ取《と》らないと他《ほか》の人《ひと》に取《と》られちゃう。
む…きりたちのぼる
す…ゆめのかよひぢ
め…くもがくれにし
ふ…むべやまかぜを
さ…※いづこもおなじ
ほ…ただありあけの
せ…われてもすゑに
百人一首《ひゃくにんいっしゅ》の百首《しゅ》の歌《うた》は、この一字決《いちじぎ》まりから、六字決《ろくじぎ》まりまでに分類《ぶんるい》できるのよ。

※『百人一首抄』では「いづくもおなじ」と表記されていますが、広まるうちに「いづこもおなじ」と伝えられるようになりました。

六字決《ろくじぎ》まりは三組《さんくみ》
朝《あさ》ぼらけ…。
「よしののさとにふれるしらゆき」
あったーー！
ザーンネン。「朝《あさ》ぼらけ」ではじまる札《ふだ》は二枚《にまい》あるのよ。
ほらこれを見《み》て。
権中納言定頼《ごんちゅうなごんさだより》
朝《あさ》ぼらけ
宇治《うぢ》の川霧《かはぎり》
たえだえに
あらはれわたる
瀬々《せぜ》の網代木《あじろぎ》
坂上是則《さかのうえのこれのり》
朝《あさ》ぼらけ
有明《ありあけ》の月《つき》と
見《み》るまでに
吉野《よしの》の里《さと》に
降《ふ》れる白雪《しらゆき》
ケケケッ
「朝《あさ》ぼらけ」の次《つぎ》が「う」だったら定頼《さだより》の歌《うた》。
「あ」だったら是則《これのり》の歌《うた》なの。
こ…これってひっかけ問題《もんだい》みたいなもの？
このように六字読《ろくじよ》まないとどっちを取《と》ればいいのかわからないものがあります。
これが「六字《ろくじ》決《ぎ》まり」よ。
今《いま》の「朝《あさ》ぼらけ」と、
「わたのはら…」
「きみがため…」
この三組《さんくみ》は要注意《ようちゅうい》。
光孝天皇《こうこうてんのう》
藤原義孝《ふじわらのよしたか》
法性寺入道《ほっしょうじにゅうどう》
参議篁《さんぎたかむら》
坂上是則《さかのうえのこれのり》
権中納言定頼《ごんちゅうなごんさだより》

あさぼらけうぢ…
あさぼらけあり…
きみがためはる…
きみがためをし…
わたのはらこぎ…
わたのはらやそ…
「六字《じ》決《ぎ》まり」か……。
これはひっかかるな。奥《おく》が深《ふか》いゾ、百人一首《ひゃくにんいっしゅ》！
百枚《ひゃくまい》の札《ふだ》を「決《き》まり字《じ》」でわけると、このようになります。
一字《いちじ》決《ぎ》まり 7枚《まい》
二字《にじ》決《ぎ》まり ※43枚《まい》（42枚《まい》）
三字《さんじ》決《ぎ》まり ※36枚《まい》（37枚《まい》）
四字《よじ》決《ぎ》まり 6枚《まい》
五字《ごじ》決《ぎ》まり 2枚《まい》
六字《ろくじ》決《ぎ》まり 6枚《まい》
※かるた大会《たいかい》では「あふ《(う)》ことの」のうたを「あ《(お)》ふ《(う)》ことの」と読《よ》むことがあります。そのとき、この札《ふだ》は三字《さんじ》決《ぎ》まりとなります。
この「決《き》まり字《じ》」をしっかり頭《あたま》に入《い》れるのが強《つよ》くなるコツだね。
うん うん
決《き》まり字《じ》は変化《へんか》する！
ここに「ひ」ではじまる歌《うた》が三首《さんしゅ》あります。
紀友則《きのとものり》 ひさかたの 光《ひかり》のどけき 春《はる》の日《ひ》に 静心《しづごころ》なく 花《はな》の散《ち》るらむ
紀貫之《きのつらゆき》 人《ひと》はいさ 心《こころ》も知《し》らず ふるさとは 花《はな》ぞ昔《むかし》の 香《か》ににほひける
後鳥羽院《ごとばいん》 人《ひと》もをし 人《ひと》もうらめし あぢきなく 世《よ》を思《おも》ふゆゑに 物思《ものおも》ふ身《み》は
一首《いっしゅ》は二字決《じぎ》まり、二首《にしゅ》は三字決《じぎ》まりの歌《うた》ね。
ゲームの進行《しんこう》につれて三字決《さんじぎ》まりのどちらかが取《と》られてしまうと…。
人《ひと》も…。
ハイ
世《よ》を思《おも》ふゆゑに…。
パシ!!
残《のこ》りは二枚《にまい》になり三字決《さんじぎ》まりの札《ふだ》は変化《へんか》して…。
ひさかたの…
ひとはいさ…
これがなくなって二字決《にじぎ》まりになるね。
ひともをし…

さらに「ひさ…」の歌《うた》が取《と》られてしまうと……。
ひさ…。
はーい！
静心《しづごころ》なく……。
上《かみ》の句《く》が「ひ」ではじまる歌《うた》は一枚《いちまい》だけになったわ。
ひとはいさ…
残《のこ》った「ひ」はこの一枚《いちまい》だもんね！
うんうん
このようにゲームの進行《しんこう》につれて、決《き》まり字《じ》がくるくる変《か》わるのよ！
ひとは…
（三字決《さんじぎ》まり）
ひと…
（二字決《にじぎ》まり）
ひ……
（一字決《いちじぎ》まり）
！
なるほど！

3 ならべ方《かた》と作戦《さくせん》

札《ふだ》のならべ方《かた》にも「強《つよ》くなるコツ」はあるのよ。
「ちらし取《と》り」のときは、自分《じぶん》の得意《とくい》な札《ふだ》がどこにあるか…。自分《じぶん》の前《まえ》にどんな札《ふだ》があるかしっかり頭《あたま》に入《い》れておくの。
源平合戦《げんぺいがっせん》では、源氏《げんじ》と平氏《へいし》にわかれて五十枚《ごじゅうまい》ずつ、それぞれ三段《さんだん》にならべるから…、
自分《じぶん》のチームの中《なか》に得意《とくい》な札《ふだ》があったら、それらを自分《じぶん》の前《まえ》におきます。

「一字《じ》決《ぎ》まり」も自分《じぶん》のチームのすぐ前《まえ》に。

こうすると相手《あいて》は取《と》りにくいのよ。

むむむ。遠《とお》いな！

ほほほ。

なるほどうまいな。

下《しも》の句《く》が同《おな》じ文字《もじ》ではじまる札《ふだ》は固《かた》めてならべ、
相手《あいて》チームに取《と》らせないようみんなで守《まも》る。

これぞチームワーク！

ううん！手《て》がじゃまでよく見《み》えないぞ！

サッ
サッ
札《ふだ》をさがしているふりをして…

決《き》まり字《じ》は変化《へんか》するから一字決《いちじぎ》まりになったら…、下段《げだん》にならべる。

こうすると決《き》まり字《じ》の変化《へんか》もわすれないし、相手《あいて》も取《と》りにくい。

相手《あいて》の札《ふだ》を取《と》ったとき、相手《あいて》がお手《て》つきしたときは、自分《じぶん》の不得手《ふえて》な札《ふだ》をあげるようにする。

ハイどうぞ
そ、それオレも苦手《にがて》な札《ふだ》なんだよ〜！

こんな点《てん》に注意《ちゅうい》して「強《つよ》くなるコツ」、みんなも自分《じぶん》で工夫《くふう》してね！

それからというもの……
1日
2日
3
京介《きょうすけ》くんは百人一首《ひゃくにんいっしゅ》に燃《も》えた！
まずは打倒《だとう》!!平太《へいた》くん！リベンジマッチだ！
毎日《まいにち》、十枚《まい》…目標《もくひょう》を決《き》めて少《すこ》しずつ歌《うた》を暗記《あんき》!!
トイレの中《なか》でも！
TOILET
お兄ちゃんはやくでてよー
ドンドンドン
オフロに入《はい》っていても鼻歌《はなうた》を歌《うた》うように百人一首《ひゃくにんいっしゅ》を暗記《あんき》した！
わたのはら～こぎいでてみれば
あの熱心《ねっしん》さで勉強《べんきょう》すればいいのに…。
母
「決《き》まり字《じ》」もだいたいマスターしたぞ。
とか言《い》って、お手《て》つき！そんなんで平太《へいた》くんに勝《か》てるか！
バシーン！
明日《あした》のために!!百人一首《ひゃくにんいっしゅ》やるべしやるべし！
カァ
カァ
トホホ…妹《いもうと》め、キビシすぎるぞ～！
そして……
京介《きょうすけ》くん 対《たい》 平太《へいた》くんのライバル対決《たいけつ》は「競技《きょうぎ》かるた」で行《おこな》われることになった！

競技《きょうぎ》かるたにチャレンジ！
せ
パァン!!
スパーーン
う、うわ!!なにいまの！
も、ものすごいスピード！これが競技《きょうぎ》かるたか！
札《ふだ》がしゅりけんみたいに飛《と》んできたぞ～！
すごい迫力《はくりょく》だぜ安奈《あんな》ちゃ～ん♥
競技かるた練習会
今《いま》、やっていたのが「競技《きょうぎ》かるた」。
ふー

統一《とういつ》ルールで全国大会《ぜんこくたいかい》も開《ひら》かれているの。その早《はや》さ、はげしさで「たたみの上《うえ》の格闘技《かくとうぎ》」とも言《い》われているわ。
ピリ
ピリ
バシーン
バシーン
テレビのニュースで「かるたクィーンが…」とかやっているの見《み》たことがあるわ！
そう、あれ。
でもむずかしそうだな、競技《きょうぎ》かるたって…。
やってみると楽《たの》しいわよ。ざっと説明《せつめい》すると、個人戦《こじんせん》の場合《ばあい》……。
①まず百枚《まい》の札《ふだ》をうら向《む》きにしてよくかきまぜ、そこから25枚《まい》を取《と》ります。それが各自《かくじ》の持《も》ち札《ふだ》になります。
25枚《まい》
25枚
②持《も》ち札《ふだ》25枚《まい》を上中下段《じょうちゅうげだん》に自分《じぶん》の方《ほう》へ向《む》けて自由《じゆう》にならべます。
自分《じぶん》のならべる範囲内《はんいない》を「自陣《じじん》」。相手《あいて》の方《ほう》を「敵陣《てきじん》」といいます。
両陣《りょうじん》を合《あ》わせた範囲内《はんいない》を「場《ば》」といいます。
※上下《じょうげ》の札《ふだ》と札《ふだ》との間《あいだ》は1cmあける。
③ならべ終《お》わったら暗記時間《あんきじかん》です。（15分《ふん》）
じー…
50枚《まい》の場所《ばしょ》をしっかり覚《おぼ》える！

④15分《ふん》たつと競技《きょうぎ》スタート!
よろしくお願《ねが》いします。
相手《あいて》と読《よ》み手《て》にしっかり札《ふだ》を見《み》せます。
⑤最初《さいしょ》に一首《いっしゅ》百人一首《ひゃくにんいっしゅ》とは関係《かんけい》ない歌《うた》がよまれます。
なにはづに〜さくや〜このはな…
そして本番《ほんばん》!
⑥読《よ》まれた札《ふだ》(■)が「場《ば》」にあれば、先《さき》にその札《ふだ》にふれた方《ほう》の「取《と》り」になります。
せいっ
バシッ
読《よ》まれた札《ふだ》に直接《ちょくせつ》さわらずに「場《ば》」から札《ふだ》を「はらった」場合《ばあい》でも、読《よ》まれた札《ふだ》が完全《かんぜん》に競技線《きょうぎせん》から出《で》れば「取《と》り」です。
ドサッ
この場合《ばあい》読《よ》まれていない札《ふだ》にもふれていますが、お手《て》つきにはなりません。
あれでもオッケーかよ
点線が競技線
⑦「場《ば》」にある札《ふだ》は50枚《まい》だけれど、読《よ》まれるのは100枚《まい》だから、残《のこ》り50枚《まい》は「場《ば》」にない「空札《からふだ》」になります。
「場《ば》」にないんだからさがしても見《み》つからないね。「場《ば》」にある札《ふだ》を覚《おぼ》えてないとこんらんしそうだ。
⑧自陣《じじん》の札《ふだ》を取《と》ったときはそのままですが、敵陣《てきじん》の札《ふだ》を取《と》ったときは、自陣《じじん》の札《ふだ》から好《す》きなものを1枚《まい》、相手《あいて》に送《おく》ることができます。
送《おく》られた方《ほう》は自陣《じじん》の好《す》きなところにその札《ふだ》をならべます。
ハイ

読《よ》まれた札《ふだ》がない陣《じん》の札《ふだ》にさわってしまった時《とき》は、「お手《て》つき」となります。
相手《あいて》が「お手《て》つき」をしたときは、ペナルティとして自陣《じじん》から札《ふだ》を1枚送《まいおく》れます。
このようにしてゲームは進《すす》み、
9 先《さき》に自陣《じじん》の札《ふだ》がなくなった方《ほう》が勝《か》ちになり、その時点《じてん》でゲームは終了《しゅうりょう》。終了時《しゅうりょうじ》もきちんと礼《れい》をします。
やったあ〜！はじめて勝《か》った！
リベンジ成功〜〜♪
やったねお兄《あん》ちゃん！
すご〜い京介《きょうすけ》くん、猛特訓《もうとっくん》の成果《せいか》ね！

今度《こんど》の百人一首《ひゃくにんいっしゅ》かるた大会《たいかい》でリベンジだ〜！
メラメラ〜
えへへっもっと練習《れんしゅう》しとくもんねー。

その他《た》、注意《ちゅうい》すること

- 両手《りょうて》を使《つか》って、取《と》ってはいけません。最初《さいしょ》に右手《みぎて》で取《と》りはじめたら、その試合中《しあいちゅう》は左手《ひだりて》でさわった札《ふだ》は無効《むこう》になります。
- 読《よ》み手《て》が上《かみ》の句《く》を読《よ》みはじめる前《まえ》に、手《て》をタタミからはなしたり、競技線内《きょうぎせんない》に入《い》れたりしてはいけません。
- 自陣《じじん》の札《ふだ》の配置《はいち》を変《か》えるのは自由《じゆう》ですが、その時《とき》はそのことを相手《あいて》に伝《つた》えなくてはなりません。

かるた早《はや》覚《おぼ》え表《ひょう》

使《つか》い方《かた》

●百枚《ひゃくまい》の札《ふだ》を、上《かみ》の句《く》の出《で》だしの音《おと》ごとにグループ分《わ》けして覚《おぼ》える表《ひょう》です。
●**太字《ふとじ》**が、そこで歌《うた》が決定《けってい》する、決《き》まり字《じ》です。
〈歌《うた》の表記《ひょうき》はかるたの表記《ひょうき》に準《じゅん》じています。歌《うた》の下《した》の数字《すうじ》は歌番号《うたばんごう》です。〉
●上半分《うえはんぶん》、下半分《したはんぶん》をかくしながら覚《おぼ》え、下《しも》の句《く》を見《み》て、すぐに上《かみ》の句《く》が言《い》えるようにしましょう。

一《いち》枚《まい》札《ふだ》グループ

上《かみ》の句《く》、読《よ》み札《ふだ》が、む、す、め、ふ、さ、ほ、せではじまる札《ふだ》（一字決《いちじき》まり）は各一枚《かくいちまい》しかない

むらさめの　つゆもまだひぬまきのはに　きりたちのほるあきのゆふくれ　87
すみのえの　きしによるなみよるさへや　ゆめのかよひちひとめよくらむ　18
めぐりあひて　みしやそれともわかぬまに　くもかくれにしよはのつきかな　57
ふくからに　あきのくさきのしをるれば　むへやまかせをあらしといふらむ　22
さびしさに　やどをたちいでてながむれば　いつくもおなしあきのゆふくれ　70
ほととぎす　なきつるかたをながむれば　たたありあけのつきそのこれる　81
せをはやみ　いはにせかるるたきがはの　われてもすゑにあはむとそおもふ　77

二《に》枚《まい》札《ふだ》グループ

う、つ、し、も、ゆではじまる札《ふだ》はそれぞれ二枚《にまい》ずつある

う

うかりける　ひとをはつせのやまおろし（よ）※　はけしかれとはいのらぬものを　74
うらみわび　ほさぬそでだにあるものを　こひにくちなむなこそをしけれ　65

つ

つきみれば　ちぢにものこそかなしけれ　わかみひとつのあきにはあらねと　23
つくばねの　みねよりおつるみなのがは　こひそつもりてふちとなりぬる　13

※競技かるたでは、（よ）はふつう読まない。

し	も	ゆ

しのぶれど いろにいでにけりわがこひは ものやおもふとひとのとふまて 40

しらつゆに かぜのふきしくあきののは つらぬきとめぬたまそちりける 37

ももしきや ふるきのきばのしのぶにも なほあまりあるむかしなりけり 100

もろともに あはれとおもへやまざくら はなよりほかにしるひともなし 66

ゆふされば かどたのいなばおとづれて あしのまろやにあきかせそふく 71

ゆらのとを わたるふなびとかぢをたえ ゆくへもしらぬこひのみちかな 46

三《さん》枚《まい》札《ふだ》グループ

い、ち、ひ、きではじまる札《ふだ》はそれぞれ三枚《さんまい》ずつある

い	ち	ひ	き

いにしへの ならのみやこのやへざくら けふここのへににほひぬるかな 61

いまこむと いひしばかりにながつきの ありあけのつきをまちいてつるかな 21

いまはただ おもひたえなむとばかりを ひとつてならていふよしもかな 63

ちぎりおきし させもがつゆをいのちにて あはれことしのあきもいぬめり 75

ちぎりきな かたみにそでをしぼりつつ すゑのまつやまなみこさしとは 42

ちはやぶる かみよもきかずたつたがは からくれなゐにみつくくるとは 17

ひさかたの ひかりのどけきはるのひに しつこころなくはなのちるらむ 33

ひとはいさ こころもしらずふるさとは はなそむかしのかににほひける 35

ひともをし ひともうらめしあぢきなく よをおもふゆゑにものおもふみは 99

きみがため **は**るののにいでてわかなつむ わかころもてにゆきはふりつつ 15

きみがため **を**しからざりしいのちさへ なかくもかなとおもひけるかな 50

きりぎりす なくやしもよのさむしろに ころもかたしきひとりかもねむ 91

四《よん》枚《まい》札《ふだ》グループ

は、や、よ、か ではじまる札《ふだ》は、それぞれ四《よん》枚《まい》ずつある

は

はな**さ**そふ	あらしのにはのゆきならで	ふりゆくものはわかみなりけり	96
はな**の**いろは	うつりにけりないたづらに	わかみよにふるなかめせしまに	9
はる**す**ぎて	なつきにけらししろたへの	ころもほすてふあまのかくやま	2
はる**の**よの	ゆめばかりなるたまくらに	かひなくたたむなこそをしけれ	67

や

や**へ**むぐら	しげれるやどのさびしきに	ひとこそみえねあきはきにけり	47
や**す**らはで	ねなましものをさよふけて	かたふくまでのつきをみしかな	59
やま**が**はに	かぜのかけたるしがらみは	なかれもあへぬもみちなりけり	32
やま**ざ**とは	ふゆぞさびしさまさりける	ひとめもくさもかれぬとおもへは	28

よ

よのなか**は**	つねにもがもなぎさこぐ	あまのをふねのつなてかなしも	93
よのなか**よ**	みちこそなけれおもひいる	やまのおくにもしかぞなくなる	83
よ**も**すがら	ものおもふころはあけやらぬ	ねやのひまさへつれなかりけり	85
よ**を**こめて	とりのそらねははかるとも	よにあふさかのせきはゆるさし	62

か

か**く**とだに	えやはいぶきのさしもぐさ	さしもしらしなもゆるおもひを	51
か**さ**さぎの	わたせるはしにおくしもの	しろきをみれはよそふけにける	6
かぜ**そ**よぐ	ならのをがはのゆふぐれは	みそきそなつのしるしなりける	98
かぜ**を**いたみ	いはうつなみのおのれのみ	くたけてものをおもふころかな	48

五《ご》枚《まい》札《ふだ》グループ

み ではじまる札《ふだ》は五《ご》枚《まい》ある

み

みか**き**もり	ゑじのたくひのよるはもえ	ひるはきえつつものをこそおもへ	49
みか**の**はら	わきてながるるいづみがは	いつみきとてかこひしかるらむ	27

み**せ**ばやな　をじまのあまのそでだにも　ぬれにそぬれしいろはかはらす　90
み**ち**のくの　しのぶもぢずりたれゆゑに　みたれそめにしわれならなくに　14
み**よ**しのの　やまのあきかぜさよふけて　ふるさとさむくころもうつなり　94

六《ろく》枚《まい》札《ふだ》グループ

た、こではじまる札《ふだ》は六枚《ろくまい》ずつある

た

た**か**さごの　をのへのさくらさきにけり　とやまのかすみたたすもあらなむ　73
た**き**のおとは　たえてひさしくなりぬれど　なこそなかれてなほきこえけれ　55
た**ご**のうらに　うちいでてみればしろたへの　ふしのたかねにゆきはふりつつ　4
た**ち**わかれ　いなばのやまのみねにおふる　まつとしきかはいまかへりこむ　16
た**ま**のをよ　たえなばたえねながらへば　しのふることのよわりもそする　89
た**れ**をかも　しるひとにせむたかさごの　まつもむかしのともならなくに　34

こ

こ**ひ**すてふ　わがなはまだきたちにけり　ひとしれすこそおもひそめしか　41
こころ**あ**てに　をらばやをらむはつしもの　おきまとはせるしらきくのはな　29
こころ**に**も　あらでうきよにながらへば　こひしかるへきよはのつきかな　68
こ**ぬ**ひとを　まつほのうらのゆふなぎに　やくやもしほのみもこかれつつ　97
こ**の**たびは　ぬさもとりあへずたむけやま　もみちのにしきかみのまにまに　24
こ**れ**やこの　ゆくもかへるもわかれては　しるもしらぬもあふさかのせき　10

七枚札《しちまいふだ》グループ

お、わ ではじまる札《ふだ》は七枚《しちまい》ずつある

お

※あふ**こ**との　たえてしなくはなかなかに　ひとをもみをもうらみさらまし —— 44
おほ**え**やま　いくののみちのとほければ　またふみもみすあまのはしたて —— 60
おほ**け**なく　うきよのたみにおほふかな　わかたつそまにすみそめのそて —— 95
お**く**やまに　もみぢふみわけなくしかの　こゑきくときそあきはかなしき —— 5
を**ぐ**らやま　みねのもみぢばこころあらば　いまひとたひのみゆきまたなむ —— 26
お**と**にきく　たかしのはまのあだなみは　かけしやそてのぬれもこそすれ —— 72
お**も**ひわび　さてもいのちはあるものを　うきにたへぬはなみたなりけり —— 82

わ

わが**い**ほは　みやこのたつみしかぞすむ　よをうちやまとひとはいふなり —— 8
わが**そ**では　しほひにみえぬおきのいしの　ひとこそしらねかわくまもなし —— 92
わす**ら**るる　みをばおもはずちかひてし　ひとのいのちのをしくもあるかな —— 38
わす**れ**じの　ゆくすゑまではかたければ　けふをかきりのいのちともかな —— 54
わたのはら　**こ**ぎいでてみればひさかたの　くもゐにまかふおきつしらなみ —— 76
わたのはら　**や**そしまかけてこぎいでぬと　ひとにはつけよあまのつりふね —— 11
わ**び**ぬれば　いまはたおなじなにはなる　みをつくしてもあはむとそおもふ —— 20

※「あふことの」は競技かるたでは「おうことの」と読む。

八枚札《はちまいふだ》グループ

な ではじまる札《ふだ》は八枚《はちまい》ある

な

なが**か**らむ　こころもしらずくろかみの　みたれてけさはものをこそおもへ —— 80
なが**ら**へば　またこのごろやしのばれむ　うしとみしよそいまはこひしき —— 84
なげ**き**つつ　ひとりぬるよのあくるまは　いかにひさしきものとかはしる —— 53
なげ**け**とて　つきやはものをおもはする　かこちかほなるわかなみたかな —— 86

な**つ**のよは　まだよひながらあけぬるを　くものいつこにつきやとるらむ ―― 36
な**に**し**お**はば　あふさかやまのさねかづら　ひとにしられてくるよしもかな ―― 25
なには**え**の　あしのかりねのひとよゆゑ　みをつくしてやこひわたるへき ―― 88
なには**が**た　みじかきあしのふしのまも　あはてこのよをすくしてよとや ―― 19

十六《じゅうろく》枚札《まいふだ》グループ

あではじまる札《ふだ》が一番《いちばん》多《おお》く、十六枚《じゅうろくまい》ある

あ

あ**ひ**みての　のちのこころにくらぶれば　むかしはものをおもはさりけり ―― 43
あき**か**ぜに　たなびくくものたえまより　もれいつるつきのかけのさやけさ ―― 79
あき**の**たの　かりほのいほのとまをあらみ　わかころもてはつゆにぬれつつ ―― 1
あ**け**ぬれば　くるるものとはしりながら　なほうらめしきあさぼらけかな ―― 52
あさ**ぢ**ふの　をののしのはらしのぶれど　あまりてなとかひとのこひしき ―― 39
あさぼらけ　**あ**りあけのつきとみるまでに　よしののさとにふれるしらゆき ―― 31
あさぼらけ　**う**ぢのかはぎりたえだえに　あらはれわたるせせのあしろき ―― 64
あ**し**びきの　やまどりのをのしだりをの　なかなかしよをひとりかもねむ ―― 3
あま**つ**かぜ　くものかよひぢふきとぢよ　をとめのすかたしはしととめむ ―― 12
あま**の**はら　ふりさけみればかすがなる　みかさのやまにいてしつきかも ―― 7
ら**ざ**らむ　このよのほかのおもひでに　いまひとたひのあふこともかな ―― 56
あら**し**ふく　みむろのやまのもみぢばは　たつたのかはのにしきなりけり ―― 69
あり**あ**けの　つれなくみえしわかれより　あかつきはかりうきものはなし ―― 30
あり**ま**やま　ゐなのささはらかぜふけば　いてそよひとをわすれやはする ―― 58
あは**ぢ**しま　かよふちどりのなくこゑに　いくよねさめぬすまのせきもり ―― 78
あは**れ**とも　いふべきひとはおもほえで　みのいたつらになりぬへきかな ―― 45

上《かみ》の句《く》さくいん

あ

あきかぜに たなびくくもの たえまより 178
あきのたの かりほのいほの とまをあらみ 22
あけぬれば くるるものとは しりながら 124
あさぢふの をののしのはら しのぶれど 98
あさぼらけ ありあけのつきと みるまでに 82
あさぼらけ うぢのかはぎり たえだえに 148
あしびきの やまどりのをの しだりをの 26
あはぢしま かよふちどりの なくこゑに 176
あはれとも いふべきひとは おもほえで 110
あひみての のちのこころに くらぶれば 106
あふことの たえてしなくは なかなかに 108
あまつかぜ くものかよひぢ ふきとぢよ 44
あまのはら ふりさけみれば かすがなる 34
あらざらむ このよのほかの おもひでに 132
あらしふく みむろのやまの もみぢばは 158
ありあけの つれなくみえし わかれより 80
ありまやま ゐなのささはら かぜふけば 136

い

いにしへの ならのみやこの やへざくら 142
いまこむと いひしばかりに ながつきの 62
いまはただ おもひたえなむ とばかりを 146

う

うかりける ひとをはつせの やまおろしよ 168
うらみわび ほさぬそでだに あるものを 150

お

おくやまに もみぢふみわけ なくしかの 30
おとにきく たかしのはまの あだなみは 164
おほえやま いくののみちの とほければ 140
おほけなく うきよのたみに おほふかな 210
おもひわび さてもいのちは あるものを 184

か

かくとだに えやはいぶきの さしもぐさ 122
かささぎの わたせるはしに おくしもの 32
かぜそよぐ ならのをがはの ゆふぐれは 216
かぜをいたみ いはうつなみの おのれのみ 116

き

きみがため はるののにいでて わかなつむ 50
きみがため をしからざりし いのちさへ 120
きりぎりす なくやしもよの さむしろに 202

こ

こころあてに をらばやをらむ はつしもの 78
こころにも あらでうきよに ながらへば 156
こぬひとを まつほのうらの ゆふなぎに 214
このたびは ぬさもとりあへず たむけやま 68
こひすてふ わがなはまだき たちにけり 102
これやこの ゆくもかへるも わかれては 40

さ

さびしさに やどをたちいでて ながむれば 160

し

しのぶれど いろにいでにけり わがこひは 100
しらつゆに かぜのふきしく あきののは 94

す

すみのえの きしによるなみ よるさへや 56

せ

せをはやみ いはにせかるる たきがはの 174

た

たかさごの をのへのさくら さきにけり 166
たきのおとは たえてひさしく なりぬれど 130
たごのうらに うちいでてみれば しろたへの 28
たちわかれ いなばのやまの みねにおふる 52
たまのをよ たえなばたえね ながらへば 198

たれをかも　しるひとにせむ　たかさごの —— 88

ち

ちぎりおきし　させもがつゆを　いのちにて —— 170
ちぎりきな　かたみにそでを　しぼりつつ —— 104
ちはやぶる　かみよもきかず　たつたがは —— 54

つ

つきみれば　ちぢにものこそ　かなしけれ —— 66
つくばねの　みねよりおつる　みなのがは —— 46

な

ながからむ　こころもしらず　くろかみの —— 180
ながらへば　またこのごろや　しのばれむ —— 188
なげきつつ　ひとりぬるよの　あくるまは —— 126
なげけとて　つきやはものを　おもはする —— 192
なつのよは　まだよひながら　あけぬるを —— 92
なにしおはば　あふさかやまの　さねかづら —— 70
なにはえの　あしのかりねの　ひとよゆゑ —— 196
なにはがた　みじかきあしの　ふしのまも —— 58

は

はなさそふ　あらしのにはの　ゆきならで —— 212
はなのいろは　うつりにけりな　いたづらに —— 38
はるすぎて　なつきにけらし　しろたへの —— 24
はるのよの　ゆめばかりなる　たまくらに —— 154

ひ

ひさかたの　ひかりのどけき　はるのひに —— 86
ひとはいさ　こころもしらず　ふるさとは —— 90
ひともをし　ひともうらめし　あぢきなく —— 218

ふ

ふくからに　あきのくさきの　しをるれば —— 64

ほ

ほととぎす　なきつるかたを　ながむれば —— 182

み

みかきもり　ゑじのたくひの　よるはもえ —— 118
みかのはら　わきてながるる　いづみがは —— 74
みせばやな　をじまのあまの　そでだにも —— 200
みちのくの　しのぶもぢずり　たれゆゑに —— 48
みよしのの　やまのあきかぜ　さよふけて —— 208

む

むらさめの　つゆもまだひぬ　まきのはに —— 194

め

めぐりあひて　みしやそれとも　わかぬまに —— 134

も

ももしきや　ふるきのきばの　しのぶにも —— 220
もろともに　あはれとおもへ　やまざくら —— 152

や

やすらはで　ねなましものを　さよふけて —— 138
やへむぐら　しげれるやどの　さびしきに —— 114
やまがはに　かぜのかけたる　しがらみは —— 84
やまざとは　ふゆぞさびしさ　まさりける —— 76

ゆ

ゆふされば　かどたのいなば　おとづれて —— 162
ゆらのとを　わたるふなびと　かぢをたえ —— 112

よ

よのなかは　つねにもがもな　なぎさこぐ —— 206
よのなかよ　みちこそなけれ　おもひいる —— 186
よもすがら　ものおもふころは　あけやらぬ —— 190
よをこめて　とりのそらねは　はかるとも —— 144

わ

わがいほは　みやこのたつみ　しかぞすむ —— 36
わがそでは　しほひにみえぬ　おきのいしの —— 204
わすらるる　みをばおもはず　ちかひてし —— 96
わすれじの　ゆくすゑまでは　かたければ —— 128
わたのはら　こぎいでてみれば　ひさかたの —— 172
わたのはら　やそしまかけて　こぎいでぬと —— 42
わびぬれば　いまはたおなじ　なにはなる —— 60

を

をぐらやま　みねのもみぢば　こころあらば —— 72

下《しも》の句《く》さくいん

あ

あかつきばかり　うきものはなし　80
あしのまろやに　あきかぜぞふく　162
あはでこのよを　すぐしてよとや　58
あはれことしの　あきもいぬめり　170
あまのをぶねの　つなでかなしも　206
あまりてなどか　ひとのこひしき　98
あらはれわたる　せぜのあじろぎ　148
ありあけのつきを　まちいでつるかな　62

い

いかにひさしき　ものとかはしる　126
いくよねざめぬ　すまのせきもり　176
いづくもおなじ　あきのゆふぐれ　160
いつみきとてか　こひしかるらむ　74
いでそよひとを　わすれやはする　136
いまひとたびの　あふこともがな　132
いまひとたびの　みゆきまたなむ　72

う

うきにたへぬは　なみだなりけり　184
うしとみしよぞ　いまはこひしき　188

お

おきまどはせる　しらぎくのはな　78

か

かけじやそでの　ぬれもこそすれ　164
かこちがほなる　わがなみだかな　192
かたぶくまでの　つきをみしかな　138
かひなくたたむ　なこそをしけれ　154
からくれなゐに　みづくくるとは　54

き

きりたちのぼる　あきのゆふぐれ　194

く

くだけてものを　おもふころかな　116
くもがくれにし　よはのつきかな　134
くものいづこに　つきやどるらむ　92
くもゐにまがふ　おきつしらなみ　172

け

けふここのへに　にほひぬるかな　142
けふをかぎりの　いのちともがな　128

こ

こひしかるべき　よはのつきかな　156
こひぞつもりて　ふちとなりぬる　46
こひにくちなむ　なこそをしけれ　150
ころもかたしき　ひとりかもねむ　202
ころもほすてふ　あまのかぐやま　24
こゑきくときぞ　あきはかなしき　30

さ

さしもしらじな　もゆるおもひを　122

し

しづごころなく　はなのちるらむ　86
しのぶることの　よわりもぞする　198
しるもしらぬも　あふさかのせき　40
しろきをみれば　よぞふけにける　32

す

すゑのまつやま　なみこさじとは　104

た

ただありあけの　つきぞのこれる　182
たつたのかはの　にしきなりけり　158

つ

つらぬきとめぬ　たまぞちりける　94

と

とやまのかすみ　たたずもあらなむ　166

な

ながくもがなと　おもひけるかな　120
ながながしよを　ひとりかもねむ　26
ながれもあへぬ　もみぢなりけり　84
なこそながれて　なほきこえけれ　130

なほあまりある　むかしなりけり　220
なほうらめしき　あさぼらけかな　124

ぬ

ぬれにぞぬれし　いろはかはらず　200

ね

ねやのひまさへ　つれなかりけり　190

は

はげしかれとは　いのらぬものを　168
はなぞむかしの　かににほひける　90
はなよりほかに　しるひともなし　152

ひ

ひとこそしらね　かわくまもなし　204
ひとこそみえね　あきはきにけり　114
ひとしれずこそ　おもひそめしか　102
ひとづてならで　いふよしもがな　146
ひとにしられで　くるよしもがな　70
ひとにはつげよ　あまのつりぶね　42
ひとのいのちの　をしくもあるかな　96
ひとめもくさも　かれぬとおもへば　76
ひとをもみをも　うらみざらまし　108
ひるはきえつつ　ものをこそおもへ　118

ふ

ふじのたかねに　ゆきはふりつつ　28
ふりゆくものは　わがみなりけり　212
ふるさとさむく　ころもうつなり　208

ま

まだふみもみず　あまのはしだて　140
まつとしきかば　いまかへりこむ　52
まつもむかしの　ともならなくに　88

み

みかさのやまに　いでしつきかも　34
みそぎぞなつの　しるしなりける　216
みだれそめにし　われならなくに　48
みだれてけさは　ものをこそおもへ　180
みのいたづらに　なりぬべきかな　110
みをつくしても　あはむとぞおもふ　60

む

むかしはものを　おもはざりけり　106
むべやまかぜを　あらしといふらむ　64

も

ものやおもふと　ひとのとふまで　100
もみぢのにしき　かみのまにまに　68
もれいづるつきの　かげのさやけさ　178

や

やくやもしほの　みもこがれつつ　214
やまのおくにも　しかぞなくなる　186

ゆ

ゆくへもしらぬ　こひのみちかな　112
ゆめのかよひぢ　ひとめよくらむ　56

よ

よしののさとに　ふれるしらゆき　82
よにあふさかの　せきはゆるさじ　144
よをうぢやまと　ひとはいふなり　36
よをおもふゆゑに　ものおもふみは　218

わ

わがころもでに　ゆきはふりつつ　50
わがころもでは　つゆにぬれつつ　22
わがたつそまに　すみぞめのそで　210
わがみひとつの　あきにはあらねど　66
わがみよにふる　ながめせしまに　38
われてもすゑに　あはむとぞおもふ　174

を

をとめのすがた　しばしとどめむ　44

作《さく》者《しゃ》名《めい》さくいん

あ行

か行

さ行

寂蓮法師《じゃくれんほうし》 194
従二位家隆《じゅにいいえたか》（藤原家隆《ふじわらのいえたか》） 216
俊恵法師《しゅんえほうし》 190
順徳院《じゅんとくいん》 220
式子内親王《しょくしないしんのう》 198
周防内侍《すおうのないし》 154
崇徳院《すとくいん》 174
清少納言《せいしょうなごん》 144
蝉丸《せみまる》 40
僧正遍昭《そうじょうへんじょう》 44
素性法師《そせいほうし》 62
曾禰好忠《そねのよしただ》 112

た行

待賢門院堀河《たいけんもんいんのほりかわ》 180
大納言公任《だいなごんきんとう》（藤原公任《ふじわらのきんとう》） 130
大納言経信《だいなごんつねのぶ》（源 経信《みなもとのつねのぶ》） 162
大弐三位《だいにのさんみ》 136
平兼盛《たいらのかねもり》 100
中納言朝忠《ちゅうなごんあさただ》（藤原朝忠《ふじわらのあさただ》） 108
中納言兼輔《ちゅうなごんかねすけ》（藤原兼輔《ふじわらのかねすけ》） 74
中納言家持《ちゅうなごんやかもち》（大伴家持《おおとものやかもち》） 32
中納言行平《ちゅうなごんゆきひら》（在原行平《ありわらのゆきひら》） 52
貞信公《ていしんこう》（藤原忠平《ふじわらのただひら》） 72
天智天皇《てんじてんのう》 22
道因法師《どういんほうし》 184

な行

二条院讃岐《にじょういんのさぬき》 204
入道前太政大臣《にゅうどうさきのだいじょうだいじん》（藤原公経《ふじわらのきんつね》） 212
能因法師《のういんほうし》 158

は行

春道列樹《はるみちのつらき》 84
藤原興風《ふじわらのおきかぜ》 88
藤原清輔朝臣《ふじわらのきよすけあそん》 188
藤原実方朝臣《ふじわらのさねかたあそん》 122
藤原敏行朝臣《ふじわらのとしゆきあそん》 56
藤原道信朝臣《ふじわらのみちのぶあそん》 124
藤原基俊《ふじわらのもととし》 170
藤原義孝《ふじわらのよしたか》 120
文屋朝康《ふんやのあさやす》 94
文屋康秀《ふんやのやすひで》 64
法性寺入道前関白太政大臣《ほっしょうじにゅうどうさきのかんぱくだいじょうだいじん》（藤原忠通《ふじわらのただみち》） 172

ま行

源 兼昌《みなもとのかねまさ》 176
源 重之《みなもとのしげゆき》 116
源 俊頼朝臣《みなもとのとしよりあそん》 168
源 宗于朝臣《みなもとのむねゆきあそん》 76
壬生忠見《みぶのただみ》 102
壬生忠岑《みぶのただみね》 80
紫式部《むらさきしきぶ》 134
元良親王《もとよししんのう》 60

や行

山部赤人《やまべのあかひと》 28
祐子内親王家紀伊《ゆうしないしんのうけのきい》 164
陽成院《ようぜいいん》 46

ら行

良暹法師《りょうぜんほうし》 160

この本をつくった人

◆監修
神作光一

◆装丁・レイアウト
長谷川由美

◆表紙・カバーイラスト・扉4コマまんが
いぢちひろゆき

◆編集協力
(有)アイプランニング
田中史子　大山美保
野下奈生　松尾美穂

◆編集統括
学研辞典編集部

◆まんが
百人一首ってなあに
黒田瑞木

百人一首の世界
河伯りょう　2、6、16、19、20、25、27、36、38、41、42、44、45、50、51、52、54、58、59、67、72、77、80、89、100
長谷部 徹　1、8、9、13、15、18、22、23、28、30、32、37、39、46、47、48、49、53、55、57、61、64、66、73、75、78、82、84、86、91、96、98、99
ふじいまさこ　3、4、5、7、10、11、12、14、17、21、24、26、29、31、33、34、35、40、43、56、60、62、63、65、68、69、70、71、74、76、79、81、83、85、87、88、90、92、93、94、95、97

百人一首かるた　あそびと競技
ふじいまさこ

◆写真協力
石山寺　神宮文庫　仙波東照宮
東京国立博物館　藤田美術館　学研GIN

7401

小学生のまんが百人一首辞典　改訂版

2005年12月　8日　初版発行
2015年　7月　21日　改訂版初刷発行
2016年　2月　24日　改訂版第2刷発行

監　修　　　神作　光一
発行人　　　土屋　　徹
編集人　　　芳賀　靖彦
発行所　　　株式会社　学研プラス
　　　　　　〒141-8415　東京都品川区西五反田2-11-8
印刷所　　　大日本印刷株式会社

この本に関する各種お問い合わせ先
【電話の場合】
●編集内容については　Tel 03-6431-1603（編集部直通）
●在庫、不良品（落丁、乱丁）については　Tel 03-6431-1199（販売部直通）

【文書の場合】
〒141-8418 東京都品川区西五反田2-11-8
学研お客様センター『小学生のまんが百人一首辞典　改訂版』係

この本以外の学研商品に関するお問い合わせは下記まで。
Tel 03-6431-1002（学研お客様センター）